Amanda Stevens

Parce qu'elle a grandi dans une petite ville de l'Arkansas, Amanda Stevens aime situer ses intrigues dans cet environnement chaleureux et paisible, qu'elle définit comme une « toile de fond idéale pour le suspense, lorsque le familier bascule soudain dans le drame et la peur ».

C'est en 1985 qu'elle a signé le contrat pour la publication de son premier livre avec Harlequin — le jour même où elle apprenait qu'elle était enceinte de jumelles. La force de ses romans, où se mêlent avec art, mystère, suspense et émotion, a fait d'elle l'une des finalistes pour l'attribution du prix RITA Award.

D1422333

Coupable héritage

AMANDA STEVENS

Coupable héritage

INTRIGUE

éditions **Harlequin**

*Cet ouvrage a été publié en langue anglaise
sous le titre :*
A MAN OF SECRETS

Traduction française de
VALÉRIE MOULS

HARLEQUIN®

est une marque déposée du Groupe Harlequin
et Intrigue® est une marque déposée d'Harlequin S.A.

Photos de couverture
Femme et enfant : © ROLF BRUDERER / MASTERFILE
Coucher de soleil : © PHOTODISC / GETTY IMAGES

*Toute représentation ou reproduction, par quelque procédé que ce soit, constituerait
une contrefaçon sanctionnée par les articles 425 et suivants du Code pénal.*
© 1996, Marilyn Medlock Amann. © 2004, Traduction française : Harlequin S.A.
83-85, boulevard Vincent-Auriol, 75013 PARIS — Tél. : 01 42 16 63 63
Service Lectrices — Tél. : 01 45 82 47 47
ISBN 2-280-17055-8 — ISSN 1639-5085

1.

Nathalie Silver vit son ex-mari pousser la porte de sa boutique, Les Cloches d'Argent, le petit magasin de cadeaux qu'elle avait ouvert cinq ans auparavant au cœur de la vieille ville de San Antonio, dans le quartier de Riverwalk.

Le scintillement de centaines de minuscules ampoules lumineuses et la blancheur féerique des vitres passées à la neige artificielle, associées à la douce musique de Noël en sourdine ainsi qu'au parfum boisé qui émanait des vasques de pot-pourri, conféraient au lieu une subtile atmosphère de magie.

Dans cette chaleureuse ambiance de fête, la présence d'Anthony lui parut incongrue. Elle lui rappelait également des heures plus sombres. Des souvenirs déplaisants, qu'elle aurait aimé rayer de sa mémoire.

Elle le suivit d'un œil anxieux tandis qu'il déambulait lentement parmi les rayonnages, l'air absorbé. La tension qui se dégageait de sa personne lui donna aussitôt à penser qu'il mijotait, une fois encore, un mauvais coup.

Elle le vit soulever vers la lumière une de ces boules transparentes au paysage enneigé, d'origine autrichienne. Puis, il s'intéressa à une pièce de bois représentant un sapin de Noël, minutieusement ciselé par un artisan italien. Pour se tourner ensuite vers un couple de chérubins en porcelaine de Sèvres.

— Que cherches-tu au juste ? demanda-t-elle, en jouant d'une main nerveuse avec ses lunettes.

Anthony leva les yeux et lui décocha un bref sourire.

— Je le saurai lorsque je l'aurai trouvé.

Comme il levait la main pour saisir un des angelots sur l'étagère, elle remarqua qu'il ne portait pas son alliance. Après leur divorce, prononcé six ans auparavant, Anthony s'était remarié. L'absence de cet anneau à son doigt ne manqua donc pas de l'intriguer.

— Si tu me disais à qui tu souhaites faire un cadeau, je pourrais peut-être t'aider, insista Nathalie.

Elle n'avait à vrai dire nulle envie d'aider Anthony — ni *aucun* des Bishop, au demeurant. Mais plus vite son ex-mari trouverait ce qu'il cherchait, plus vite il repartirait.

Sauf que, en quittant la boutique, il emmènerait également son fils avec lui pour la soirée. A elle seule, cette perspective la mettait à cran. Et le comportement inhabituel d'Anthony, d'habitude si expéditif, ne fit que renforcer son anxiété.

Il avait une idée derrière la tête, pressentait Nathalie, redoutant que cette dernière ne concerne Kyle, leur petit garçon de six ans. Depuis leur divorce, Anthony n'avait témoigné aucun intérêt pour son fils. Il n'avait jamais rien fait pour lui, à part envoyer une carte de Noël ou d'anniversaire occasionnelle, rédigée par sa secrétaire, et accompagnée d'un chèque impersonnel.

Irène, la mère d'Anthony et la grand-mère de Kyle, avait également gardé ses distances au long de ces années. Si bien que Nathalie avait commencé à espérer être débarrassée à vie de la famille Bishop.

Mais un mois auparavant, Anthony l'avait appelée pour lui annoncer sa volonté de passer du temps avec Kyle. Il détenait un droit de visite et avait toujours versé la pension de Kyle en temps et en heure. Elle n'avait donc pas pu refuser, même si elle avait un poignant désir de le faire. D'autant qu'elle savait que

Kyle était curieux de connaître son père. Ainsi que les autres Bishop. Car lui aussi en était un.

— Je souhaite faire un cadeau à la mère d'un de mes clients, daigna enfin préciser Anthony. Une dame âgée dont le fils est à l'étranger depuis un moment, et dont j'aimerais adoucir la solitude en cette période de fêtes.

Nathalie chaussa ses lunettes et scruta son ex-mari. Physiquement, Anthony n'avait pas changé ; toujours tiré à quatre épingles dans son costume trois-pièces, ses cheveux noirs ramenés en arrière révélant un front altier, barré d'épais sourcils. Il avait toujours ce même regard perçant et cette bouche épaisse, au pli tantôt sensuel, tantôt cruel… selon son humeur.

En revanche, songea-t-elle, cette nouvelle facette de sa personnalité — affichant un intérêt paternel pour son fils, se souciant du Noël d'une vieille dame — lui était inconnue. Sauf peut-être lorsqu'il l'avait séduite, sept ans auparavant — par une cour aussi fulgurante qu'assidue — alors qu'elle était encore sous le coup d'une déception sentimentale.

Son ex-mari pouvait continuer d'abuser la terre entière, jamais plus il ne la duperait. Il l'avait eue, une fois, avec ses manières courtoises et sa fausse sollicitude, mais jamais plus elle ne croirait à ses mensonges. Car elle savait à présent de quoi Anthony Bishop était capable.

Elle contourna le comptoir pour lui faire face.

— Dis-moi ce que tu veux réellement.

Son ex-mari la dévisagea avec candeur.

— Je ne comprends pas.

— Tu sais *très bien* ce à quoi je fais allusion. Je veux parler de ton soudain intérêt pour Kyle.

Les sourcils d'Anthony se soulevèrent lentement.

— Je suis son père… au cas où tu oublierais ce *détail* concernant ses origines.

9

— Je n'oublie rien de ce qui a pu m'unir à toi, affirma Nathalie avec amertume. Mais j'aimerais savoir pourquoi, après toutes ces années, tu souhaites soudain faire partie de la vie de mon fils.

— Tout simplement parce que c'est un Bishop.

Nathalie pinça les lèvres, mais ne dit rien.

Anthony se tourna vers elle, la lumière des spots soulignant au passage la couleur argentée de ses tempes.

— Que cela te plaise ou non, Nathalie, ce garçon est mon héritier. Et j'ai l'intention de commencer à exercer les responsabilités, tant morales que légales, qui m'incombent à son égard. Pour commencer, je veux que Kyle passe Noël à Fair Winds, avec moi.

« Pas tant que je serai en vie », rétorqua Nathalie en son for intérieur, soudain hantée par les images de l'unique Noël qu'elle avait passé dans le manoir des Bishop. Elle était une jeune mariée, alors, timide, peu sûre d'elle, le cœur encore meurtri par une idylle qui avait mal tourné. Son mariage précipité avec Anthony, de quinze ans son aîné, avait été le fruit d'une décision hâtive, désespérée, et qu'elle avait, presque immédiatement, commencé à regretter. Et au bout d'une semaine à Fair Winds, les lourdes conséquences de son acte lui avaient clairement explosé au visage. La cruauté d'Anthony — une fois son masque de sollicitude abaissé —, la froideur de sa mère, l'hostilité manifeste de sa sœur, avaient transformé cette période de fêtes en un séjour cauchemardesque pour elle.

Par-dessus tout, l'absence notoire de Spencer, le frère cadet d'Anthony — celui, parmi les Bishop, qu'elle en était venue à haïr le plus — il lui avait rappelé en permanence combien elle s'était montrée stupide. Stupide et crédule.

Nathalie massa ses tempes afin de repousser les visions qui s'entrechoquaient dans sa tête.

10

— *Jamais* Kyle ne passera Noël à Fair Winds, gronda-t-elle.

— En es-tu si sûre ? répliqua Anthony d'un ton douce-reux.

Il ne la regardait pas, mais fixait la vitrine en pin à l'intérieur de laquelle elle conservait ses pièces de collection les plus rares.

— Peut-être ne seras-tu pas toujours en mesure d'en décider, ajouta-t-il.

Envahie par un sombre pressentiment, Nathalie frissonna malgré la douceur de l'hiver texan.

— Que veux-tu dire ?

— Pourquoi ne laisses-tu pas ce garçon en décider ? Demande donc à Kyle où il souhaite passer ses vacances. A moins, ajouta Anthony d'un ton provocant, que tu ne redoutes de connaître sa réponse ?

A ces mots, Nathalie sentit la colère s'ajouter à la crainte qui venait de s'emparer d'elle. Lorsqu'elle avait elle-même franchi pour la première fois le seuil de la demeure des Bishop, elle avait dix-neuf ans. Elle avait eu l'impression de pénétrer dans un mausolée lugubre, privé de chaleur et d'amour. Mais son fils n'avait que six ans. Son goût pour l'aventure aidant, Kyle pouvait facilement se laisser impressionner par la splendeur de Fair Winds.

A la perspective de ne pas avoir son fils auprès d'elle pour Noël, Nathalie sentit un immense sentiment de solitude l'envahir. Kyle était tout pour elle.

— Kyle passera Noël avec moi, conclut-elle avec fermeté. Je ne reviendrai pas là-dessus. Tu pourras le voir le jour précédent, ou celui qui suivra, ainsi que le stipulent les clauses du divorce, mais le jour de Noël, il sera avec *moi*.

Anthony semblait sur le point d'entamer une dispute. Mais, pour une raison qui échappa à Nathalie, il s'inclina.

— Comme tu voudras. En attendant, je crois que j'ai trouvé ce que je cherchais.

En prononçant ces mots, il braqua sur elle un regard de propriétaire. Un regard dont la possessivité lui fit monter le rouge aux joues.

Elle le vit balayer des yeux l'échancrure de son pull-over grenat puis descendre jusqu'à ses jambes gainées de noir. Lorsque, enfin, il ramena son regard au niveau du sien, elle eut la désagréable impression d'avoir été... déshabillée contre son gré.

— J'aimerais voir ça de plus près, affirma Anthony.

La note de séduction qui avait résonné dans sa voix la fit se figer et le foudroyer du regard.

— *Pardon ?*

En guise de réponse, Anthony se dirigea vers une pièce exposée dans la vitrine en pin, mais son sourire indiquait qu'il avait fait allusion à... autre chose.

— Je suis intéressé par cette boîte à musique, dit-il.

C'était bien de lui de jeter son dévolu sur *la* pièce maîtresse de sa collection ! Celle, entre toutes, qu'elle aurait aimé conserver.

— C'est un Etienne, s'empressa de préciser Nathalie en passant vivement devant lui afin de prendre la boîte de porcelaine sur l'étagère. Une réplique exacte, expliqua-t-elle, de celles fabriquées à Paris avant guerre, et utilisées par la Résistance afin de faire circuler des messages durant l'Occupation.

Elle pressa un minuscule bouton dissimulé dans les replis de la porcelaine, ce qui eut pour effet de dévoiler un compartiment secret actionné par un ressort.

— Voilà qui devrait te plaire, affirma Nathalie d'un ton caustique. Je n'ai pas oublié à quel point tu aimais cultiver les secrets.

Anthony lui rendit son sourire.

— Ni à quel point tu les as en horreur, sans doute.

12

Et à juste titre. Car son ex-mari avait pris plaisir à lui dissimuler bien des choses, durant leur brève union. A commencer par sa liaison avec sa meilleure amie, aujourd'hui Mme Anthony Bishop, qu'il avait épousée trois semaines à peine après leur divorce.

Anthony lui arracha la boîte des mains.

— Quel en est le prix ?

Répugnant à se séparer de ce petit bijou, Nathalie annonça un chiffre deux fois supérieur à sa valeur marchande. Après tout, s'il voulait cette porcelaine, Anthony avait largement les moyens d'honorer cette somme.

Il laissa échapper un sifflement étonné, avant d'examiner la boîte à musique de plus près.

— C'est le prix destiné à ma clientèle la plus distinguée, précisa Nathalie avec sarcasme.

Un sourcil levé, Anthony répliqua :

— Me voilà donc contraint de relever le défi. J'espère que la livraison est incluse dans le prix.

— Bien sûr, assura à contrecœur Nathalie.

Il plongea une main dans la poche intérieure de sa veste et lui tendit un morceau de papier.

— Voici l'adresse où l'expédier. C'est à San Antonio même. Fais le nécessaire pour que la livraison s'effectue aujourd'hui.

Nathalie leva les yeux.

— Ce sera plus cher. Je vais devoir faire appel à un coursier.

Anthony haussa les épaules.

— Je te laisse te charger des détails. Pourvu que cette dame reçoive son paquet avant ce soir.

— Ce sera fait. Comment veux-tu régler ?

En guise de réponse, Anthony lui tendit une carte de crédit. Lorsqu'elle voulut ensuite lui prendre la boîte à musique des mains, il désigna d'un signe de tête les deux personnes qui venaient de pousser la porte du magasin.

— Va donc accueillir tes clients, dit-il. Je ne suis pas pressé.

Par le passé, Anthony aurait insisté — *en sa qualité de Bishop* — pour être servi le premier. Et voilà qu'il semblait ravi d'attendre qu'elle s'occupe d'abord de sa clientèle. Décidément, ce nouveau personnage ne manquait pas de la troubler.

Mais s'il paraissait par certains côtés transformé, la façon dont son ex-mari l'avait déshabillée du regard un instant plus tôt lui donnait à penser qu'il était toujours d'humeur aussi... volage. Elle aurait aimé se réjouir à l'idée que son mariage avec Melinda tournait au vinaigre, mais cela lui était totalement indifférent, à présent. S'il n'y avait eu Kyle, *jamais* elle n'aurait revu aucun des Bishop.

Le temps qu'elle en ait fini avec la vague de clients qui avait soudain afflué à l'intérieur de la boutique, Anthony arpentait le sol avec impatience. Il lui tendit la boîte à musique et jeta un bref coup d'œil à sa montre.

— Je suis en retard, dit-il. Finalement, je ne vais pas pouvoir attendre Kyle.

— Mais, tu étais censé l'emmener voir un match de base-ball ! protesta Nathalie.

En dépit de sa réticence à ce qu'Anthony approche son fils, elle ne voulait pas non plus que Kyle essuie une déception, ni que son ex-mari prenne l'habitude de s'immiscer dans la vie du petit garçon à sa seule convenance.

— Je suis désolé, affirma Anthony. J'ai un rendez-vous imprévu.

Elle le vit glisser un regard en direction de la porte. Un homme vêtu d'une chemise à l'imprimé tapageur s'était arrêté devant le magasin, et observait avec attention l'animation de Noël exposée dans la vitrine.

14

Anthony se retourna en direction du comptoir.

— Pourrais-tu te dépêcher, s'il te plaît ?

— Je croyais que tu n'étais pas pressé.

— Eh bien, maintenant, je le suis, répliqua-t-il d'un ton sec.

Le fait de constater que le véritable Anthony se tapissait toujours quelque part dans l'ombre la soulagea presque.

Avec précaution, Nathalie plaça la boîte dans un carton argenté, surmonté du logo de sa boutique représentant deux cloches enrubannées. Elle scotcha l'adresse de livraison au comptoir afin de s'assurer de ne pas l'égarer.

— Tu es sûre que le paquet partira aujourd'hui ? demanda Anthony d'un ton anxieux.

Nathalie remonta ses lunettes sur son nez.

— Oui. Je vais tout de suite appeler un coursier.

— Bien, apprécia Anthony, avant de ponctuer ce mot d'un bref coup de poing sur le comptoir.

Il jeta un nouveau coup d'œil par-dessus son épaule. Suivant spontanément son regard, Nathalie remarqua que l'homme immobilisé un instant plus tôt devant la vitrine avait disparu.

— Ne t'inquiète pas, dit-elle. Je m'occupe de tout.

— Je compte sur toi.

Dès qu'elle eut un instant, Nathalie appela un coursier, puis elle porta le carton argenté dans l'arrière-boutique afin de l'emballer. Elle sortit plusieurs feuilles de papier bulle et une étiquette d'expédition de son bureau. Mais avant qu'elle n'ait achevé son paquet, la cloche du magasin retentit de nouveau.

Un autre Bishop pénétra alors dans la boutique. Un Bishop qu'elle était ravie de voir, cette fois. Tirant Blanche par la main, son fils se précipita dans sa direction. Leurs cheveux ébouriffés par le vent, ils riaient tous deux aux éclats.

Blanche possédait la boutique de vêtements d'époque, qu'elle avait appelée Blanche Du Bois en hommage au merveilleux film d'Elia Kazan, au troisième niveau du bâtiment. Un restaurant italien, appartenant à un dénommé Franck Delmontico, occupait le rez-de-chaussée.

Lorsque Nathalie avait ouvert Les Cloches d'Argent, elle s'était aussitôt très bien entendue avec Blanche, et elles étaient rapidement devenues amies. En revanche, la personnalité de Franck Delmontico demeurait un mystère.

Elles déjeunaient souvent ensemble dans sa pizzeria, échafaudant différentes hypothèses concernant son passé. Nathalie lui trouvait des airs de mafioso, tandis que Blanche suggérait que son teint bistré était celui d'un homme ayant parcouru les océans, un marin ou un aventurier.

Elles n'avaient bien sûr jamais interrogé Franck à ce sujet. Blanche, incorrigible romantique, trouvait plus amusant de lui inventer un personnage. « Imagine notre déception, disait-elle, s'il nous avoue avoir une formation de comptable. »

En plus de sa personnalité attachante, Blanche était aux yeux de Nathalie la femme la plus fascinante qui soit. Elle portait aujourd'hui un corsage en crochet, assorti à une jupe longue en dentelle d'un blanc aussi éclatant que la neige, sous laquelle apparaissaient des bottines lacées à l'ancienne.

Son épaisse chevelure noire était souvent retenue par un peigne en ivoire, hérité de sa grand-mère. Un camée attaché à son cou par un ruban de satin complétait sa tenue. Nathalie se dit que son pull-over en coton grenat et sa jupe plissée devaient paraître bien fades, en comparaison.

— Vous avez l'air bien joyeux, tous les deux, fit-elle remarquer en embrassant Blanche et son fils du regard.

Leur gaieté communicative commençait à dissiper le nuage qui planait au-dessus d'elle depuis le départ d'Anthony.

Son sourire dévoilant le trou formé au centre de sa bouche par la chute de deux dents de lait, Kyle s'écria en zozotant :

— Je suis arrivé premier, maman ! J'ai gagné la course des Rennes ! J'ai fait ce que tu m'avais dit. J'ai fermé les yeux et j'ai fait comme si j'étais *vraiment* un renne. Et ça a marché ! J'aurais voulu que tu voies ça.

Aucune pointe de reproche n'avait percé dans la voix enthousiaste de son fils, mais Nathalie ne pouvait néanmoins s'empêcher de ressentir un pincement de culpabilité. Elle aurait *dû* assister à cette course. Seulement aujourd'hui, elle avait été obligée d'attendre deux livraisons importantes. Sa vendeuse, Michelle, ne venait que le soir, après ses cours. De plus, c'était pour elle la saison la plus chargée de l'année. Elle ne pouvait donc s'autoriser à fermer la boutique, ne fût-ce que quelques heures. Par bonheur, Kyle semblait le comprendre. Autant qu'un enfant de six ans en avait la capacité.

S'extirpant à son coupe-vent, il bomba le torse afin d'exhiber le T-shirt qu'il venait de gagner.

— Tu vois ? Ça dit : Trophée de la course des Rennes.

Kyle désigna l'inscription d'un doigt fier, avant de tendre vers sa mère un visage rayonnant.

— Bravo ! s'exclama Nathalie en dressant ses deux pouces en signe de victoire.

Elle se pencha en avant et serra son fils dans ses bras.

— Je savais que tu gagnerais. Tu es aussi vif que l'éclair.

— Plus rapide, en tout cas, que l'ensemble de ses camarades de classe, précisa Blanche.

Kyle plissa les yeux d'un air espiègle.

— Tu es fière de moi, maman ?

— Je suis *toujours* fière de toi, mon chéri.

Et c'était vrai. Comme tous les enfants, Kyle pouvait se montrer pénible, parfois ; cachottier, aussi, à l'instar de son père — ce qui avait le don de la rendre folle. Mais la grande majorité du temps, son fils ne lui apportait que du bonheur. Au point qu'elle parvenait presque à oublier qu'il était un Bishop.

— Tu as préparé le cadeau de Mme Riley ? demanda Kyle sur un ton dont l'anxiété lui rappela celle d'Anthony tout à l'heure.

— Il est sur mon bureau, dans une boîte argentée. Va vite le chercher, et tu l'emporteras à la maison quand tu rentreras avec Wendy. Nous l'emballerons tous les deux ce soir.

— Je pourrai faire le nœud ?

— Bien sûr.

Kyle se rua en direction de l'arrière-boutique et Nathalie se tourna vers Blanche.

— Merci de l'avoir ramené. Et merci également pour ce matin.

Ce matin, tandis qu'elle courait à la boutique réceptionner une première livraison, Blanche était venue garder Kyle à leur domicile jusqu'à l'arrivée du car scolaire.

Son amie écarta ses remerciements d'un geste de la main.

— Je t'en prie. Tu sais que j'adore Kyle. De plus, les affaires sont calmes pour moi en cette saison, et j'ai de l'aide au magasin. Je peux donc m'offrir quelques heures de liberté.

Nathalie enviait à Blanche sa vendeuse à plein temps. Elle aussi aurait aimé pouvoir jouir d'une aide plus substantielle. Mais certains mois, elle avait déjà du mal à payer son loyer, dans l'onéreux quartier qu'était devenu Riverwalk. Blanche, elle, ne semblait en revanche jamais confrontée à ce genre de problèmes.

Nathalie se demandait parfois si l'homme avec lequel son amie avait une liaison ne l'aidait pas financièrement. D'après certains présents qu'il lui avait offerts, il semblait en tout cas avoir de gros moyens. Mais à cause de l'extrême discrétion de Blanche à son sujet — elle ne mentionnait jamais son nom et

18

refusait de le présenter à ses amis —, Nathalie le soupçonnait également d'être marié.

Elle espérait se tromper, de crainte de voir son amie en souffrir un jour.

— Si, si, tu m'as sauvé la vie, Blanche, insista-t-elle. Je te dois une fière chandelle. Mais à propos… je n'ai même pas eu le temps de te demander si tout s'était bien passé ce matin ?

— Oui, sauf que cinq minutes avant l'arrivée du car, il a fallu chercher le cartable de Kyle qui ne se souvenait plus où il l'avait caché la veille. Il m'a expliqué qu'il avait agi ainsi de crainte que des voleurs ne s'en emparent !

— Où l'as-tu trouvé, finalement ?

— C'est lui qui a remis la main dessus, mais il a refusé de me dire où.

Nathalie secoua la tête avec mécontentement. Cette manie de cacher ses possessions dans les endroits les plus invraisemblables, puis de les y oublier, était l'unique trait de caractère qu'elle aurait aimé gommer chez Kyle.

Ne serait-ce que la semaine précédente, il avait rapporté à la maison un Walkman dernier cri, offert par Anthony. Un cadeau extravagant — et beaucoup trop onéreux — pour un enfant de six ans. Mais lorsqu'elle avait suggéré à Kyle de restituer cet appareil à son père, il avait juré l'avoir perdu.

Elle poussa un soupir.

— Si j'avais gagné cinq dollars pour chaque objet que ce petit a dissimulé puis égaré dans sa courte vie, je serais riche !

Blanche éclata de rire, avant d'ajouter à voix basse :

— Tu *as été* riche, Nathalie, lorsque tu as épousé un Bishop. Mais tu as tout envoyé promener…

Nathalie fit une grimace.

— Epargne-moi ces souvenirs désagréables, veux-tu ? A propos, en parlant du loup, il était ici tout à l'heure.

Les sourcils de Blanche se soulevèrent.

19

— Anthony ? Il est venu dans ta boutique ? Quand ?

— A l'instant. Tu viens de le manquer. Toi qui brûlais d'envie de faire sa connaissance.

— C'est vrai, convint Blanche avec un petit sourire. Que voulait-il ?

Nathalie haussa les épaules.

— Acheter un cadeau. Pour la mère d'un de ses clients, soi-disant.

Elle fronça les sourcils et ôta ses lunettes pour en essuyer les verres contre l'ourlet de son corsage.

— Il a effectivement acheté quelque chose... une boîte à musique — à un prix exorbitant, d'ailleurs. Mais ce n'est pas pour ça qu'il est venu. Il a quelque chose derrière la tête, j'en suis sûre.

— Que veux-tu dire ?

Blanche posa ses avant-bras sur le comptoir et son regard s'assombrit brusquement.

— Il prétend vouloir assumer son rôle de père auprès de Kyle, expliqua Nathalie, mais je n'en crois pas un mot. Pourquoi se soucierait-il de son fils, après toutes ces années ?

Blanche haussa les épaules.

— Il se sent peut-être coupable de l'avoir négligé. Il aura voulu se rattraper.

A ces mots, Nathalie fixa son amie d'un œil furibond.

— Tu oublies qu'Anthony n'est pas un être humain.

Elle vit alors une lueur indéfinissable vaciller au fond du regard de Blanche.

— S'il est si monstrueux que ça, pourquoi l'as-tu épousé ?

— Je ne compte plus les fois où je me suis posé cette question.

— Et ?

Nathalie hésita. Qu'était-elle supposée dire ? Qu'elle n'avait que dix-neuf ans lorsqu'elle avait rencontré Anthony ? Qu'afin de financer ses études, elle travaillait à mi-temps dans le prestigieux cabinet d'avocats des Bishop ? Que ses propres parents étaient à l'étranger cette année-là, et qu'elle se retrouvait seule pour la première fois de son existence ?

Devait-elle expliquer combien elle s'était sentie démunie ? Combien elle s'était montrée naïve, pour ne pas dire stupide ? Devait-elle raconter comment elle était tombée amoureuse d'un homme, et en avait épousé un autre ? Comment, enceinte et désemparée, alors qu'elle avait à peine vingt ans, elle envisageait déjà de divorcer ?

Tout cela, c'était de l'histoire ancienne. Une histoire sordide qui ne méritait pas d'être relatée.

— Au travers de mes erreurs, dit-elle, j'ai au moins appris une chose, qui est de ne plus *jamais* faire confiance à Anthony Bishop.

— Bien, conclut Blanche d'un ton prudent. Si c'est vraiment ce que tu penses de lui, il se peut alors qu'il y ait une autre explication à son soudain intérêt pour Kyle.

— Laquelle ?

Son amie demeura silencieuse un instant, puis elle détourna le regard.

— Non, rien. C'est absurde.

— Dès qu'il s'agit d'Anthony, *rien* n'est impossible, insista Nathalie. Alors dis-moi franchement ce que tu as à l'esprit.

Blanche se mordit la lèvre d'un air soucieux.

— Eh bien, je me demandais juste… si… Sa femme et lui n'ont pas d'enfant, n'est-ce pas ?

— Non, confirma Nathalie.

Cet état de fait ne manquait d'ailleurs pas de la surprendre. Elle aurait pensé que Melinda chercherait à s'attacher Anthony par tous les moyens.

— Suppose, reprit Blanche, qu'ils ne *puissent* pas avoir d'enfants ? Et qu'à cause de cela Anthony cherche à obtenir la garde de Kyle ?

A ces mots, Nathalie sentit une vague de terreur la submerger. Il ne pouvait pas, se dit-elle. Il *n'oserait* pas.

Mais les propos qu'avait tenus Anthony lorsqu'il était passé à la boutique prirent soudain un sens inquiétant :

« Parce que c'est un Bishop.

Que cela te plaise ou non, ce garçon est mon héritier.

Je veux qu'il passe Noël à Fair Winds, avec moi.

Tu ne seras peut-être pas toujours en mesure d'en décider. »

Une fois déjà, il avait menacé de lui prendre Kyle, si elle ne se pliait pas à ses conditions… ce qu'elle avait fini par faire. Ayant respecté ses engagements au long de ces années, Nathalie s'attendait à ce qu'Anthony fasse de même.

Mais peut-être était-ce trop espérer ?

Elle appliqua une main tremblante sur son front.

— Et si tu avais raison, Blanche ? S'il décidait de réclamer la garde de Kyle ? Il est avocat. Il saurait comment procéder, qui corrompre. Les Bishop sont si puissants dans cette ville. Comment pourrais-je gagner la bataille ?

A chaque syllabe, elle s'en rendait compte, son ton montait un peu plus devenant hystérique et révélant sa panique.

— Chut. Tu ne voudrais pas que Kyle t'entende, voyons.

Blanche se pencha au-dessus du comptoir et prit sa main dans la sienne.

— J'aurais mieux fait de me taire, affirma-t-elle. Après tout, ce n'était qu'une suggestion. Si j'avais imaginé que tu te mettrais dans un tel état…

Arrachant sa main à celle de son amie, Nathalie resserra ses bras autour de son buste.

— C'est pourtant exactement le genre d'action dont Anthony est capable. Il ne m'a jamais pardonné de l'avoir quitté, d'avoir refusé son argent, et jusqu'à son nom. Il m'accuse de l'avoir publiquement humilié. Même après tout ce temps, s'il croit pouvoir m'atteindre en me prenant Kyle, je sais qu'il n'hésitera pas à le faire.

Une lueur d'indignation traversa le regard de Blanche.

— Enfin ! Il doit tout de même aimer son fils…

— Aimer ? Anthony ignore le sens du mot aimer. N'oublie pas que c'est un Bishop.

Blanche se redressa et plongea son regard dans le sien.

— Je suis désolée, Nathalie. Je ne voulais pas t'alarmer à ce point. Je pensais juste qu'il valait mieux que tu envisages cette hypothèse. Après tout, une femme prévenue en vaut deux, non ?

Nathalie commença à arpenter la boutique d'un pas nerveux, avant de revenir vers le comptoir.

— Je ne supporterai pas de perdre Kyle, Blanche. Je ne le supporterai pas.

— Tu ne le perdras pas, voyons.

— La pensée qu'Anthony éduque mon fils à ma place me donne la chair de poule.

— Cela n'arrivera jamais, assura Blanche.

— Jamais, en effet, renchérit Nathalie, les mâchoires serrées. Je l'expédierai en enfer auparavant.

Blanche la dévisagea d'un air choqué.

— Nathalie ! Je ne t'ai jamais entendue t'exprimer ainsi.

— Tu ne m'as jamais vue menacée non plus, Blanche.

Nathalie appliqua ses deux paumes sur le comptoir.

— Je ne plaisante pas. Je suis prête à *tout* pour l'empêcher de me prendre Kyle.

Elle avait un argument de taille en sa possession, un moyen sûr de contrecarrer Anthony. Mais avant d'abattre cette dernière carte, il lui faudrait tout d'abord s'apprêter à en assumer les éventuelles conséquences…

Kyle revint de l'arrière-boutique, le cadeau de son professeur serré entre ses petites mains potelées. Nathalie embrassa du regard ses cheveux châtain clair, si pareils aux siens, ses grands yeux, du même vert que ceux de son père. Elle sentit sa gorge se serrer. Elle l'aimait plus que tout — avec une intensité, devait-elle admettre, parfois effrayante. Si elle venait à le perdre…

« Ne sois pas ridicule », se dit-elle.

Jamais on ne lui enlèverait Kyle. Ni Anthony, ni personne d'autre.

Ils allaient passer un merveilleux Noël chez ses parents, qui, après sept années à l'étranger, étaient enfin de retour à San Antonio. Et même si la saison était quasi tropicale dans cette partie du Texas, rien ne saurait les empêcher de s'immerger dans la magie de Noël. C'était sa fête préférée entre toutes, et cette année n'y ferait pas exception.

Malgré ses efforts pour se raisonner, un sentiment de malaise s'empara de Nathalie lorsqu'elle vit son fils repartir un instant plus tard en compagnie de Wendy, sa baby-sitter.

Et si Blanche avait raison ? ne pouvait-elle s'empêcher de penser. Si Anthony avait *vraiment* pour objectif de lui enlever Kyle ?

2.

Debout devant la vaste baie vitrée de son bureau, Anthony Bishop contemplait la ligne des toits de San Antonio — un spectacle en constante transformation. Aujourd'hui neuvième plus grosse ville du pays, l'agglomération évoluait à pas de géant, et il s'enorgueillissait à l'idée de participer à son essor, comme son père et son grand-père avant lui.

Depuis le décès de son père, et grâce à un travail colossal, il avait étendu l'activité de Bishop, Bishop et Winslow — jadis un minuscule mais prestigieux cabinet juridique — pour en faire une entreprise ultramoderne, comptabilisant plus d'une cinquantaine de partenaires et d'associés.

Et en un temps record. Parce qu'il n'avait pas peur de prendre des risques, ni de… spéculer quelque peu à l'occasion. Quel sens aurait la vie, sinon ?

En réalité, il adorait frôler le danger. Flirter avec la catastrophe. Et par-dessus tout, depuis toujours, il adorait gagner.

Anthony pensa à son dernier coup d'éclat tandis qu'il scannait l'horizon du regard. La nuit était tombée et il vit scintiller les lumières de la Tour des Americas, construite à l'occasion de la Foire mondiale de 1968. A l'est, se dressait l'architecture plus récente mais non moins impressionnante de l'Alamo Dôme.

Tel un ruban lumineux partiellement dissimulé par la silhouette des buildings, le fleuve sillonnait les entrailles de

25

la vieille ville ; un assemblage chatoyant de restaurants et de boutiques regroupés sur ses berges apportaient une animation chaleureuse.

Il fixa l'endroit où se trouvait le magasin de Nathalie. Qui aurait cru que cette minuscule entreprise, une boutique de spécialités de Noël, ouverte toute l'année, aurait connu un tel succès ?

Pas lui, en tout cas. Lorsque Nathalie avait ouvert Les Cloches d'Argent, cinq ans auparavant — et un an seulement après leur divorce —, il était alors persuadé qu'elle allait se briser les reins. Qu'elle reviendrait, en larmes, le supplier à genoux de la reprendre.

Mais Nathalie Silver était trop fière pour s'abaisser devant lui. Trop obstinée. Lorsqu'ils s'étaient séparés, elle ne lui avait pas demandé un sou, acceptant du bout des lèvres la pension qu'il proposait de verser à l'intention de Kyle. En partant, elle n'avait emmené que son fils. Refusant de conserver son nom. La garce.

Il se dit néanmoins qu'il n'était pas trop tard, qu'il pouvait la récupérer, s'il le voulait vraiment.

N'avait-il pas réussi une fois déjà, à la prendre à son frère ? Il pouvait donc la regagner de nouveau. Tous les êtres humains avaient un prix. Même Nathalie.

— M. Bishop ?

La voix de sa secrétaire le fit se retourner brusquement.

— Qu'y a-t-il ?

— Votre femme a téléphoné. Je lui ai dit que vous étiez en réunion et que vous ne pouviez être dérangé. Ai-je bien fait ?

— Très bien fait.

La dernière personne à qui il avait envie de parler ce soir, c'était la mégère qui passait officiellement pour son épouse attentionnée.

Anthony retourna s'asseoir derrière son bureau et fit courir son index le long de la liste des rendez-vous du lendemain.

— Avez-vous reprogrammé le rendez-vous de M. Kruger ? demanda-t-il à son assistante sans la regarder.

— Il est reporté à la semaine prochaine.

Debout dans l'encadrement de la porte, la secrétaire marqua un temps d'hésitation.

Anthony leva les yeux, les sourcils froncés.

— Oui ?

— Avez-vous encore besoin de moi ? demanda la jeune femme d'une voix hésitante.

Il consulta sa montre. Il était déjà 20 heures. Son assistante devait être pressée de retrouver sa famille, ou son petit ami — si elle en avait un…

Il laissa son regard s'attarder un moment sur les jambes gainées de noir. Pourquoi n'avait-il jamais remarqué combien cette fille était séduisante ?

La secrétaire rougit légèrement et s'éclaircit la gorge :

— Si vous n'avez plus rien à me confier…

Un autre soir, peut-être, songea Anthony avec un soupir de regret. Pour l'instant, il avait trop de choses en tête pour jouer les séducteurs. Il était déjà suffisamment empêtré dans ses engagements, tant personnels que professionnels. A ce sujet…

— Ma sœur est-elle encore là ?

— Elle est dans son bureau. Voulez-vous que je l'appelle ?

— Non, non.

Il chassa la secrétaire d'une main absente. Après sa femme, sa sœur était la dernière personne qu'il aurait souhaité voir. Anthéa se faisait en effet un peu trop ambitieuse, ces derniers temps. Un peu trop curieuse aussi. Elle l'avait harcelé de questions concernant le dossier Russo, comme si elle soupçonnait quelque chose. Comme si elle *savait*.

En dépit du lien qui l'attachait à sa sœur jumelle, Anthony avait conscience qu'il était temps de réagir à son sujet. Mais il lui faudrait manier celle-ci avec la même précaution que son épouse, Melinda. Car aucune d'elles ne disparaîtrait sans faire de grabuge.

Il avait de surcroît le problème de sa maîtresse à gérer ; une femme aux talents inégalables, dotée, qui plus est, d'un goût exquis. Mais qui depuis peu se révélait possessive, voire menaçante. Rien d'inquiétant, bien sûr, mais suite à leur entrevue de ce soir, elle avait quitté le bureau en larmes, le suppliant de ne pas l'abandonner. Elle lui demandait bien plus qu'il n'était prêt à donner, et il savait qu'il lui faudrait rapidement intervenir à son égard.

Ce qu'il fallait, c'était rompre clairement ses relations avec chacune de ces femmes. Alors, peut-être...

Anthony fixa la photographie de Kyle posée à l'angle de son bureau. Il était temps que ce garçon revienne à la maison. Avec sa mère, de préférence, mais si cette solution s'avérait impossible...

La sonnerie du téléphone l'arracha à ses pensées et Anthony vit la touche de sa ligne privée clignoter. Seule une poignée de gens — à l'exclusion de sa femme — avait accès à ce numéro. Il décrocha le combiné avec circonspection.

— C'est moi, annonça une voix rocailleuse qu'il reconnut aussitôt. La voie est libre ?

— Oui, répliqua Anthony.

Il faisait régulièrement fouiller son bureau à la recherche d'éventuels micros. Mais depuis quelques jours, depuis que Jack Russo était sorti de prison, et sachant que les Fédéraux l'auraient à l'œil, il avait dû redoubler de précautions.

Bien sûr, il avait les moyens de déjouer leur surveillance, se dit-il avec un sourire. Comme celui de sortir du bâtiment sans être vu, même par sa secrétaire.

Il y eut un long silence à l'autre bout du fil, avant que son interlocuteur ne dise d'un ton sec :

— J'ai reçu votre envoi.

28

— Et ?

— *Et ?* hurla soudain Russo. Il n'y avait rien dans la boîte.

— Quoi ? C'est impossible…

— C'est la stricte vérité. Où sont les diamants, Bishop ?

Anthony avala sa salive. Elle avait un goût amer. Qu'avait-il pu se passer ?

— Calmez-vous, Jack, je vous en prie. Ils sont forcément dans la boîte. Je les y ai déposés moi-même. Il y a un petit bouton à l'arrière, qui ouvre un compartiment secret…

— J'ai pulvérisé cette foutue boîte, et je vous dis que les diamants n'y sont pas. A présent, vous avez intérêt à jouer franc-jeu avec moi, Bishop. Je n'ai pas pourri deux ans et demi en taule pour me faire aujourd'hui doubler par mon avocat.

Anthony eut l'impression qu'un nœud coulant se resserrait autour de sa gorge. Il relâcha celui de sa cravate d'une main tremblante.

— Je vous répète que je les ai mis moi-même à l'intérieur de la boîte à musique. Quelqu'un de votre entourage…

— Je suis seul ici, avec ma mère, gronda Russo. Si vous insinuez que ma mère…

— Je n'ai pas voulu dire ça, s'empressa d'affirmer Anthony, se souvenant de la dévotion de Russo pour sa mère.

— Donc, cela ne laisse que vous…

Anthony sentit son cerveau s'emballer. Que s'était-il passé ? Nathalie aurait-elle trouvé et gardé les diamants ? Il aurait pu s'attendre à une entourloupe de la part d'une femme comme Melinda. Mais Nathalie…

— Ces diamants sont le seul indice capable de me faire accuser de meurtre, Bishop. Si je tombe, je vous préviens que vous tomberez avec moi.

— Aucun de nous ne sera arrêté, se hâta de répondre Anthony tout en passant une main nerveuse dans ses cheveux. Il y a simplement erreur.

— Une erreur de taille, oui ! La vôtre, Bishop, que vous avez intérêt à réparer en quatrième vitesse. Vous avez vingt-quatre heures avant que je ne vous envoie mes gars.

Fermant les yeux, Anthony visualisa l'image des « gardes du corps » de Russo.

— Faites-moi confiance, dit-il. Ne me suis-je pas toujours occupé de vous ? N'ai-je pas réussi à invalider l'accusation de meurtre prononcée à votre encontre, pour absence de preuves ?

— Si. Mais si ces cailloux tombent entre de mauvaises mains…

— Cela n'arrivera pas, assura Anthony.

Les diamants étaient encore forcément dans la boutique. Par mégarde, ou de manière délibérée — ce qu'il avait l'intention de découvrir sans attendre —, Nathalie avait dû expédier un autre paquet à l'adresse qu'il lui avait indiquée.

— Après la fermeture, je retournerai dans la boutique de mon ex-femme. Je vous jure que je fouillerai ce fichu magasin jusqu'à ce que je retrouve les diamants.

— Vous avez intérêt à implorer le ciel qu'elle ne vous ait pas doublé. Parce que sinon, menaça Russo, je ne donne pas cher de votre peau.

Sur ce, il raccrocha. Anthony fixa un moment le combiné avec anxiété avant de le reposer d'une main tremblante.

A cet instant, un son étouffé en provenance du couloir le fit tressaillir. Avait-on surpris sa conversation ? Il se leva et foula la moquette à pas feutrés jusqu'à la porte, qu'il ouvrit brusquement.

Un regard circulaire autour de la pièce lui indiqua que sa secrétaire était partie. Son bureau était rangé, l'ordinateur éteint, et les dossiers mis sous clé. Mais la porte qui menait au couloir était légèrement entrebâillée, et il entendit le ronronnement caractéristique de l'ascenseur, suggérant que quelqu'un venait de partir.

— Zut, zut et zut ! marmonna Nathalie en fixant la lumière rouge qui clignotait au-dessus de la porte de sa boutique.

Elle poussa un soupir de lassitude. Elle avait été si pressée de rentrer chez elle tout à l'heure, qu'elle avait dû oublier d'actionner l'alarme.

Il était 23 heures passées et elle était épuisée. Durant la période des fêtes, elle restait ouverte jusqu'à 21 heures. Mais ce soir, elle n'avait pu se débarrasser du dernier client qu'à 22 heures, et avait dû fermer la caisse, puis remettre un semblant d'ordre dans la boutique avant de pouvoir s'échapper.

Elle était presque arrivée chez elle lorsqu'elle s'était rendu compte qu'elle avait oublié de ranger la recette du jour dans le coffre-fort de l'arrière-boutique. Au lieu de cela, elle l'avait laissée dans un sac de toile sur son bureau. Jamais elle n'avait été cambriolée, et le quartier était surveillé par des patrouilles nocturnes. Mais une petite voix dans sa tête n'avait eu de cesse de répéter : « Il y a toujours une première fois. »

Sachant que celle-ci ne la laisserait pas en paix tant qu'elle n'aurait pas déposé l'argent dans le coffre, Nathalie avait fini par faire demi-tour. Et en observant le témoin signalant que l'alarme de sa boutique était désactivée, elle se dit qu'elle avait bien fait.

Les spots du magasin étaient éteints, mais les guirlandes lumineuses en éclairaient l'intérieur d'une douce lueur argentée. Frappée par la magie de ce spectacle, Nathalie retint son souffle un instant.

C'était elle qui avait accompli tout cela. De ses seules mains, se dit-elle en embrassant du regard la matérialisation de son rêve. Elle avait fait un réel succès de cette petite boutique. Et même si elle n'espérait pas s'y enrichir, Kyle et elle étaient au moins assurés de vivre confortablement.

Or c'était tout ce qui comptait à ses yeux : être en mesure d'élever son fils sans l'aide des Bishop. Car ce qu'ils donnaient n'était jamais gratuit.

Sans allumer les spots, Nathalie contourna le comptoir et se dirigea vers son arrière-boutique, avant de se figer brusquement. La porte était entrouverte, alors qu'elle n'omettait jamais de la fermer. Quelque chose — un son étouffé, un léger déplacement d'air, un parfum — lui indiqua qu'elle n'était pas seule dans le magasin. Quelqu'un se trouvait là, tendant, comme elle, l'oreille dans l'obscurité.

Mais comment avait-on pu réussir à entrer ? Elle était certaine d'avoir fermé la porte du magasin à clé avant de partir... et n'avait à l'instant remarqué aucun signe d'effraction. Pourtant, l'alarme était désactivée. Aurait-elle également oublié de la mettre en marche ? Ou bien l'intrus avait-il réussi à en neutraliser le système, avant de forcer discrètement la serrure ? Ce qui signifierait qu'elle avait affaire à un professionnel. Quelqu'un d'expérimenté et donc de dangereux.

Nathalie sentit la panique l'envahir. *Que faire ?* Devait-elle s'enfuir en courant ? Trouver une arme ?

Durant une fraction de seconde, elle demeura les pieds comme vissés dans le sol, à écouter son sang battre à ses tempes. Mais avant qu'elle n'ait le temps de reprendre ses esprits, un homme surgit de l'arrière-boutique.

— Où sont-ils ?

Nathalie dévisagea Anthony avec stupeur.

— Que fais-tu là ? Comment es-tu entré ?

La saisissant par le bras, il l'attira brusquement à l'intérieur de l'arrière-boutique. Pour la première fois de sa vie, elle eut peur de son ex-mari. Jamais elle ne lui avait vu un air aussi dangereux, aussi incontrôlable. Il paraissait hors de lui.

Abasourdie, elle contempla le saccage autour d'elle. Les tiroirs de son bureau arrachés, leur contenu, ainsi que celui des étagères, sauvagement répandu sur le sol. Jusqu'à la poubelle, qui avait été renversée.

La colère supplantant en elle la peur qui l'étreignait, Nathalie libéra brusquement son bras de l'étreinte d'Anthony et se retourna d'un bond pour lui faire face :

— Bon sang, où te crois-tu ?

Elle vit la fureur brûler dans le regard d'habitude si froid de son ex-mari.

— Où sont-ils, Nathalie ?

— J'ignore de quoi tu veux parler, mais j'appelle la police. Tout Bishop que tu es, tu ne t'en sortiras pas comme ça.

Elle se détourna et se dirigea vers le téléphone posé sur son bureau. Mais Anthony s'en empara avant elle, et arracha le fil à sa prise.

— Tu les as trouvés, n'est-ce pas ?

D'un geste brusque, il jeta le téléphone contre le mur.

— Tu as cru pouvoir me doubler ? Tu t'es toujours montrée un peu trop maligne, Nathalie. Mais cette fois, tu as intérêt à me les rendre, avant que je ne fasse un geste que nous pourrions tous deux regretter…

A cet instant, Nathalie vit son regard se poser derrière elle, sur la porte qui donnait dans la boutique. Elle vit ses yeux s'agrandir sous le coup de la surprise.

— Qu'est-ce que…, s'exclama Anthony.

Avant qu'elle n'ait le temps de se retourner, quelque chose de dur la frappa à l'arrière du crâne. La douleur fut fulgurante. Assommée, Nathalie sentit ses genoux vaciller sous son poids, et elle s'effondra au sol.

3.

Plusieurs heures après la mort d'Anthony, Spencer Bishop n'arrivait toujours pas à croire à sa disparition. Il fixa le rapport de police, dont les lettres se brouillaient devant ses yeux. Mais il avait lu et relu ce document tant de fois depuis la découverte du cadavre de son frère, qu'il en connaissait chaque virgule par cœur.

Anthony avait été poignardé. A l'aide du long couteau-scie que Nathalie conservait dans l'arrière-boutique afin d'ouvrir les cartons de livraison. La veille au soir, peu après minuit, un appel avait signalé à la police un problème dans la boutique. La brigade envoyée pour intervenir avait alors trouvé Nathalie, agenouillée près du cadavre d'Anthony, le couteau ensanglanté serré dans sa main.

Mais la preuve la plus criante de sa culpabilité résidait dans les dernières paroles de son frère, balbutiées avant qu'il ne trépasse : « Nathalie… pas toi. »

Depuis qu'on l'avait informé du meurtre, plus de douze heures auparavant, Spencer n'avait brièvement quitté les locaux de la police que pour en faire part à sa mère et à sa sœur.

Ayant atterri à San Antonio dans le plus grand secret, il était jusque-là parvenu à leur dissimuler sa présence. Mais ses efforts de discrétion étaient à présent fatalement compromis.

Spencer passa une main sur ses yeux, tout en se demandant comment les choses avaient pu si mal tourner. A l'origine, sa mission consistait à arrêter Jack Russo. Pour ce faire, il lui fallait trouver les diamants qui établiraient un lien entre ce malfrat et un meurtre perpétré trois ans auparavant, à Dallas, juste avant qu'on n'incarcère Jack Russo pour racket.

Il avait toujours su qu'en démasquant Russo, il y aurait de fortes chances pour qu'Anthony se trouve lui-même accusé de complicité dans cette affaire. Si les soupçons du FBI le concernant s'avéraient justifiés.

Mais cette pensée ne l'avait pas découragé. Il était prêt à tout pour faire tomber Russo— même à sacrifier son propre frère. Parce qu'au fil des ans il s'était convaincu que, dans son métier, la fin justifiait toujours les moyens.

A présent, Anthony était mort, et Nathalie, accusée de son meurtre. Spencer aurait voulu savourer l'ironie de cette situation. Mais seul un immense sentiment de vide l'habitait. Un sentiment d'absurdité. Quoi qu'ait pu faire Anthony, songea-t-il, son frère n'avait pas mérité un sort aussi tragique.

Et Nathalie ?

Méritait-elle de traverser cet enfer ?

Spencer ferma les yeux, se disant que, si elle avait tué son frère, il ne lèverait pas le petit doigt pour elle.

Mais c'était faux.

Il l'aiderait, au contraire, car son instinct lui disait que Nathalie Silver faisait, au même titre qu'Anthony avant elle, partie intégrante de sa mission. Elle seule à présent détenait la clé de ce mystère. S'il voulait résoudre cette affaire, il avait donc intérêt à garder un œil sur elle.

Jack Russo était un dangereux meurtrier. Il devait l'arrêter même si, pour y parvenir, il devrait aider la femme qui l'avait jadis trahi.

Ou la faire inculper à son tour.

Il devait s'agir d'un cauchemar, se dit Nathalie en observant le regard froid des inspecteurs venus l'interroger une fois de plus. Elle avait répondu à tant de questions, répété son histoire tant de fois depuis la veille, qu'elle était exténuée. Elle comprenait à présent comment un innocent pouvait finir par passer aux aveux.

Le pire était qu'on ne l'avait pas autorisée à voir Kyle. Elle n'avait donc pas pu lui annoncer le décès de son père. Suite à son appel désespéré depuis les locaux de la police, ses parents s'étaient précipités chez elle afin de libérer la baby-sitter, sans doute affolée. C'étaient eux qui avaient dû expliquer les faits à Kyle, aussi gentiment que possible, en passant bien sûr sous silence les détails sordides de la mort d'Anthony, ainsi que le fait qu'elle soit accusée de son meurtre.

Si seulement, se dit-elle avec désespoir, si seulement elle pouvait se souvenir de ce qui s'était passé avant qu'elle ne perde conscience. Quelqu'un était entré et l'avait assommée par-derrière, avant de tuer Anthony. Mais qui ? Qui aurait pu faire une chose pareille ? Pour la laisser ensuite en assumer la responsabilité ?

— Si vous ne l'avez pas poignardé, comment se fait-il qu'on vous ait trouvée, l'arme du crime à la main ? demanda l'un des deux inspecteurs, un certain sergent Phillips.

Nathalie braqua sur lui un regard brouillé par la fatigue.

— Je vous l'ai déjà dit. J'ignore comment ce couteau est arrivé entre mes mains. Quand j'ai repris conscience, j'ai vu Anthony allongé sur le sol. Il était couvert de sang… je me suis agenouillée près de lui afin de lui porter secours, et c'est là que la police a fait irruption dans la pièce.

— Dans ce cas, comment expliquez-vous la coupure que vous avez à la main droite ? demanda le deuxième inspecteur.

— Je… je ne l'explique pas, murmura Nathalie en humidifiant ses lèvres asséchées.

Elle ne s'était même pas rendu compte qu'elle s'était coupée, jusqu'à ce que les policiers arrivés sur les lieux n'enroulent une bande autour de sa main pour stopper le sang qui s'écoulait.

Le sergent Phillips posa un pied sur une chaise et croisa ses bras sur son genou replié.

— Votre divorce d'avec Anthony Bishop a été assez pénible, n'est-ce pas ? Il y a eu des rumeurs, des insinuations. Et vous n'avez touché ni pension ni dédommagement.

— Non.

— Vous deviez pourtant vous sentir en droit d'en bénéficier ?

— Je ne voulais pas d'argent. Je ne voulais rien venant d'Anthony, à part ma liberté. Et mon fils.

A ces mots, le sergent Phillips haussa un sourcil incrédule. Il échangea un regard avec son collègue avant de poursuivre :

— Est-il exact qu'Anthony Bishop se soit remarié, seulement trois semaines après votre divorce ?

Nathalie hocha la tête en silence.

— Avec une femme du nom de Seagrass, reprit l'inspecteur, *Melinda* Seagrass. Dont vous étiez proche. Vous avez fréquenté la même école. C'était en fait votre meilleure amie, non ?

— Oui.

— Or, il l'a épousée seulement trois semaines après votre divorce.

L'inspecteur la dévisagea avec insistance.

— On peut donc supposer qu'ils se fréquentaient depuis un certain temps. Qu'en dites-vous ?

Nathalie poussa un soupir.

— Je sais où vous voulez en venir. Mais cette histoire remonte à des années. Je n'ai pas tué Anthony afin d'assouvir une quelconque vengeance, si c'est ce que vous pensez.

— Pourquoi l'avez-vous tué, alors ?

— Je ne l'ai *pas* tué !

Dieu tout-puissant, pourquoi ne la croyaient-ils pas ? Des deux mains, elle repoussa ses cheveux en arrière.

— Je vous l'ai dit, j'ai surpris Anthony dans ma boutique la nuit dernière. Il avait mis mon atelier sens dessus dessous. De toute évidence, il cherchait quelque chose. Un objet lui appartenant, et qu'il soupçonnait se trouver en ma possession. Mais avant qu'il ne puisse m'expliquer de quoi il s'agissait, quelqu'un m'a assommée par-derrière et j'ai perdu conscience. Lorsque je suis revenue à moi, Anthony était allongé au sol... couvert de sang...

Nathalie pressa ses paupières l'une contre l'autre, s'efforçant de garder son sang-froid.

— Je jure que c'est tout ce que je sais, balbutia-t-elle.

— S'il se trouvait dans la boutique avant votre arrivée, comment est-il entré ? On n'a décelé aucun signe d'effraction, et l'alarme était désactivée. Comment expliquez-vous cela ?

— Je... je n'en sais rien. J'avais peut-être oublié de la mettre en marche en partant.

— Aviez-vous également omis de verrouiller la porte d'entrée ?

— Non...

Le sergent Phillips se leva, contourna la table et s'assit droit en face d'elle. Son regard noir se riva au sien avec une telle insistance, qu'elle eut soudain l'impression d'être coupable. Désemparée, Nathalie pressa ses mains l'une contre l'autre afin d'en maîtriser le tremblement.

— Saviez-vous que votre ex-mari allait vous attaquer en justice afin d'obtenir la garde de votre fils ?

A ces mots, Nathalie faillit s'étouffer.

— Non.

— Le dossier était prêt, pourtant, et vous voulez me faire croire que vous l'ignoriez ? Que vous n'aviez pas même l'ombre d'un soupçon ?

Elle hésita, se rappelant la conversation échangée la veille avec Blanche. Elles avaient effectivement envisagé cette hypothèse, et elle avait dit… elle avait dit que si Anthony tentait de lui prendre son enfant… Mais ses paroles avaient dépassé sa pensée. Jamais elle n'avait voulu dire une chose pareille.

— Vous le saviez, n'est-ce pas ?

Elle secoua la tête.

— Non. Enfin, je me demandais pourquoi il revenait s'immiscer dans notre vie, pourquoi il voulait soudain voir Kyle, après toutes ces années. Mais j'ignorais qu'il avait l'intention de m'intenter un procès. Il n'a jamais rien dit de tel.

— Il ne vous a jamais menacée ?

— Non.

— Il n'a pas cherché à vous provoquer, affirmé combien ce serait facile pour lui, un avocat de renom, un Bishop, de gagner ce procès ? De vous enlever votre fils ?

— Non, vous dis-je.

— Vous vous êtes battus ! Il s'est montré violent, n'est-ce pas ? Il vous a bousculée, alors vous avez saisi ce couteau sur votre bureau, et vous l'avez poignardé dans le dos.

— Non ! Non ! hurla Nathalie en se dressant sur ses pieds. J'étais évanouie. Je vous l'ai dit des centaines de fois. J'ai une bosse derrière le crâne qui prouve que j'ai été frappée.

— Asseyez-vous, ordonna l'inspecteur Phillips.

Quand Nathalie eut obtempéré, il ajouta :

— Vous avez pu recevoir ce coup durant la bagarre.

— Non, s'écria Nathalie. Et je n'ai *pas* tué Anthony !

Elle laissa tomber sa tête dans ses mains.

— Pourquoi refusez-vous de me croire ?

— Je suis loin d'être indifférent à votre sort, affirma l'inspecteur d'une voix soudain étrangement douce.

Nathalie leva les yeux, désireuse de croire à la lueur de compassion qu'elle lisait dans son regard.

— Vous aimez votre fils plus que tout, n'est-ce pas ?

Elle avala sa salive et hocha la tête.

— Un enfant a besoin de sa mère.

A cette pensée, elle sentit ses larmes jaillir. Comment Kyle avait-il réagi en apprenant la mort de son père ? Etait-il triste, désemparé ? Jusqu'à un mois auparavant, il n'avait jamais revu Anthony depuis leur divorce. Il n'était alors qu'un nourrisson. Mais elle savait que, au long de ces années, il avait maintes fois pensé à lui, qu'il s'était souvent demandé quel genre d'homme était son père. Il devait être bouleversé. Et elle n'était pas auprès de lui.

— Vous feriez n'importe quoi pour le protéger, n'est-ce pas ?

Nathalie leva vers l'inspecteur un regard embué de larmes, mais ne répondit pas.

— Il a plus que jamais besoin de vous. Coopérez, Nathalie, et je m'assurerai que vous soyez tous deux bientôt réunis.

— Que devrai-je faire ? demanda-t-elle d'une voix étranglée.

— Simplement me dire la vérité.

Le sergent Phillips se pencha en avant, plongeant dans le sien un regard enfiévré.

— Voyez-vous, je pense que vous avez tué Anthony Bishop sous le coup de la légitime défense. Qu'il s'agit d'un cas d'homicide involontaire. Avouez, et vous avez toutes les chances de sortir d'ici, libre.

Un silence pesant s'abattit sur la salle d'interrogatoire. Tout le monde semblait retenir son souffle en attendant la réponse de Nathalie. Assise, pétrifiée, face au sergent, elle le dévisageait d'un œil égaré.

Derrière le miroir sans tain qui le séparait de la salle d'interrogatoire, Spencer scrutait le visage de Nathalie. Cela faisait presque sept ans qu'il ne l'avait plus revue. Saurait-il reconnaître, dans ses yeux, la vérité du mensonge ?

Sept ans, songea-t-il. Sept ans, depuis qu'il était revenu à San Antonio, sa première mission accomplie, pour apprendre que durant son absence elle avait épousé son frère. Elle n'avait pas perdu de temps pour découvrir lequel des deux détenait le pouvoir... et l'argent, dans cette famille !

Avec son doux sourire et son regard ingénu, Nathalie Silver s'était jouée de lui. Mais elle n'y parviendrait pas une deuxième fois. Car il n'était plus un bleu, maintenant. Depuis le temps qu'il était agent spécial, il avait eu affaire à des dizaines de dissimulateurs... et d'assassins.

Surpris de voir que son souvenir d'elle était intact, il étudia ses traits à la recherche d'indices susceptibles de la vendre. Retombant jusqu'à ses épaules en un doux dégradé, ses cheveux châtain clair étaient plus longs que par le passé. Elle était vêtue d'un corsage grenat et d'une jupe plissée assez courte, qui lui donnaient un air de collégienne. Un air vulnérable — aussi vulnérable que lorsqu'elle avait dix-neuf ans.

Son regard, remarqua-t-il, semblait égaré. Hanté presque.

Etait-ce à cause de ce qu'elle avait fait ? se demanda Spencer avec colère.

Comme si elle avait deviné sa présence, senti la férocité du regard qu'il braquait sur elle, celui de Nathalie se détacha du sergent Phillips pour se poser un instant sur la face sans tain du miroir. Avec l'impression qu'il le transperçait jusqu'aux profondeurs de son âme, Spencer eut un mouvement de recul inconscient.

Les yeux de Nathalie revinrent sur Phillips, puis d'une voix tremblante, elle déclara :

— J'aspire à retrouver mon fils plus que tout.

— Bien sûr. C'est également notre souhait le plus cher.

Les deux inspecteurs échangèrent un regard de triomphe. Ils avaient bien travaillé. Après avoir écroulé ses défenses, après avoir joué avec ses émotions, ils étaient parvenus à leurs fins : amener leur suspect aux aveux.

A leur place, songea Spencer, il aurait fait de même.

— Dites-nous ce qui s'est réellement passé, Nathalie, insista Phillips d'une voix douce. Nous ne cherchons qu'à vous aider.

Nathalie ferma les yeux un moment, comme si elle rassemblait son courage. De son côté, Spencer sentit les muscles de sa nuque se serrer d'anticipation. Il se pencha en avant, l'oreille tendue en direction du haut-parleur.

Lorsqu'elle rouvrit les yeux, ils paraissaient plus bleus… plus limpides encore que tout à l'heure.

— Je… je refuse de mentir à seule fin de sortir d'ici. Je ne peux vous dire que la vérité. Je n'ai pas tué Anthony. Ni en état de légitime défense ni d'aucune autre manière.

Une lueur de colère traversa le regard de Phillips, à l'expression habituellement si stoïque.

— Toutes les preuves indiquent le contraire.

— Je ne l'ai *pas* tué, répéta Nathalie.

— Dans ce cas, je vous conseille de contacter un avocat, et vite, suggéra Phillips en se levant. Parce que vous êtes dans un sacré pétrin, chère madame.

Assise seule devant la table, Nathalie fixait sa main bandée. Etrangement, elle ne sentait pas la morsure de la douleur sous la gaze. Pas même un picotement, alors que la plaie, profonde, avait nécessité des points de suture.

Elle ignorait comment elle s'était coupée, ni si le sang séché qui maculait le devant de sa jupe était le sien ou… celui d'Anthony.

42

Les deux inspecteurs — le sergent Phillips et son acolyte — s'étaient éclipsés depuis quelques minutes. Afin, sans doute, de lui permettre de réfléchir avant de revenir à la charge avec une nouvelle rafale de questions. C'était à coup sûr une tactique, se dit-elle. Attaquer, battre en retraite, attaquer, battre en retraite, jusqu'à ce que l'attente entre les rounds devienne insupportable.

Combien de temps encore tiendrait-elle le coup ? Hier soir, son père l'avait suppliée de ne rien dire jusqu'à ce qu'il lui trouve un bon avocat. Mais elle était tellement persuadée que dès qu'elle se serait expliquée, la police la relâcherait… qu'il lui suffirait de dire la vérité, pour être libérée.

Mais en réalité, personne ne la croyait. Les inspecteurs semblaient au contraire convaincus de sa culpabilité. Jamais elle ne s'était sentie aussi impuissante !

Tentée de se laisser aller au désespoir, Nathalie appuya sa tête dans ses mains. Mais elle devait penser à Kyle. Pour lui, elle devait se montrer forte. Trouver le moyen de sortir d'ici.

Lorsque, quelques minutes plus tard, la porte s'ouvrit de nouveau, elle sursauta et tourna la tête, s'apprêtant à affronter un nouvel interrogatoire. Mais quand elle aperçut l'homme qui se dressait dans l'encadrement de la porte, le courage qu'elle avait réussi à rassembler la déserta.

Durant une fraction de seconde, elle crut avoir une vision. Spencer Bishop était bien la dernière personne au monde qu'elle se serait attendue à voir.

La dernière personne qu'elle aurait eu *envie* de voir.

Durant un long moment, leurs regards demeurèrent rivés l'un à l'autre. Puis Spencer referma lentement la porte derrière lui. Jamais Nathalie ne s'était sentie aussi vulnérable. Ramassée sur elle-même, elle frissonna sous la froideur de son regard.

Les yeux verts des Bishop.

— Que fais-tu là ? parvint-elle à articuler.

Impassible, il marcha jusqu'à la table, la dominant de sa haute silhouette.

— Cela me paraît évident.

Nathalie leva les yeux vers lui. Le seul fait de le voir — de se souvenir — lui arracha un frémissement.

— Je n'ai pas tué Anthony, murmura-t-elle.

Il ne répondit pas tout de suite, se contentant d'étudier ses traits avant de déclarer :

— Je dois te prévenir que rien ne t'oblige à répondre à mes questions, ni à celles d'aucun d'entre nous, hors la présence d'un avocat. Cela t'a été expliqué, n'est-ce pas ? Tu as été informée de tes droits ?

— Oui. Mais je n'ai pas d'avocat.

— Dans ce cas, tu ferais bien d'en trouver un.

— Mais puisque je suis innocente !

Spencer haussa les épaules.

— Il est dans ton intérêt de te faire conseiller. Car tout ce que tu diras pourra se retourner contre toi.

— Si je comprends bien, tu es ici dans un cadre officiel ?

Nathalie vit le regard qu'il braquait sur elle s'assombrir.

— Je suis ici parce que mon frère a été assassiné.

— Et, comme eux, tu penses que c'est moi qui l'ai tué ?

L'ironie de la situation était dévastatrice. Nathalie ne savait pas ce qui était pire : le fait de devoir affronter le regard froid comme l'acier d'un agent du FBI, ou le fait de devoir soutenir celui de l'homme qu'elle avait aimé.

Sans la quitter des yeux, Spencer s'assit en face d'elle. Elle leva son regard vers lui, cherchant sur ses traits le souvenir de son ancien amour.

Mais cet homme n'avait jamais réellement existé. Comme Anthony, il lui avait simplement fait croire ce qu'elle avait alors envie d'entendre. Jusqu'à ce qu'il parvienne à ses fins.

44

A ce souvenir, Nathalie sentit l'humiliation empourprer son front. Même après sept ans, la pensée de n'avoir été rien d'autre pour Spencer Bishop qu'une aventure d'une nuit l'emplissait de honte. Comment avait-elle pu se montrer aussi stupide ? Tomber, en l'espace d'une semaine, amoureuse de cet impétueux et jeune agent du FBI ? Si ténébreux, si intense…

Il n'avait guère changé, songea-t-elle. Peut-être paraissait-il un peu plus âgé. Un peu plus dur, dans le jean ample, la chemise sombre, et la veste sport qui accentuaient la minceur de sa silhouette.

Soudain, elle vit les pupilles, au centre de ses yeux verts, s'étrécir, comme s'il avait lu dans ses pensées. Il passa une main dans ses cheveux bruns, en un geste qui lui rappela des souvenirs plus intimes.

— Les preuves t'accablent, dit-il. Les derniers propos d'Anthony, en particulier. « Nathalie, pas toi. » Ce sont bien ses propres paroles, n'est-ce pas ?

— Oui.

Au souvenir des derniers instants d'Anthony, Nathalie sentit ses yeux s'emplir de larmes.

Elle revit la police faire irruption dans la pièce. Les lumières s'allumer, tandis qu'elle découvrait le canon des revolvers braqués sur elle.

— Levez-vous. Ecartez-vous du corps ! avait hurlé un des policiers.

Puis une nouvelle semonce :

— Lâchez votre arme !

Abasourdie, elle avait obtempéré. Tandis qu'un des inspecteurs la tenait en respect, un autre s'était précipité vers Anthony pour tenter d'endiguer le flot de sang qui s'écoulait de sa blessure. Mais il était trop tard. Tout ce qu'il avait eu le temps de dire avant de mourir, c'était ces trois mots :

Nathalie… pas toi.

Pourquoi avait-il dit cela ? Pourquoi aurait-il cherché à l'accabler ? se demandait Nathalie. L'idée lui avait traversé l'esprit que, ne comprenant *pas* qu'il était en train de mourir, son ex-mari avait voulu exploiter cette accusation contre elle, plus tard. Quel meilleur moyen, en effet, de récupérer Kyle, que d'envoyer sa mère en prison ?

Mais Anthony était mort, et elle, accusée de son meurtre. Qu'en était-il de Kyle, à présent ? Irène n'allait sûrement pas réclamer sa garde. Elle n'avait jamais montré la plus petite once d'intérêt à l'égard de son petit-fils. Mais qu'adviendrait-il si…

Nathalie sentit soudain un frisson glacé la parcourir. Elle riva son regard sur Spencer. Anthony mort, la situation prenait un tour différent. Il ne lui suffirait plus, se dit-elle, de parvenir à sauver sa peau. Il lui faudrait peut-être également défendre celle de son fils.

Spencer continuait de l'observer comme s'il devinait chacune de ses pensées. Troublée, Nathalie détourna le regard.

— Je ne dirai pas un mot de plus avant d'avoir consulté mon avocat, déclara-t-elle.

— Comme tu voudras.

Il se leva et se pencha à travers la table, envahissant soudain son espace vital jusqu'à ce qu'elle sente le parfum subtil de son eau de toilette, qu'elle remarque l'ombre naissante de sa barbe sur sa mâchoire. Elle retint un mouvement de recul, tant cette proximité réveillait de souvenirs en elle.

Enfin, Spencer se redressa et marcha jusqu'à la porte.

— Crois-moi, ce n'est pas après toi que j'en ai, Nathalie, dit-il en tournant une dernière fois la tête dans sa direction. Tout ce que je veux, c'est découvrir la vérité.

— J'aimerais tant pouvoir le croire, murmura Nathalie, tandis que la porte se refermait derrière lui.

4.

Le soleil s'était couché et le crépuscule tombait lentement sur la ville. Après dix-huit heures d'attente et d'interrogatoire, Nathalie se préparait à passer sa première nuit en cellule. Elle laissa aller son regard sur le sol gris, les murs de béton, le lavabo, les toilettes, les deux paillasses — dont l'une était occupée par une femme qui, depuis son arrivée, dormait.

Nathalie était partagée entre le désir de pouvoir lui parler, et la crainte de se trouver face à un monstre. Elle ignorait tout de sa compagne de cellule, et repensait à des films où des innocents se trouvaient enfermés en compagnie de criminels endurcis.

Soudain, une pensée la traversa : celle que sa codétenue — la première apeurée à l'idée d'être incarcérée avec une meurtrière — fasse en fait *semblant* de dormir.

Réprimant un frisson, Nathalie s'assit sur la paillasse restée libre. Déjà, on l'avait étiquetée, comme marquée au fer rouge. Malgré son innocence, la police la soupçonnait de meurtre. Et au vu des preuves qui l'accablaient, tout le monde allait la croire coupable. Peut-être même… les jurés.

Elle resserra ses bras autour de son buste afin de contrôler le tremblement qui venait de s'emparer d'elle. Qu'adviendrait-il si elle était condamnée ? Incarcérée pour le restant de ses jours ? Si elle ne voyait plus jamais Kyle ni ses parents qu'aux heures de visite autorisées, à travers une vitre blindée ?

S'interdisant de se laisser aller au désespoir, Nathalie luttait contre les larmes. Mais s'accrocher à son seul courage semblait dérisoire, alors que tout s'acharnait contre elle. Sa caution avait été fixée à un montant si élevé — un quart de million de dollars — que même en vendant sa boutique, sa maison, et en vidant ses comptes d'épargne, jamais elle ne parviendrait à s'acquitter d'une telle somme.

Ce devait être un coup des Bishop, se dit-elle avec amertume. Irène avait posé ses marques, l'obligeant à rester en prison jusqu'au procès. Un procès qu'il lui faudrait attendre des semaines, des mois durant, peut-être. Le manque à gagner, alors que la période de Noël battait son plein, allait entraîner son commerce à la faillite. Elle allait *tout* perdre.

Le pire, c'était qu'elle serait séparée de Kyle, qu'elle ne pourrait pas le protéger du cauchemar dans lequel avait basculé leur existence.

— Nathalie Silver ?

Nathalie leva les yeux vers la gardienne qui venait d'ouvrir la porte de la cellule et se leva.

— Oui, dit-elle d'une voix hésitante.

— Suivez-moi, intima la femme, votre caution a été réglée. Vous êtes libre.

Elle fixa la gardienne avec stupeur.

— Mais comment… ? Qui a payé ?

La matrone haussa les épaules.

— Ce monsieur est en bas, en train de signer votre décharge. Venez.

Puis voyant qu'elle hésitait :

— Vous voulez sortir, oui ou non ?

Jamais elle n'avait plus ardemment désiré quelque chose, se dit Nathalie. Tout en se demandant comment son père avait pu se débrouiller pour réunir cette somme colossale en si peu de temps.

Arrivée à la porte, elle jeta un regard derrière elle. La femme allongée sur la paillasse s'était retournée et braquait à présent sur elle de grands yeux égarés. Dans ce regard hanté par le désespoir, ce fut son propre reflet que Nathalie eut l'impression de contempler.

— Ouvrez-la, ordonna la gardienne en lui tendant une enveloppe en papier kraft, et assurez-vous que tout y est.

Bien qu'elle soit incapable de se rappeler les effets personnels qui lui avaient été retirés à son arrivée ici, Nathalie obtempéra.

— Où est mon père, demanda-t-elle tout en signant le reçu.

La femme haussa les épaules.

— Comment le saurais-je ?

Nathalie leva les yeux du registre.

— C'est lui qui est venu payer ma caution, n'est-ce pas ?

De l'index, la gardienne indiqua quelqu'un derrière elle.

— C'est ce monsieur qui a réglé.

L'enveloppe serrée contre sa poitrine, Nathalie se retourna pour découvrir Spencer Bishop, engagé dans une discussion devant la porte d'un bureau. Il se retourna à son tour et posa son regard sur elle.

Il vint alors dans sa direction d'un pas tranquille. Lorsqu'il s'immobilisa devant elle, Nathalie sentit son cœur battre à tout rompre.

Durant toutes ces années, elle avait cru parvenir à oublier combien il était grand, comme ses épaules étaient larges. La virilité naturelle qui se dégageait de lui, la barbe naissante, quasi permanente, qui ombrait sa mâchoire. Ses yeux verts paraissaient plus sombres encore, plus intenses, que dans son souvenir. Une lueur menaçante y couvait, tandis qu'il soutenait son regard.

— Pourquoi ? balbutia Nathalie, incapable de prononcer un mot de plus.

Spencer la dévisagea durant un moment, avant de hausser les épaules.

— J'ai eu l'impression que tu étais mûre pour sortir d'ici. Me serais-je trompé ?

Nathalie secoua la tête. Durant cette terrible épreuve, elle avait appris que les quatre murs d'une cellule étaient le lieu le plus solitaire au monde. La perspective d'y passer la nuit — et peut-être le restant de ses jours — l'avait épouvantée.

— Non, dit-elle, loin de là. Mais pourquoi as-tu payé ma caution ? Ta famille…

— Laissons ma famille en dehors de cela, veux-tu ?

— Si tu veux, mais cela ne m'explique toujours pas pourquoi tu as acquitté ma caution.

D'un ton caustique, Spencer répliqua :

— A moins que je n'attende quelque chose en retour, c'est ça ?

Elle détourna le regard. C'était exactement ce qu'elle se demandait. Car Spencer était avant tout un Bishop.

— Tu n'as pas tort, assura-t-il. J'attends en effet quelque chose en retour.

— Quoi ? s'empressa de demander Nathalie, tout en redoutant d'entendre sa réponse.

— Je veux savoir qui a tué Anthony, et tu es la seule personne à pouvoir m'aider à le découvrir.

Nathalie prit une longue inspiration avant de dévisager Spencer avec méfiance.

— Cela signifie-t-il que tu crois à mon innocence ?

— Aux yeux de la loi, et jusqu'à preuve du contraire, tu es innocente.

— Cela ne répond pas vraiment à ma question.

— C'est malheureusement la seule réponse que je puisse te fournir pour l'instant.

— Je suppose que je devrai donc m'en contenter, conclut Nathalie d'une voix posée.

Redressant le menton, elle soutint son regard jusqu'à ce que ce soit lui, cette fois, qui détourne le sien.

— Merci de m'avoir sortie de là, dit-elle.

Mais elle n'y comprenait rien. Si Spencer attendait d'elle des réponses à ses interrogations, il risquait d'être déçu.

— Je ne l'ai pas fait pour que tu me remercies, Nathalie. Comme je l'ai dit, je veux découvrir la vérité. Or le fait que tu sois libérée va grandement me faciliter la tâche.

— De quelle manière ?

Il hésita, comme s'il soupesait ce qu'il pouvait lui révéler.

— Peut-être pourrions-nous coopérer, toi et moi. Tu dois être la première à souhaiter trouver des réponses à ces questions.

— Mais je ne sais rien. J'ai dit tout ce que je savais à la police. Que pourrais-je faire de plus ?

— Un détail peut te revenir à l'esprit, affirma Spencer. Et dans ce cas, je veux être le premier à l'entendre.

— En payant ma caution, tu penses pouvoir acheter ma coopération ? C'est cela ? demanda Nathalie d'un ton amer.

Spencer haussa les épaules.

— Peut-être. Mais que cela te plaise ou non, je suis la seule personne à pouvoir te venir en aide, Nathalie.

Nathalie vit ses yeux verts s'assombrir au point qu'elle eut l'impression de s'aventurer une fois de plus dans des eaux dangereuses.

Elle réprima un frisson. Pouvait-elle se fier à lui ? Il lui avait déjà menti une fois. Il l'avait bernée, aussi cruellement qu'Anthony. Après ces multiples trahisons, comment pourrait-elle de nouveau accorder sa confiance à un Bishop ?

— Excuse-moi, dit-elle en se détournant. Il faut que j'appelle un taxi.

— Je te raccompagne.

Nathalie se figea. Puis se retournant, elle le dévisagea avec circonspection.

— Pourquoi ? Pour me faire subir en chemin un nouvel interrogatoire ?

— J'allais partir, et à cette heure-ci tu auras du mal à trouver un taxi. Mes motifs s'arrêtent là, affirma Spencer.

Même s'il en avait un autre, se dit Nathalie, cela importait-il vraiment ? Elle n'avait rien à cacher, et la situation se retournerait peut-être contre lui. Peut-être pourrait-elle, à son tour, l'interroger, découvrir la véritable raison pour laquelle il avait payé sa caution. Car, de manière instinctive, elle savait qu'il ne lui avait pas tout dit.

— D'accord, acquiesça-t-elle tout en priant le ciel de ne pas avoir le regretter. Merci encore.

Ils mirent vingt minutes avant d'arriver chez ses parents, sur les hauteurs d'Alamo. Vingt minutes d'un silence insupportable, durant lesquelles chacun d'eux sembla farouchement déterminé à ne rien dire à l'autre. Lorsque Spencer tourna dans l'allée qui menait à la villa des Silver, Nathalie sentit soudain ses yeux s'emplir de larmes.

Des guirlandes lumineuses soulignaient les lignes du toit et des pignons, ainsi que toutes les fenêtres et portes de la maison, modeste mais confortable. Une couronne de houx était suspendue à la porte d'entrée et un gros nœud rouge ornait la boîte aux lettres.

Existait-il spectacle plus accueillant ? se demanda Nathalie.

Mais lorsque Spencer sortit du véhicule pour la suivre le long de l'allée, elle marqua un temps d'hésitation. S'immobilisant au pied des marches qui menaient à la véranda, elle posa un regard anxieux sur la porte d'entrée.

— Qu'y a-t-il ? demanda Spencer. Je te croyais impatiente de retrouver ta famille.

— Je le suis.

Nathalie prit une longue inspiration.

— Imagine… que je lise le doute dans leurs yeux. Que mon propre fils me prenne pour une meurtrière.

— Il n'y a qu'un seul moyen de le savoir, affirma Spencer.

Elle hocha la tête, mais avant qu'elle n'ait le temps de répondre, la porte d'entrée s'ouvrit et la voix grave de Paul Silver s'exclama :

— Nathalie. J'étais sûr que c'était toi. Viens vite, ma chérie.

Soudain, Nathalie sut que tout irait bien. Les larmes qu'elle était jusque-là parvenue à retenir jaillirent au spectacle des bras grands ouverts de son père. Pressée de s'y réfugier, elle escalada les marches comme si elle avait eu des ailes.

— Papa, murmura-t-elle, pressant ses paupières l'une contre l'autre pour contenir les vagues d'émotions qui se bousculaient en elle.

L'odeur du vétiver lui avait toujours rappelé son père, mais jamais ce parfum ne lui avait paru aussi merveilleux. Jamais il n'avait réveillé en elle autant de souvenirs.

— Je sais, chuchota son père à son oreille. Je sais, ma chérie. Mais tout va bien se passer à présent. Tu verras.

La serrant contre lui, il la réconforta comme il le faisait lors de ses chagrins d'enfant : lorsqu'elle venait vers lui avec un genou couronné, ou une poupée cassée. Son père n'était pas grand, pour un homme — il devait mesurer un mètre soixante-dix —, et se remettait à peine d'une récente attaque cardiaque. Mais Nathalie eut l'impression que l'étreinte de ses bras n'avait jamais été aussi puissante.

Au bout d'un moment, ils prirent tous deux conscience de la présence de Spencer, debout au pied des marches. Après s'être éclairci la gorge, son père proposa d'un ton bourru :

— Entrez, voyons. Il faut que tu me racontes comment tu es parvenue à sortir de prison. Mon homme d'affaires et mon comptable travaillent d'arrache-pied depuis ce matin, mais je n'avais pas espoir d'arriver à une solution avant demain.

Nathalie hésita, en se rendant compte que son père venait d'inviter Spencer Bishop à entrer, et que ni Spencer ni elle ne savaient comment réagir à cette proposition.

— Je ne peux pas rester, s'empressa d'affirmer ce dernier.

Au même instant, elle suggérait :

— C'est bon. Entre un moment, Spencer.

Malgré sa répugnance manifeste à accepter cette invitation, après avoir haussé les épaules, Spencer monta les marches de la véranda et les suivit à l'intérieur.

Celui-ci était plus accueillant encore que la façade illuminée de la maison. Des branches de sapin suspendues à la rampe de l'escalier et au manteau de la cheminée parfumaient l'atmosphère, et un feu crépitait dans l'âtre. Un immense arbre de Noël, décoré d'une multitude de guirlandes, occupait un angle entier du salon.

Le feu dans la cheminée devait être une idée de sa mère, songea Nathalie. Joy Silver affirmait toujours que rien n'était plus réconfortant qu'une bonne flambée, les soirs d'hiver. Même si, à San Antonio, cela obligeait souvent à mettre en même temps la climatisation en route !

Un bras toujours passé autour de son épaule, son père se tourna vers Spencer. Pour la première fois, Nathalie remarqua qu'il y avait plus de gris dans ses cheveux que de brun, plus de rides autour de ses yeux et de sa bouche, que dans son souvenir. Elle ressentit alors un pincement de culpabilité.

54

— Je ne pense pas vous avoir déjà rencontré, affirma Paul à l'adresse de Spencer. Pourtant votre visage me semble familier.

— C'est Spencer Bishop, papa. Le frère d'Anthony.

Nathalie sentit l'hésitation imperceptible de son père avant qu'il ne tende sa main à Spencer. Puis Paul suggéra :

— Venez donc vous asseoir. Ta mère est dans la cuisine, Nathalie. Je ferais mieux d'aller la prévenir, sinon elle va m'arracher les yeux.

— Et Kyle, où est-il ?

— Dans l'arrière-cour, en train de nourrir le chien de ta mère.

Le « chien de sa mère » était un vieux lévrier, qui faisait partie de la famille depuis le jour de sa naissance. Malgré son affection évidente pour Major, son père y avait toujours fait référence en ces termes.

A cet instant, la porte de la cuisine s'ouvrit en grand et sa mère pénétra dans la pièce.

— Paul, j'ai cru entendre des voix...

Lorsqu'elle aperçut Nathalie, ses yeux s'emplirent de joie.

— Nathalie !

Les deux femmes se précipitèrent l'une vers l'autre, pour s'étreindre avec chaleur. Spencer remarqua que Nathalie devait se pencher pour prendre sa mère dans ses bras. Menue, tirée à quatre épingles, et une véritable boule d'énergie, Joy Silver paraissait dix ans de moins que ses cinquante-deux printemps. Ses cheveux étaient plus foncés que ceux de Nathalie, ses yeux d'un bleu différent, mais la ressemblance entre elles était néanmoins frappante.

— Oh, mon Dieu ! s'exclama Joy. Jamais je n'aurais espéré te voir avant demain. L'idée que tu allais passer la nuit dans cet affreux endroit me brisait le cœur. Mais j'aurais dû me douter que ton père trouverait un moyen de te sortir de là. Pourquoi ne m'as-tu rien dit ? demanda-t-elle en tournant un regard accusateur en direction de son mari.

— Parce que je n'en savais rien, répondit Paul. Ce n'est pas moi qui ai payé la caution.

— Qui d'autre ?

— En fait… c'est Spencer qui a réglé ma caution.

— Spencer ?

Passant un bras autour de celui de sa mère, Nathalie l'attira en direction de Spencer.

— Je te présente Spencer Bishop, maman. Le frère d'Anthony.

Joy porta une main hésitante à son cœur.

— Mon Dieu, murmura-t-elle avec un regard interrogateur à l'adresse de son époux.

Nathalie vit les épaules de son père se soulever légèrement comme pour dire : « Je suis aussi étonné que toi. »

Comme s'il avait ressenti leur gêne, Spencer déclara :

— Je ferais mieux d'y aller. Je suis sûr que vous avez beaucoup de choses à vous dire, tous les trois.

— Vous ne pouvez pas faire ça, protesta Paul.

— Pardon ?

— Vous ne pouvez pas partir sans avoir vu votre neveu.

Spencer jeta un coup d'œil en direction de Nathalie, qui s'empressa d'éviter son regard.

— Une autre fois, peut-être…

— Nous ne voulons pas te retenir…, assura Nathalie.

— Maman ! Tu es de retour !

Avant qu'ils n'aient le temps de prononcer un mot de plus, Kyle, vêtu d'un T-shirt des Spurs — l'équipe de base-ball de la ville —, d'un jean et de baskets, s'élança depuis la porte de la cuisine jusque dans les bras de Nathalie. Elle les referma autour de son fils, tournant joyeusement sur elle-même jusqu'à ce que, hors d'haleine et riant aux éclats, ils s'effondrent tous deux sur le canapé.

— Tu m'as tellement manqué, dit-elle en l'embrassant avec effusion.

Mais déjà, il la repoussait avec douceur pour se tourner vers Spencer qu'il dévisagea avec insistance.

Une paire d'yeux verts rencontrèrent deux autres yeux verts semblables.

Ils se mesurèrent du regard durant un long moment. Puis, Kyle se dégagea des genoux de Nathalie pour s'asseoir à côté d'elle sur le sofa.

— Vous ressemblez à mon père, dit-il.

Nathalie dirigea son regard sur Spencer. Il étudiait Kyle avec la même insistance que celle qui tendait le regard du petit garçon. D'où elle était assise, elle voyait leurs deux profils identiques. Mais, se dit-elle, tous les Bishop ne se ressemblaient-ils pas ?

— Je suis ton oncle, déclara Spencer. Le frère de ton père. Je suis ravi de te rencontrer enfin.

Les pupilles de Kyle s'étrécirent.

— Vous n'êtes pas là pour emmener ma mère, j'espère ?

Spencer eut l'air légèrement stupéfait.

— Non, ne t'inquiète pas. En fait, je l'ai ramenée à la maison afin que tu puisses prendre soin d'elle.

Kyle sembla méditer cette réponse un instant, avant de hocher la tête, l'air visiblement satisfait.

— Ça c'est chouette, dit-il. Vraiment chouette.

— Voulez-vous boire quelque chose, Spencer ? demanda Joy, apparemment remise de son choc initial. Un chocolat chaud ou un verre de vin chaud ?

— Non, merci. Je dois vraiment y aller, à présent.

— Je vous raccompagne jusqu'à la porte, proposa Paul.

Son père posa une main sur l'épaule de Spencer et les deux hommes se dirigèrent vers la porte d'entrée. Nathalie les entendit échanger quelques mots à voix basse. Elle se demanda ce qu'ils pouvaient bien se raconter.

Comme attiré par l'intensité du regard qu'elle braquait sur eux, Spencer se retourna. Leurs regards se croisèrent et Nathalie retint un instant son souffle, se demandant une fois de plus ce qu'il faisait là, chez ses parents, et pourquoi il avait payé sa caution.

Troublé par sa brève entrevue avec les Silver, Spencer s'immobilisa sous la véranda. La nuit lui sembla soudain froide et triste, en comparaison avec l'atmosphère chaleureuse qu'il venait de laisser derrière lui. L'espace d'un instant, il eut envie d'y retourner, de rejoindre cette oasis de confort et d'amour. Mais il n'avait pas sa place dans cette maison. Il n'avait sa place nulle part, en réalité.

Il s'était toujours dit que, avec son métier, mieux valait ne pas se créer d'attaches. Ne pas fonder une famille qui aurait espéré chaque soir son retour.

Mais tout en s'engageant dans l'allée en direction de sa voiture, il ne put s'empêcher de se retourner une dernière fois. Il distinguait clairement l'intérieur de la maison à travers la large fenêtre de la façade et, malgré sa honte de se comporter en voyeur, il ne pouvait en détacher son regard.

Les Silver s'étaient regroupés autour de la cheminée. Il vit Joy, perchée sur le bras du fauteuil capitonné de Paul. Joy. Ce nom lui seyait à merveille, songea Spencer à la vue du sourire radieux qu'elle adressait à son mari.

Contempler Joy Silver, se dit-il, laissait sans doute entrevoir ce à quoi Nathalie ressemblerait dans une vingtaine d'années. Elles avaient les mêmes traits, la même silhouette menue. Le même sourire désarmant.

Nathalie, elle, était assise à même le sol, en face de Paul, ses bras resserrés autour de son fils comme si elle voulait ne jamais le laisser partir. Mais son regard était dirigé vers son père, dont elle semblait littéralement boire les paroles.

A cet instant, il sembla à Spencer que Paul Silver était le plus heureux des hommes.

— Nathalie, tu n'es pas couchée ?

Se détournant de la fenêtre, Nathalie découvrit son père, la tête passée dans l'entrebâillement de la porte de sa chambre.

— Entre, papa.

Sanglé dans une robe de chambre de soie sur un pyjama bleu marine, il vint s'immobiliser à son côté. Ils demeurèrent un moment silencieux, à contempler les guirlandes lumineuses qui ornaient la maison d'en face.

— Que sais-tu de ce Spencer Bishop ? finit par demander Paul.

— Pas grand-chose, éluda Nathalie.

— Je ne cesse de m'interroger sur ses motivations. S'il est comme son frère, je l'imagine mal faire quoi que ce soit par pure bonté d'âme.

— Je sais, convint Nathalie. Cela m'inquiète aussi.

— Tu n'as donc pas confiance en lui ?

Elle haussa les épaules.

— Je ne peux me fier à personne à l'heure actuelle. A part à toi, à maman et à Kyle.

Se tournant vers son père, elle le dévisagea avec gravité.

— Je suis désolée de... vous imposer toutes ces épreuves.

— Ecoute-moi bien, Nathalie, répliqua Paul d'un ton sévère. Tu n'y es pour rien. Pour rien, tu m'entends ?

— Je sais, mais, si je n'avais pas épousé Anthony...

— Si tu n'avais pas épousé Anthony, tu n'aurais pas ce merveilleux petit bonhomme qui dort en ce moment dans la pièce d'à côté. Ne l'oublie jamais.

Nathalie se retourna vers la fenêtre. Depuis le début de ce cauchemar, se dit-elle, loin d'oublier ce cadeau du ciel, elle n'avait fait que penser à Kyle.

Passant un bras autour de son épaule, son père l'attira contre lui.

— Notre famille a traversé maintes épreuves au fil des ans, dont nous sommes toujours sortis vainqueurs. Nous y parviendrons cette fois-ci, comme par le passé, en nous serrant les coudes.

Le ton bourru de sa voix la fit sourire.

— Oui, papa.

— Bien.

Il étreignit son bras.

— Tâche de passer une bonne nuit. Le matin, tout semble toujours plus rose.

Arrivé à la porte, Paul se retourna brusquement.

— Nathalie, à propos de la caution…

— Eh bien ?

Son père demeura un instant silencieux avant de dire :

— Tu sais que j'aurais vendu mon âme pour te faire sortir de prison, n'est-ce pas ?

Nathalie sentit ses yeux s'emplir de larmes.

— Je le sais.

Paul Silver hocha la tête.

— Dors bien, ma fille.

— Bonne nuit, papa.

60

5.

A travers les hautes fenêtres, le soleil matinal inondait la pièce, soulignant les mèches blanches qui parsemaient la chevelure blonde, impeccablement coiffée, d'Irène Bishop. Assise à l'extrême bord d'un fauteuil tendu de tapisserie, droite comme un I, elle était distante, majestueuse. Elle ressemblait à son environnement, songea Spencer. Belle, élégante et intouchable.

— Merci d'être venu à une heure aussi matinale, Spencer, dit-elle d'un ton formel.

— Comment vous sentez-vous, mère ?

— Comment pourrais-je me sentir, alors qu'on a sauvagement assassiné mon fils ?

Quelle qu'en soit l'étendue, son chagrin était soigneusement dissimulé sous le maquillage discret, la coiffure, l'austère et élégante robe noire.

— Je suis désolé, hasarda Spencer. J'imagine à quel point c'est difficile pour vous.

— Tu n'en as aucune idée, rétorqua sa mère, sans que le moindre signe d'émotion n'altère sa voix ou ses traits.

Spencer remarqua seulement que sa main tremblait sur la tasse de porcelaine qu'elle approcha de ses lèvres. Avec délicatesse, Irène prit une gorgée de thé avant de reposer sa tasse sur le plateau de marbre de la table.

— Les funérailles auront lieu demain. Les arrangements ont été pris. Seuls les amis proches et la famille sont invités, ainsi que certains des associés d'Anthony — tous des hommes de confiance.

Des hommes de confiance ? songea Spencer. Quelle personne sensée aurait pu en retour se fier à Anthony ? se demanda-t-il avec amertume, aussitôt étreint par un pincement de culpabilité. Son frère était mort depuis à peine vingt-quatre heures, et il ne pouvait puiser en lui-même la plus petite once de compassion ou de regret à son égard.

Spencer se détourna de sa mère, et son regard se posa sur le portrait suspendu au-dessus de la cheminée, représentant son père et son frère. Anthony senior était assis en compagnie de son fils favori, dressé légèrement en retrait derrière lui. Tous deux fixaient le monde à leurs pieds avec la même arrogance, le même regard froid et tranquille.

Les mêmes yeux verts que ceux qu'il voyait lorsqu'il se regardait dans une glace.

Mais à son sens, la similitude entre Anthony — ou n'importe lequel des Bishop — et lui s'arrêtait là. Il avait toujours pensé qu'il était différent d'eux, que c'était la raison pour laquelle il était traité en étranger parmi les siens. La raison pour laquelle il n'avait jamais été proche d'aucun membre de sa famille. Ni de sa mère ni de sa sœur ni, précisément, de son frère.

Même enfants, Anthony et lui ne s'étaient jamais entendus, ils étaient trop différents. Les chemins qu'ils avaient empruntés par la suite étaient aussi trop divergents. Sept ans plus tôt, lorsqu'il avait découvert la trahison d'Anthony et de Nathalie à son encontre, il avait su qu'une réconciliation entre son frère et lui serait sans doute impossible.

Et à présent, il était trop tard.

Spencer passa une main sur son visage et se tourna vers Irène.

— Est-ce pour cela que vous vouliez me voir, mère ? Pour me signifier que les arrangements avaient été pris ?

— Tu es son fils, affirma soudain la voix d'Anthéa depuis le pas de la porte. Notre mère a-t-elle besoin d'une autre motivation pour demander à te voir ?

Par le passé, cela avait pourtant toujours été le cas, songea Spencer tout en affrontant le regard glacé de sa sœur.

Anthéa s'avança dans la pièce. Grande, mince, portant la tête haute, elle s'efforçait d'avoir l'allure d'une Bishop. Sans jamais y parvenir tout à fait.

Etait-ce à cause du léger affaissement de ses épaules ? se demanda Spencer. Ou de la façon dont son tailleur — sans doute très onéreux — retombait néanmoins comme un sac autour de sa silhouette dégingandée ? Malgré cela, elle aurait pu paraître séduisante, si son air renfrogné et le froncement qui marquait son front en permanence n'avaient à ce point assombri son visage.

Anthéa Bishop ne possédait pas le dixième du maintien, de l'intelligence, ni de l'élégance de sa mère. Cette dernière ne manquait d'ailleurs aucune occasion de le lui rappeler. En cet instant, elle jaugeait d'un œil critique la progression de sa fille à travers la pièce. Elle ne dit rien, mais sa muette désapprobation était criante.

Ayant lui-même essuyé ce type d'humiliation plus qu'à son tour, Spencer éprouva presque de la compassion pour sa sœur. Il n'y avait que lorsqu'elle regardait Anthony que le regard d'Irène s'illuminait. Alors seulement, avait-il pu y entrevoir une lueur d'émotion rappelant l'orgueil maternel.

En dépit de leur commune et humble position au sein de la fratrie, Anthéa et lui étaient toujours demeurés des étrangers l'un pour l'autre. Tandis que, à l'adolescence, il avait réagi à ce manque d'amour parental par la rébellion, puis plus tard par l'éloignement, Anthéa était devenue froide, revêche, tout en s'accrochant farouchement à son héritage familial. Pour preuve, à quarante et un ans, elle vivait toujours chez sa mère.

En cet instant, elle semblait le défier du regard. Pour quelle raison, il l'ignorait. Jamais il n'avait su discerner les pensées d'Anthéa.

— Si j'ai tenu à te voir, dit alors Irène, c'est pour te demander de revenir à la maison, Spencer.

Spencer dévisagea sa mère avec surprise.

— Revenir à la maison ? Que voulez-vous dire ?

— J'aimerais que tu te réinstalles ici, avec nous.

La surprise fit place en lui à la stupeur, et il ne sut que répondre. Il se demanda comment sa mère réagirait si elle connaissait la vraie raison de son retour à San Antonio. Si elle découvrait qu'il avait pour mission d'arrêter Jack Russo à tout prix — au point d'impliquer son propre frère dans un meurtre crapuleux, et de ternir ainsi à jamais le nom des Bishop. Il doutait fortement qu'Irène l'inviterait, alors, à s'installer à Fair Winds…

— Je vous ai expliqué hier que j'étais en congé, mais que j'habite Washington, mère.

— J'en suis consciente.

Irène se leva et marcha jusqu'à la fenêtre dont elle écarta le lourd rideau de brocart afin d'observer la cour ensoleillée.

Elle est encore très belle, songea Spencer. Jadis, elle lui semblait être la plus belle femme au monde. Aujourd'hui, sa silhouette était toujours aussi élancée, sa chevelure, aussi superbe. Seul le tremblement de sa main veinée de bleu sur le rideau pouvait révéler son âge.

Il se souvint de la parfaite élégance de ses mains. Combien, lorsqu'il était petit, il avait admiré le scintillement des diamants sur leur blancheur immaculée. Du désir qui l'étreignait alors de les sentir se poser sur ses cheveux, afin de consoler ses chagrins d'enfant…

Irène laissa retomber le pan de rideau et se tourna vers lui.

— Au risque de t'étonner, sache que j'ai suivi de près l'évolution de ta carrière, Spencer. Je sais que tu t'es fort bien débrouillé au sein du FBI, et me suis laissé dire que tu étais un excellent agent.

Le ton flatteur de sa mère lui fit hausser un sourcil méfiant. Depuis l'autre extrémité de la pièce, Anthéa le dévisageait avec insistance.

— Ce n'est certainement pas la voie que ton père et moi aurions choisie pour toi, reprit Irène. Mais tu as toujours été si obstiné. Tu n'as toujours voulu en faire qu'à ta tête.

Peut-être est-ce parce que vous ne m'avez jamais écouté, songea Spencer. Il n'avait néanmoins aucune intention de revenir sur ce sujet.

— J'ai fait le bon choix, se contenta-t-il d'affirmer. Je n'étais pas taillé pour le métier d'avocat.

Une lueur indéfinissable, de colère, peut-être, traversa le regard bleu pâle d'Irène. Comme pour dissimuler ce sentiment révélateur, elle se détourna de nouveau vers la fenêtre.

— De manière ironique, c'est à cause de la profession que tu as choisie que je te présente cette requête. Je veux que tu t'installes ici jusqu'à la fin du procès. Que tu me promettes de faire tout ce qui est en ton pouvoir pour traîner Nathalie Silver devant les tribunaux.

Spencer dévisagea sa mère en s'en voulant d'éprouver la moindre déception. Mais qu'avait-il espéré ? Qu'elle chercherait à tirer quelque réconfort de sa présence ? Qu'en perdant un fils, elle avait pris conscience qu'il lui en restait un autre ?

Il aurait dû se douter que ce n'était pas sa motivation.

— Je n'ai aucune confiance dans les autorités locales, affirma Irène. Ni ton père ni ton frère n'accordaient foi à la police de cette ville, qui a toujours été corrompue, et à ses agents, prêts à accepter le premier pot-de-vin ou à se laisser tourner la tête par une jolie fille. Dans le cas présent, je ne laisserai pas ce genre de bévue arriver.

Sachant qu'il était inutile d'argumenter, Spencer se contenta de demander :

— Et en quoi suis-je censé intervenir dans cette affaire ?

Irène lui fit face.

— Tu as une certaine expérience de ces choses. Tu as dû mener des enquêtes similaires à celle qui devrait élucider le meurtre d'Anthony.

Spencer attendit en silence qu'elle poursuive. Sentant le regard d'Anthéa braqué dans son dos, il se demanda si sa sœur connaissait à l'avance les intentions d'Irène. Ou si les propos de sa mère la surprenaient autant que lui.

Il jeta un regard dans sa direction, mais son expression resta indéchiffrable, et son visage, fermé.

Irène parut alors perdre son sang-froid. Elle fit un pas vers lui, les yeux étincelants d'une rage à peine contenue.

— Je veux que ce soit toi qui mènes cette investigation, Spencer. Que tu utilises tes contacts au sein de la police pour réunir tous les renseignements relatifs à cette affaire. Je veux que tu t'assures que cette… *femme* ne s'en sortira pas, à cause d'un quelconque vice de forme.

Irène leva sa main ridée, comme si elle allait le toucher. Le diamant qui ornait son doigt étincela d'une lumière froide et métallique. Par le passé, il aurait été comme hypnotisé par le mouvement de cette main s'approchant de lui. Il n'y voyait à présent que l'illusion grotesque de ce qui aurait pu exister.

Comme si elle se faisait la même réflexion, Irène laissa lentement sa main retomber le long de son corps.

— Je veux que cette femme passe le restant de ses jours en prison, dit-elle. Qu'on l'enferme dans une cellule froide et sombre, sans espoir de salut. Qu'elle se souvienne heure après heure de ce qu'elle a fait à mon fils. A sa famille. Je veux qu'elle souffre, Spencer. Je veux lui prendre son enfant, comme elle a pris le mien.

Spencer dévisagea sa mère d'un œil glacé.

— Je ne comprends pas.

— Le garçon. Kyle. Je veux le lui enlever. Je veux que cette femme sache ce que c'est que de perdre son seul fils.

— Anthony n'était pas votre *seul* fils, mère, répliqua Spencer avec une colère non dissimulée.

Lui accordant la grâce d'avoir l'air confus, Irène s'empressa d'affirmer :

— Non... bien entendu.

Elle ne tarda cependant pas à reprendre son sang-froid :

— Tu es aussi mon fils, Spencer. Le seul, à présent. C'est pourquoi je compte sur toi pour m'aider. Nathalie Silver pourrira en prison le restant de ses jours. Comme moi, elle ne reverra *jamais* son enfant.

— Quel cruel dilemme, mon cher frère !

Spencer se détourna de la fenêtre devant laquelle il se tenait depuis qu'Irène avait quitté la pièce pour monter se reposer. Anthéa aussi s'était éclipsée, mais voilà qu'elle était de retour et, d'après l'inflexion de sa voix, elle cherchait la bagarre.

— De quel dilemme veux-tu parler ? demanda-t-il.

Le sourire suffisant d'Anthéa lui rappela celui d'Anthony.

— Eh bien, sachant ce que tu ressentais pour cette femme... Oh, j'ai bien vu combien tu la dévorais du regard, lors de votre première entrevue. C'est sans doute toujours le cas, d'ailleurs.

Spencer se souvenait aussi de cette première rencontre. Nathalie avait alors dix-neuf ans, et lui vingt-trois. Elle finançait ses études en travaillant à temps partiel pour Bishop, Bishop et Winslow. A peine sorti de l'école de police, il n'était lui-même qu'un bleu, un débutant, décidé à se faire un nom grâce à cette première mission secrète pour laquelle on l'avait d'abord envoyé à San Antonio.

Son père ayant eu vent de son retour, Anthony senior l'avait convoqué dans son bureau, et il avait obtempéré à contrecœur.

Nathalie travaillait alors pour l'assistant de son père. A l'instant où il avait posé le regard sur elle, il l'avait aussitôt trouvée incroyablement attirante : la façon dont sa chevelure châtaine encadrait son beau visage, la profondeur de ses yeux bleus derrière les lunettes cerclées de métal. Et son sourire. Ce sourire à la fois doux et réservé qui lui avait coupé le souffle.

Le coup de foudre entre eux avait été immédiat et mutuel. Avec les années, leur brève aventure aurait pu se transformer en un de ces souvenirs doux-amers… si Nathalie n'avait commis l'impardonnable.

Le quitter pour son propre frère.

Sa voix prit une inflexion dure :

— Tu es à côté de la plaque, Anthéa. Nathalie Silver n'a jamais rien représenté pour moi.

— Vraiment ? Dans ce cas, pourquoi as-tu payé sa caution ? Eh oui, comme tu vois, je suis au courant.

Une lueur de satisfaction dans le regard, Anthéa affirma :

— Cela t'étonne ? Tu n'es pas le seul, mon cher frère, à avoir des relations dans la police.

— Ce qui m'étonne, c'est que tu n'en aies pas informé notre mère, rétorqua Spencer tout en examinant sa sœur avec attention.

Anthéa avait changé. Il ne savait pas en quoi, exactement, mais elle avait changé.

— Oh ! mais j'en ai bien l'intention, affirma-t-elle. Lorsque le moment sera venu. Lorsque j'en aurai décidé.

Elle sourit de nouveau et Spencer vit soudain en quoi sa sœur était transformée. Cette attitude provocante. Cette assurance. Son entier comportement s'en trouvait modifié. Anthéa n'était plus l'humble personnage vivant dans l'ombre de son frère. Elle n'était plus la pâle copie de son jumeau, mais l'unique original, désormais.

Or cette pensée la ravissait, comprit Spencer. Elle jubilait.

— Réfléchis un peu, dit-elle. Pour la première fois de ta vie, tu as l'occasion de gagner la gratitude et l'admiration de notre chère mère. Il te suffit de faire enfermer cette femme à vie. Et de lui prendre son fils.

Elle éclata de rire, puis contempla ses mains, un mince sourire aux lèvres avant de lever de nouveau son regard vers lui et d'ajouter :

— Une telle démarche se serait avérée un jeu d'enfant pour Anthony. Mais toi, Spencer ? Sauras-tu rester objectif dans cette affaire ? Ou bien laisseras-tu tes « sentiments » pour cette femme entacher ta loyauté envers les tiens ?

Exaspéré par les provocations d'Anthéa, et avec un cynisme digne du nom qu'il portait, Spencer rétorqua :

— N'aie aucune inquiétude Anthéa. Rien ne saurait altérer ce que j'éprouve à l'égard de ma famille.

Le jour de l'enterrement d'Anthony s'annonçait chaud et ensoleillé, avec des pics de température avoisinant les trente degrés. Mais l'abattement de Nathalie n'avait rien à voir avec la chaleur déconcertante.

En réalité, et au-delà même du fait qu'on l'accusait de son meurtre, la mort d'Anthony la peinait profondément. Durant leur brève union, il lui était bien sûr arrivé de le haïr, de le mépriser pour la cruauté qu'il avait si bien su dissimuler avant leur mariage. Plus tard, elle lui en avait voulu de sa froide

69

indifférence à l'égard de Kyle. Mais quoi qu'il ait pu faire, et malgré l'étendue de leur mésentente, jamais elle n'avait souhaité sa disparition.

La maison était si silencieuse, ce matin, se dit-elle en marchant jusqu'à la fenêtre. Elle vit sa voisine, qui promenait son chien, jeter un regard en direction de sa maison. Mais en l'apercevant, au lieu de la saluer, la jeune femme détourna la tête et allongea le pas le long de la rue.

« Elle pense que je l'ai tué, songea Nathalie avec amertume. Elle me connaît depuis près de cinq ans, mais à présent, elle me prend pour une meurtrière. »

Le pire était que sa voisine n'était pas seule à le croire. La veille, lorsque Kyle et elle avaient enfin regagné leur foyer, le téléphone avait sonné sans interruption. Certaines personnes — amis et membres de la famille — avaient voulu lui exprimer leur confiance et leur soutien. Mais la plupart des appels provenaient de journalistes à l'affût d'un récit à sensations, ou de cinglés cherchant à se défouler sur un assassin présumé.

A ce souvenir, Nathalie réprima un frisson. Elle avait aussitôt appelé les télécommunications et demandé à changer sa ligne téléphonique et à être inscrite sur liste rouge. Seuls ses parents et son avocat connaissaient son nouveau numéro. Grâce à Dieu, la matinée avait donc été calme.

Presque *trop* calme. Elle était impatiente de reprendre son activité, mais sa boutique était toujours sous scellés judiciaires ; à part la police, personne n'était autorisé à y pénétrer. Et pendant ce temps, les ventes de Noël passaient à la trappe.

Les opérations effectuées entre Thanksgiving et Noël représentaient plus de trente pour cent de son chiffre d'affaires. La dernière semaine de novembre et les deux premières semaines de décembre s'étaient révélées si prometteuses cette année, qu'elle avait espéré dépasser largement les bénéfices des années précédentes.

70

Mais lorsqu'on l'autoriserait enfin à rouvrir le magasin, les ventes remonteraient-elles pour autant ? Sa clientèle lui resterait-elle fidèle ? Ou bien le tapage médiatique qui entourait le meurtre d'Anthony ferait-il fuir les acheteurs ?

« Cesse de te tourmenter pour la boutique », s'admonesta Nathalie avec fermeté en voyant Kyle pénétrer dans la pièce. De toute façon, elle ne pouvait rien y faire, et elle avait d'autres soucis plus graves encore.

Se forçant à sourire à Kyle qui s'immobilisait devant elle en vue d'une inspection, elle se pencha vers lui et resserra le nœud de sa cravate.

— Ça m'étrangle, gémit-il en tirant sur la cravate.

— Laisse cette cravate tranquille, Kyle, s'écria Nathalie avec agacement. Tirer dessus ne fait que resserrer le nœud.

Elle la réajusta, puis recula d'un pas pour examiner son fils.

— Tu es superbe.

Kyle fit une grimace. Ses taches de rousseur étincelaient telles de minuscules pièces de cuivre sur son visage briqué comme un sou neuf.

— J'ai l'air ridicule.

— Absolument pas. Et cesse d'emmêler tes cheveux. Il m'a fallu plus de dix minutes pour en aplanir les épis.

— J'ai le droit de rien faire aujourd'hui ! protesta Kyle. Je peux pas monter à bicyclette. Je peux pas faire de skate. J'ai même pas le droit d'aller à l'école.

— Tu peux t'asseoir tranquillement et attendre ta tante, répliqua Nathalie d'un ton qu'elle aurait voulu léger.

Lorsque Irène Bishop lui avait téléphoné la veille au soir en exigeant que Kyle les accompagne à l'enterrement d'Anthony, son premier instinct avait été de refuser. Mais elle avait pensé que, plus tard, Kyle regretterait peut-être de ne pas avoir assisté aux funérailles de son père. Qu'il pourrait lui reprocher de l'en avoir empêché. Après mûre réflexion, elle avait donc cédé à la requête d'Irène, avec le sentiment d'avoir pris la décision juste.

Après avoir précisé qu'Anthéa viendrait chercher Kyle et le raccompagnerait dès la fin de la cérémonie, Irène Bishop avait raccroché sans un mot de plus.

Comme s'il percevait son anxiété, Kyle s'écria :

— Je veux *pas* y aller.

— On en a déjà parlé hier soir, chéri, tu t'en souviens ? C'est bien que tu y ailles.

Nathalie prit la main de son fils et la serra entre les siennes.

— Ta grand-mère a besoin de toi. Ta présence lui sera d'un grand réconfort.

— Pourquoi tu peux pas venir avec moi ?

— Parce que… ce ne serait pas convenable.

— Parce que papa et toi étiez divorcés ?

— En… partie, oui.

— Parce que tu aimes pas grand-mère Bishop ?

Nathalie le dévisagea avec stupeur.

— Je n'ai jamais dit ça.

Kyle haussa les épaules.

— C'est pas grave. Moi non plus, je l'aime pas.

— Kyle !

— Je l'aime pas, répéta-t-il avec un air de défi. Elle peut pas m'y forcer.

— Oh, Kyle…

Nathalie ne savait que dire. Comment expliquer à Kyle les raisons de son différend avec les Bishop ? A son retour de prison, elle lui avait seulement dit que la police l'avait interrogée afin de comprendre ce qui était arrivé à son père.

Hélas, les enfants étaient plus perspicaces que les adultes ne se plaisaient à le croire, et Kyle ne faisait pas exception à la règle. Elle avait le sentiment qu'il en savait bien plus qu'il ne l'avouait ; qu'il était également beaucoup plus perturbé qu'il n'y paraissait. Mais c'était un Bishop. Comme eux, il répugnait à exprimer ses émotions.

— Kyle…

Nathalie ignorait encore ce qu'elle allait dire, quand elle entendit le son d'un moteur à l'extérieur. Elle se leva et alla jusqu'à la fenêtre. Une limousine noire achevait de se garer au bord du trottoir. Un chauffeur en livrée en descendit pour ouvrir la portière arrière du passager.

Nathalie se tourna vers Kyle.

— Ta tante Anthéa est arrivée. Elle est venue te chercher.

Elle s'agenouilla afin de remettre une dernière fois de l'ordre dans la cravate de son fils.

— Tu seras sage, hein. Tu me le promets ?

Kyle hocha fermement la tête, mais ses yeux verts se mirent à briller de manière suspecte.

— Pourquoi tu peux pas venir avec moi ? insista-t-il d'une voix angoissée.

— Tout se passera bien, mon ange, promit Nathalie. Moi, je vais t'attendre ici. Je serai là à ton retour.

On sonna à la porte d'entrée et elle se releva pour aller ouvrir. Lorsqu'elle reconnut la silhouette qui se dressait sous la véranda, Nathalie se figea.

— Oh ! C'est… toi. J'attendais Anthéa.

— Elle a eu un empêchement de dernière minute, expliqua Spencer.

Nathalie se demanda si c'était vrai, ou si Spencer avait tout manigancé afin de passer quelques instants avec Kyle.

Pourquoi, voyons ? Il le connaissait à peine, se dit-elle aussitôt, s'en voulant d'être si suspicieuse. Mais c'était plus fort qu'elle. S'interrogeant toujours sur les raisons qui l'avaient poussé à s'acquitter de cette onéreuse caution, elle n'avait pas confiance en lui.

Elle embrassa malgré elle sa haute silhouette du regard. Il portait un costume de couleur sombre et une cravate noire, sur une chemise blanche. Ses cheveux étaient encore humides, leurs épis, comme ceux de Kyle, maîtrisés du mieux possible. Il les portait un peu plus courts que par le passé, mais ils étaient toujours aussi fournis, et sans l'ombre d'un cheveu blanc. Elle se demanda s'il se souvenait de la façon dont elle aimait passer sa main dans ses mèches brunes. S'il se rappelait comment...

S'arrachant à ces souvenirs, Nathalie leva son regard jusqu'à celui de Spencer. Son pouls s'accéléra tandis qu'elle se rappelait un autre détail le concernant : il avait toujours su lire dans ses pensées.

— Je n'ai pas été avertie de ce changement, dit-elle avec froideur, tentant de dissimuler son trouble.

— Que ce soit moi ou Anthéa qui accompagne Kyle, cela ne fait aucune différence, affirma Spencer.

— A mes yeux, si. Vous auriez dû me prévenir.

— Pourquoi ? Tu n'as pas confiance en moi ?

Avant qu'elle n'ait le temps de répondre, Nathalie sentit Kyle se coller contre sa jambe. D'instinct, elle entoura d'un bras protecteur les épaules de son fils.

— Salut, dit Kyle.

— Salut, répondit Spencer.

— Je vais monter dans cette grosse voiture ?

— Bien sûr. Enfin, si ta mère est d'accord, ajouta Spencer en la défiant du regard.

— Il y a une télévision ?

— Oui.

— Chouette ! s'exclama Kyle en s'écartant de sa mère pour examiner l'imposante limousine garée devant la maison.

Un ressentiment immédiat gagna Nathalie. Il était si facile de tourner la tête d'un enfant avec une belle voiture.

Se demandant si Spencer avait délibérément prévu son coup, elle redressa le menton et braqua son regard dans le sien.

— Je veux qu'il rentre dès la fin de la cérémonie, dit-elle.

Une lueur mystérieuse brilla au fond des yeux de Spencer. Une lueur qui lui donna aussitôt envie de refermer la porte et de retenir son fils à la maison. Mais d'un ton rassurant, il affirma :

— Ne t'inquiète pas. Je prendrai bien soin de lui.

A contrecœur, Nathalie se pencha vers Kyle et serra brièvement son fils dans ses bras.

— A tout de suite, mon chéri, murmura-t-elle.

— A tout de suite, maman.

Kyle lui rendit son étreinte. Puis, sans un regard en arrière, il suivit Spencer jusqu'à la limousine.

Nathalie les regarda s'éloigner depuis le pas de la porte.

Que pourrait-il lui arriver ? se dit-elle, la gorge pourtant nouée. Kyle allait simplement assister à l'enterrement de son père. D'ici à une heure ou deux, il serait déjà de retour. Leur existence reprendrait alors son cours, et plus jamais ils n'auraient à frayer avec les Bishop.

Mais en les voyant disparaître à l'intérieur de la limousine, un affreux pressentiment l'étreignit. Le pressentiment que son fils était en péril… et que, face au danger qui le guettait, elle était impuissante.

Lorsqu'ils rejoignirent les participants à l'intérieur de l'église, Spencer perçut aussitôt la panique de Kyle. Pas étonnant que le petit bonhomme se sente mal à l'aise, comprit-il : l'entière assistance le dévisageait, en chuchotant derrière des mains gantées de noir. N'importe qui à sa place aurait été intimidé.

Il se pencha vers lui et lui glissa à l'oreille :

— Si on allait prendre un peu l'air.

Visiblement soulagé par cette proposition, Kyle hocha la tête et le suivit jusqu'à une cour intérieure entourée de murs de pierre. Spencer s'assit sur un banc près d'une fontaine et Kyle l'imita. Ils demeurèrent d'abord silencieux quelques minutes, à regarder s'écouler l'eau claire.

Puis, au bout d'un moment, Spencer prit la parole :

— C'est normal que tu te sentes un peu effrayé, tu sais. Ce n'est pas grave.

Kyle ne répondit pas.

— Tu peux même avoir envie de pleurer, ajouta Spencer d'un ton posé. C'est tout à fait naturel.

— Mais j'ai *pas* envie de pleurer, répliqua Kyle.

Il étudia longuement ses chaussures avant de marmonner :

— C'est ça qui m'embête.

— Quoi donc ?

— Ben, que j'ai pas envie de pleurer. Je suis pas triste, ni rien.

C'était donc cela, songea Spencer. Si quelqu'un pouvait comprendre la confusion, le conflit émotionnel qui s'opérait chez cet enfant, c'était lui. Le propre frère d'Anthony.

— Je crois comprendre ce que tu ressens, dit-il. Tu ne connaissais pas très bien ton papa, n'est-ce pas ?

Kyle secoua la tête, les yeux toujours braqués sur ses chaussures.

— Ce n'est pas ta faute, tu sais. Durant très longtemps, c'est lui qui a choisi de ne pas faire partie de ta vie. Tu ne dois surtout pas te sentir coupable. Tu n'y es pour rien. Tu comprends ce que je veux dire ?

— Je crois.

Kyle demeura silencieux un instant, avant de tourner vers lui des yeux plissés par la réverbération du soleil.

— Et toi, tu es triste ?

— Je crois, répondit Spencer en toute honnêteté.

Bien sûr, Anthony n'avait pas été une personne facile à aimer, mais c'était tout de même son frère. Qu'il le veuille ou non, un lien tangible les unissait l'un à l'autre.

Un lien qu'il s'était pourtant lui-même apprêté à briser, au nom de la justice.

— Maman aussi est triste, affirma Kyle. Elle croyait que je dormais, mais je l'ai entendue pleurer hier soir.

Imaginer Nathalie en larmes déplut à Spencer. Il n'aimait pas la savoir seule et vulnérable face à ses peurs.

Il préférait se souvenir d'elle comme de la femme qui l'avait quitté pour son frère.

— Elle n'aime pas quand je la vois pleurer, expliqua Kyle d'un ton solennel. Elle ne veut pas que je m'inquiète.

— C'est normal. C'est ta maman, dit Spencer en souriant pour alléger l'atmosphère. Elles sont toutes comme ça, tu sais.

Kyle lui rendit son sourire, dévoilant le trou formé dans sa bouche par deux dents manquantes.

— Oui, renchérit l'enfant. Elles sont toutes comme ça.

Kyle allait ajouter quelque chose, quand Spencer vit le regard du petit garçon s'agrandir et son index se pointer en direction du mur derrière lui.

— Hé ! Regarde ! Il y a un type qui se cache dans les arbres, là-bas.

Spencer se retourna, à temps pour apercevoir un homme surgir de derrière un buisson de lauriers-roses, et courir en direction du mur de pierre, un appareil photo et un sac de matériel à l'épaule.

Sans réfléchir à deux fois, il s'élança à la poursuite de l'homme, qu'il rattrapa au pied du mur.

Il l'empoigna par le dos de sa chemise, et le força à se retourner.

— Qu'est-ce que vous fichez là ?

— Je prenais quelques clichés, c'est tout, haleta l'homme. Je travaille pour *Le Matin*. Je cherchais juste à faire un article. Ce gosse, c'est le fils d'Anthony Bishop, n'est-ce pas ?

— Cet enfant que vous voyez là est mon neveu, et je n'aime pas que les ordures de votre acabit lui tournent autour.

Spencer se sentit bouillir à l'idée qu'un vulgaire journaliste ait pu surprendre sa conversation avec Kyle. Cet échange signifiait beaucoup pour lui, même s'il ne comprenait pas très bien pourquoi.

— Sa mère a vraiment buté Bishop ?

Le type ne vit pas le coup venir. Le poing de Spencer partit tout seul, pour atterrir sur la face du reporter qui roula à terre.

— Mon nez ! Vous m'avez cassé le nez, espèce de cinglé.

Spencer se pencha en avant et s'empara de l'appareil photo.

— Eh ! Qu'est-ce que vous faites ?

Avec un calme souverain, il ouvrit l'appareil et en sortit la pellicule qu'il exposa à la lumière.

Furieux, le journaliste se redressa d'un bond.

— Vous n'avez pas le droit de faire ça ! hurla-t-il en se tenant le nez à deux mains.

— Eh bien, je l'ai fait. A présent, déguerpissez et que je ne vous voie plus jamais tourner autour de mon neveu.

— Je vous poursuivrai en justice. Cela va vous coûter cher. Tout Bishop que vous êtes, vous n'allez pas vous en sortir comme ça. Vous n'avez pas fini d'entendre parler de moi.

Tout en vociférant un chapelet d'obscénités, l'homme ramassa son appareil et la pellicule endommagée, puis il escalada le mur — avec toute la dignité qu'il avait pu réunir. C'est-à-dire fort peu, selon l'opinion de Spencer.

Spencer revint alors vers Kyle, qui, figé sur son banc, le dévisageait avec un respect mêlé de stupéfaction.

— Ce type voulait vraiment me prendre en photo ? C'est pour ça que tu l'as frappé ?

Spencer sourit et haussa les épaules.

— Oui. Disons que les tontons sont tous comme ça, eux aussi.

— C'est génial, s'exclama Kyle. J'espère que, moi aussi, je deviendrai tonton un jour.

Kyle était parti depuis à peine une heure quand le téléphone sonna. Pensant que ce devait être sa mère qui appelait ou son avocat, Nathalie décrocha le combiné sans hésiter.

— Allo ?

Il y eut un silence, puis une voix masculine affirma avec brusquerie :

— Vous détenez quelque chose qui m'appartient.

— Je vous demande pardon ?

— Vous savez très bien de quoi je veux parler, chère madame, et vous avez intérêt à me le rendre.

Nathalie sentit un frisson de terreur remonter le long de sa colonne vertébrale.

— Comment avez-vous eu mon numéro ?

— Disons… que j'ai des amis haut placés.

— Qui êtes-vous ?

— Vous n'avez pas besoin de le savoir. Il suffit que, moi, je sache qui vous êtes. Or je sais tout de vous… Nathalie, parce que je vous surveille de près. Je sais où vous habitez, où vous travaillez. Je sais même où se trouve votre fils, à l'instant où je vous parle.

Nathalie avala sa salive.

— *Qui* êtes-vous ? hurla-t-elle. Qu'est-ce que vous voulez ?

— Vous savez ce que je veux. Je veux récupérer ce qui m'appartient. Et si vous souhaitez éviter qu'il n'y ait d'autres morts, vous feriez mieux de vous montrer coopérative.

Elle entendit un déclic dans le combiné. Puis plus rien.

L'homme avait raccroché. Durant un long moment, Nathalie demeura immobile, l'appareil serré dans sa main tremblante. Elle aurait voulu croire qu'il s'agissait d'un fou, pareil à ceux qui l'avaient importunée le premier soir. Sauf que cette fois on avait clairement menacé la vie de son fils.

Elle commença à paniquer. Comment avait-elle pu laisser Kyle partir, ne serait-ce qu'une minute ? A quoi avait-elle songé ? Quelqu'un de mal intentionné pourrait l'aborder durant les funérailles. Lui faire du mal. Qui le protègerait alors ? Certainement pas Irène ni Anthéa, les deux êtres les plus inhumains qu'elle ait jamais eu l'infortune de côtoyer. Spencer ? C'était un Bishop, lui aussi. Une fois de plus, elle ne pouvait se fier à lui.

Elle songea à appeler la police. Mais la croirait-elle ? N'allaient-ils pas penser qu'elle avait inventé cette histoire afin d'éloigner les soupçons de sa personne ? Ils n'avaient même pas voulu admettre qu'Anthony avait saccagé son bureau, la nuit du meurtre. Le sergent Phillips avait affirmé qu'elle avait monté cette mise en scène de toutes pièces, dans le but de brouiller les pistes.

Non, elle ne pouvait pas appeler la police. Il n'y avait peut-être pas lieu de s'alarmer, se dit-elle, s'efforçant de se rassurer. Mais avant d'y être parvenue, s'emparant au passage de son sac et de ses clés de voiture, elle se rua en direction de son garage. Quelques minutes plus tard, elle engageait son véhicule sur l'autoroute embouteillée.

Elle jeta un coup d'œil à sa montre. La messe devait être en train de se terminer. La procession, pensa Nathalie, allait sans doute s'acheminer en direction du cimetière pour l'enterrement..

Mais lorsqu'elle immobilisa son véhicule devant le cimetière de Oak Lawn, où les Bishop avaient leur caveau personnel, elle constata que tout le monde était déjà là.

Elle sortit de sa voiture et s'avança jusqu'aux grilles. Elle n'avait aucune intention d'interrompre la cérémonie. Tout ce qu'elle voulait, c'était surveiller Kyle à distance, s'assurer qu'il ne lui arriverait rien — ce qu'elle pouvait parfaitement faire de là où elle se trouvait, à l'ombre de ce saule pleureur, sans être vue.

Comme elle tendait le cou pour apercevoir Kyle, Nathalie découvrit avec horreur qu'elle était elle-même le point de mire de l'assistance.

Durant une fraction de seconde, le souffle coupé, elle crut apercevoir Anthony, avant de comprendre qu'il s'agissait de Spencer. Le rythme de son pouls s'apaisa. Un instant seulement. Car lorsque Spencer se détacha du groupe pour venir vers elle, son cœur se remit à tambouriner dans sa poitrine.

Une colère sourde brillait dans ses yeux verts et une barre menaçante creusait son front. Sa barbe naissante lui donnait l'air plus dangereux encore... et plus séduisant. Jamais sa présence ne l'avait affectée à ce point, songea Nathalie en levant les yeux vers lui, comme hypnotisée.

Toutefois, lorsqu'il parla, l'hostilité de sa voix rompit aussitôt le charme.

— Qu'es-tu venue faire ici ?

— Je... suis venue voir Kyle. Je voulais m'assurer qu'il allait bien.

— Que veux-tu qu'il lui arrive ?

— Depuis ma sortie de prison, les journalistes nous traquent nuit et jour. J'ai reçu je ne sais combien d'appels de fous dangereux. Je craignais que quelqu'un ne l'importune... qu'on ne lui parle de ce qui s'est passé.

Spencer la dévisagea d'un œil furibond.

— Tu dois tout de même comprendre que ta présence en ces lieux est un affront à ma famille. Tu as fait une grave erreur en venant ici, Nathalie.

— Ce ne sera pas la première, rétorqua Nathalie. Et j'ai l'habitude d'assumer mes erreurs.

Spencer leva un sourcil provocant.

— Comme celle de tuer mon frère ?

A ces mots, Nathalie sentit la colère empourprer ses joues.

— Comme celle de l'épouser, objecta-t-elle. Ou celle de t'avoir aimé.

A l'instant précis où il franchit ses lèvres, elle regretta cet aveu. A cause du pouvoir qu'il conférait à Spencer. A présent, il savait qu'elle n'avait pas oublié leur brève idylle. Qu'elle en avait souffert, et ne s'en était jamais vraiment remise.

— Aimer ?

Il éclata de rire.

— Tes souvenirs sont plus tendres que les miens, Nathalie. Il ne s'agissait pour moi que d'une simple aventure. Une nuit parmi tant d'autres.

Avant qu'elle n'ait le temps de réfléchir, Nathalie leva la main pour le gifler. Saisissant son poignet au vol, il braqua dans le sien un regard soudain empli de colère.

— Crois-tu que cette histoire ait eu un quelconque sens à mes yeux ? Crois-tu que j'aie perdu une seule seconde à penser à toi ? Que je me suis attristé de te voir épouser mon frère, à peine ai-je eu le dos tourné ? Anthony et toi étiez faits l'un pour l'autre. Vous formiez un couple parfait. Vous avez toujours su obtenir ce que vous vouliez, sans une pensée pour ceux que vous piétiniez au passage.

Ses sarcasmes auraient eu l'effet de flèches empoisonnées, si la lueur de souffrance qui couvait dans son regard n'avait démenti ses propos.

Pour l'avoir aperçue tant de fois dans son propre regard, Nathalie en reconnut aussitôt la nature.

— C'est toi qui es parti, murmura-t-elle.

— Je doute que cela t'intéresse, mais je suis parti parce que j'étais appelé à Washington pour une mission. Je te l'ai dit. Je t'ai dit que je ne pourrais pas te voir durant un moment…

— Une mission *très* secrète, en effet.

Visiblement déconcerté par l'ironie qui pointait dans sa voix, Spencer fronça les sourcils.

— Oui…, hasarda-t-il.

Elle eut un rire amer.

— Oh, je sais très bien en quoi consistait cette *petite mission*. J'ai même vu des photos.

Il la dévisagea avec stupeur.

— De quoi parles-tu ?

— Anthony m'a tout raconté…

Malgré le net intérêt avec lequel il l'écoutait, quelque chose sembla attirer l'attention de Spencer. Nathalie entendit alors des bruissements de tissu dans son dos, des murmures ulcérés. Se retournant brusquement, elle vit arriver trois Bishop. Trois femmes voilées, vêtues de noir. A ce spectacle, un vers de *Macbeth* lui revint à l'esprit : « Que vois-je venir ? Quelque malfaisante menace ! » et elle se souvint de la didascalie qui l'accompagnait : « Entrent trois sorcières. »

Irène, le chef de file indisputé du groupe, se figea à quelques pas d'elle. Relevant le voile qui dissimulait son visage, elle la foudroya du regard. Elle portait une robe noire dont seul un collier de perles et de diamants à son cou atténuait l'austérité.

A sa gauche, une main gantée passée sur le bras de sa belle-mère, et vêtue d'une jupe dont la longueur dévoilait une surface de jambes inconvenante, se tenait Melinda Bishop, la veuve éplorée. Ses boucles rousses étaient ramassées sous un chapeau noir à large bord. Une paire de lunettes de soleil dissimulait son regard.

A la droite d'Irène se dressait Anthéa. Elle aussi était vêtue de noir. Mais ses traits et son maintien n'égalaient en rien la majestueuse élégance de sa mère. Elle ressemblait plutôt à quelque pâle copie d'Anthony.

Après avoir côtoyé les Bishop, Nathalie avait vite compris qu'Anthony était le seul de ses rejetons, cher au cœur d'Irène. En revanche, elle ne faisait que tolérer la présence d'Anthéa qui, malgré son intelligence, était aux yeux de sa mère une source évidente de déception.

Quant à Spencer, Anthony lui avait un jour expliqué qu'il avait été désavoué à l'âge de dix-huit ans, à cause de son refus de se conformer aux ambitions des Bishop.

Pourtant, il était là, aujourd'hui, incarnant à la perfection la solidarité familiale. En le voyant s'avancer vers sa mère, Nathalie se sentit, de manière confuse, comme trahie.

A cet instant, Kyle l'aperçut à son tour et se précipita vers elle.

— Maman !

Nathalie se pencha pour entourer de ses bras son fils qui l'étreignit avec force, avant de lever vers elle un regard implorant.

— On rentre à la maison, maman ? S'il te plaît ?

Nathalie lui caressa les cheveux avec douceur.

— Oui, on y va, mon chéri.

A cet instant, elle vit Melinda ôter ses lunettes noires, et la toiser avec dédain.

— Comment oses-tu t'exhiber en ces lieux ? Tu n'as pas honte ?

Sa main étreignant avec force celle de Kyle, Nathalie riposta :

— Je pourrais te retourner la pareille, Melinda.

Elle soutint le regard de la veuve sans ciller jusqu'à ce que celle-ci détourne les yeux. Nathalie eut alors l'impression que ses joues s'étaient légèrement empourprées sous le voile de mousseline, mais sans doute avait-elle rêvé. Pour cela, il aurait fallu que Melinda Bishop ait une conscience, ce qui à l'évidence lui avait toujours fait défaut. Comment, sinon, aurait-elle pu se dire sa meilleure amie tout en entretenant secrètement une liaison avec son mari ?

D'une certaine manière, la trahison de Melinda — qui avait prétendu l'amitié jusqu'au bout, jusqu'à ce qu'elle parvienne à ses fins — l'avait blessée plus encore que celle d'Anthony.

Nathalie se tourna vers Irène.

— Je suis désolée, dit-elle. Je n'avais pas l'intention de m'immiscer dans la cérémonie. Je voulais juste m'assurer que mon fils allait bien.

En l'entendant mentionner son nom, Kyle la tira frénétiquement par la main.

— On y va, maman ? insista-t-il.

— Oui, mon ange.

Elle se détournait pour partir, lorsque Irène l'interpella :

— Un moment...

L'inflexion doucereuse de sa voix fit se figer Nathalie. Elle tourna la tête. Melinda montait déjà à l'arrière de la limousine. Mais, aussi raide qu'une statue, et la dévisageant avec une hostilité manifeste, Anthéa demeura au côté de sa mère.

Durant un instant, la scène sembla comme figée dans le temps. Puis Irène prit la parole :

— J'ai quelque chose à vous dire.

Nathalie vit alors Spencer s'écarter de sa mère et faire un pas dans sa direction, comme pour se placer à mi-chemin entre elles deux.

— Ce n'est ni le lieu ni l'heure, mère, dit-il d'une voix dure.

Irène lui jeta un bref coup d'œil.

— L'instant me semble parfaitement approprié, au contraire.

— Ne faites pas ça, insista Spencer d'une voix menaçante.

Alarmée, Nathalie sentit Kyle tirer sur sa main avec plus de force encore. Comme si lui aussi pressentait que quelque chose de grave allait arriver.

— Maman !

Nathalie attira son fils à elle.

— Tout va bien, Kyle. Va m'attendre dans la voiture, chéri.

— Mais…

— Je te promets que j'en ai pour une minute.

A contrecœur, Kyle obtempéra. Nathalie le suivit du regard jusqu'à ce qu'il soit monté dans le véhicule. Puis elle se retourna vers Irène.

— Vous avez bien fait de rester pour entendre ce que j'ai à vous dire, affirma cette dernière.

— Alors, dites-le, répliqua Nathalie en croisant ses bras sur sa poitrine comme pour se préparer à cet assaut.

— Avez-vous seulement idée de ce que je ressens en ce moment ? demanda Irène en braquant sur elle un regard d'un bleu glacé.

— Je ne peux que l'imaginer, répondit Nathalie. Mais je suis profondément triste pour vous.

— Vraiment ?

— Je n'ai *pas* tué Anthony, madame Bishop.

— Ce sera à un jury d'en décider. Mais même si vous étiez condamnée, même si vous deviez passer le restant de vos jours derrière des barreaux, vous ne sauriez toujours pas ce que j'éprouve. Le martyre que j'endure. Il n'y a qu'une façon de vous le faire entrevoir.

Nathalie sentit la peur lui nouer la gorge.

— Que voulez-vous dire ?

86

Irène eut un mince sourire.

— Si vous perdiez votre fils, vous sauriez alors ce que je ressens en ce moment.

Mon Dieu, songea Nathalie. Quel genre de menace cette femme était-elle en train de proférer ? Elle sentit son cœur s'affoler dans sa poitrine.

— Vous ne feriez pas de mal à Kyle ? Ce n'est qu'un enfant…

— Bien sûr que non, assura Irène d'une voix dont l'inflexion la glaça néanmoins jusqu'au sang. Kyle est mon unique petit-fils, et tout ce qui me reste d'Anthony. Je ne toucherai pas un seul cheveu de sa tête ni ne laisserai jamais quiconque le faire.

Nathalie aurait aimé pouvoir ressentir du soulagement, mais les yeux braqués sur elle s'étrécirent jusqu'à former deux fentes menaçantes. Elle vit les mains veinées de bleu d'Irène se serrer en forme de poings, la fureur déformer ses traits aristocratiques.

— Je ne ferai aucun mal à votre fils, assura celle-ci d'une voix doucereuse. Mais je vous l'enlèverai pour toujours. Vous pourrez alors enfin expérimenter le tourment qui m'habite et entrevoir l'enfer que je traverse, par votre faute.

6.

— Nathalie !

— Ne m'approche pas ! menaça Nathalie en pressant le pas en direction de sa voiture.

Spencer la rattrapa.

— Attends une minute.

D'un mouvement vif, elle se retourna pour lui faire face.

— Pourquoi faire ? Pour m'agresser à ton tour, comme ta mère ? On peut dire que vous faites la paire tous les deux.

— Ecoute, dit-il en passant une main dans ses cheveux. J'aimerais qu'on aille quelque part, discuter de tout cela.

— Pourquoi ?

— Parce que je vois bien que tu es contrariée.

— Contrariée ?

Nathalie le dévisagea avec stupeur.

— Ce que je ressens dépasse de loin la contrariété, Spencer. Ta mère vient de menacer de me prendre mon fils.

Il détourna le regard.

— Tu étais au courant, n'est-ce pas ? gronda-t-elle entre ses dents. Tu le savais.

Spencer se frotta la mâchoire. Il avait l'air très las, soudain.

— Elle m'en avait effectivement fait part.

— Devant Kyle ?

— Non. Le lendemain de la mort d'Anthony.

Aveuglée par la colère, Nathalie le toisa d'un œil glacé.

— Puisque tu le savais, pourquoi ne me l'as-tu pas dit lorsque tu es venu chercher Kyle ce matin ? Ne penses-tu pas que j'étais en droit de le savoir ?

— Si. Mais je me suis dit que, si je t'en parlais, tu ne le laisserais pas assister à l'enterrement.

— C'est certain, rétorqua Nathalie avec froideur. C'est formidable comme vous vous tenez les coudes entre Bishop. La voix du sang est parlante, chez vous.

— Je devine ce que tu dois ressentir, assura Spencer d'un ton prudent. Mais tâche de te mettre à la place d'Irène. Son fils est mort et elle croit que c'est toi qui l'as tué. Peut-on lui en vouloir de refuser qu'une meurtrière élève son petit-fils ?

— Comment oses-tu ? s'écria Nathalie. Comment oses-tu prendre sa défense ? Elle se fiche éperdument de Kyle. Tout ce qu'elle veut, c'est se venger de moi. Laisse-moi te dire une chose, Spencer. Elle n'aura jamais mon fils. Jamais elle ne fera de lui un homme comme Anthony.

« *Un homme comme toi,* ajouta-t-elle en son for intérieur. Je ferai tout ce qui est en mon pouvoir pour l'en empêcher. »

Elle vit le regard qu'il braquait sur elle se durcir.

— Est-ce ainsi que tu as réagi, quand tu as su qu'Anthony voulait t'intenter un procès pour obtenir la garde de Kyle ? Etais-tu prête à *tout,* là aussi, pour l'en empêcher ?

Le souffle coupé, Nathalie reçut cette attaque comme un violent coup à l'estomac.

— Je n'ai pas tué Anthony, affirma-t-elle. Et je suis fatiguée de devoir le répéter. Maintenant, écarte-toi et laisse-moi tranquille.

Elle tenta de le contourner, mais il saisit son bras au passage.

— C'est impossible.

— Pourquoi ? A l'évidence, tu me crois coupable. Alors, pourquoi te préoccuperais-tu d'une meurtrière ?

Les yeux verts de Spencer s'assombrirent.

— Je te l'ai déjà dit. Je veux découvrir la vérité et tu es la seule à pouvoir m'y aider.

— Quelle vérité ? hurla Nathalie, exaspérée. Je ne sais rien. J'étais inconsciente lorsque Anthony a été assassiné. Je n'ai rien vu. Rien entendu. Alors laisse-nous en paix, mon fils et moi.

Arrachant son bras à son étreinte, elle contourna sa voiture.

— Cesse de me considérer comme ton ennemi, Nathalie, ajouta Spencer avant qu'elle n'ait le temps d'ouvrir la portière. Ce n'est pas moi qui veux t'enlever Kyle.

Elle le défia du regard.

— Tu es un Bishop. Pour moi, c'est suffisant.

— Peut-être, assura-t-il d'une voix tranquille. Mais ton fils aussi en est un.

— Elle était sérieuse, maman ? Elle peut vraiment m'enlever à toi, si elle veut ?

Nathalie posa un regard inquiet sur Kyle.

— Oh, Kyle, ne me dis pas que tu as tout entendu.

Il haussa les épaules d'un air penaud. Mais la peur ne quittait pas son regard.

— J'avais baissé la vitre.

— Kyle…

— Je sais. C'est pas bien d'écouter aux portes. Tu es fâchée ?

Nathalie se força à sourire.

— Non, je ne suis pas fâchée. Je suis juste désolée que tu aies entendu cette conversation. Ta grand-mère est… un peu bouleversée en ce moment. Elle a dit des choses qu'elle ne pensait pas vraiment.

Pourvu que ce soit vrai, pensa-t-elle.

— Elle pense que tu as tué papa, c'est ça ?

Il levait vers elle un regard si innocent, si confiant.

Ravalant ses larmes, Nathalie hocha la tête.

Elle vit alors la colère empourprer les joues de Kyle.

— Je voudrais pouvoir lui mettre mon poing sur la figure.

Un doigt sur ses lèvres, Nathalie sourit.

— C'est la chose la plus gentille et la plus courageuse qu'on m'ait dite depuis longtemps. Merci, Kyle.

— De rien, répliqua celui-ci avec gravité. Je voudrais frapper Anthéa, aussi. Mais pas Spencer. Lui, je l'aime bien.

— Tu... ah, bon ?

— Oui. Il est super. Il est pas comme les autres. Il te parle, lui. Il fait pas que te regarder. Et il a une voiture géniale.

— La limousine ?

— Non, sa voiture à lui. Elle est noire. On dirait une voiture de course. Elle va super vite. Il m'a emmené avec lui pour aller à l'église, comme ça j'étais pas obligé d'être avec les autres. Maman, j'aime pas comment ils me regardent, tous. Surtout elle.

— Qui ? demanda Nathalie en démarrant la voiture avant de se diriger vers la sortie du parking.

— Melinda. Je l'aime pas. Et tu sais quoi ?

— Quoi ?

— Elle m'aime pas non plus.

Nathalie jeta un coup d'œil inquiet en direction de son fils.

— Je suis sûre que c'est faux. Elle aussi est triste en ce moment, et...

Kyle secoua la tête avec emphase.

— Même avant, elle m'aimait pas. Je l'ai entendue le dire à papa, quand il m'a emmené dans sa maison.

— Tu es allé dans la maison de Melinda ?

Il hocha la tête.

— Papa avait dit de pas te le dire. Que c'était notre secret.

C'était bien d'Anthony, d'entraîner son fils dans ses mensonges, songea Nathalie en resserrant nerveusement l'étreinte de ses doigts autour du volant.

— Aviez-vous… d'autres secrets, tous les deux ?

Kyle se détourna vers la fenêtre sans répondre.

— Eh bien ? insista Nathalie.

— Tu veux savoir ce que Melinda a dit à papa, ou pas ?

Elle poussa un soupir. Comme son père, Kyle avait un don particulier pour éluder les questions qui le dérangeaient.

— Qu'a-t-elle dit ?

Les traits plissés par la concentration, Kyle répondit :

— Elle a dit : « Comment oses-tu amener ce moutard sous mon toit, alors que tu sais que je n'aurai jamais d'enfant ? »

Nathalie dévisagea son fils avec stupeur. Il avait imité l'intonation de Melinda à la perfection.

— Comment… comment se fait-il que tu te rappelles aussi nettement cette conversation ?

— Je l'ai enregistrée, répliqua Kyle avec fierté. Et je l'ai réécoutée plein de fois. Je trouvais ça rigolo.

— Tu l'as enregistrée ? Sur le Walkman que t'a donné ton père ?

Kyle hocha la tête avec fermeté.

— Je croyais que tu l'avais égaré, rappela Nathalie.

Comme s'il se rendait soudain compte qu'il s'était vendu, son fils demeura figé un instant avant de dire :

— Euh, c'était avant que je l'aie perdu.

Décidant de laisser tomber cette histoire pour l'instant, Nathalie jeta un coup d'œil dans le rétroviseur, avant de freiner devant un feu au rouge. Elle aperçut une voiture de sport noire derrière elle, sans parvenir à distinguer les traits du conducteur derrière les vitres fumées.

92

— Qu'a répondu ton papa, quand Melinda a dit ça ? demanda-t-elle.

— Il a dit qu'il voulait divorcer.

— Quoi ?

— Il a dit à Melinda qu'il voulait divorcer, et qu'il lui donnerait pas un sou. Ou quelque chose comme ça.

— Kyle, es-tu certain de ce que tu avances ?

— Oui, maman. J'ai écouté la cassette plein de fois, je te dis. Melinda a vraiment une voix idiote, tu ne trouves pas ?

Nathalie hocha la tête d'un air absent. Donc, Anthony avait l'intention de divorcer, et Melinda le savait. Elle se demanda si la police le savait aussi. Une telle information ne rendrait-elle pas Melinda suspecte, à part égale, du meurtre ?

Sauf qu'on n'avait pas trouvé cette dernière penchée sur le corps d'Anthony, l'arme du crime à la main.

C'était bien là que résidait le nœud du problème, se dit Nathalie, avec l'impression que la réponse à tous ses soucis était tapie dans un recoin de sa mémoire auquel elle n'avait pas accès. Comment s'y introduire ? Puisque, au moment où Anthony avait été assassiné, elle était inconsciente…

— Maman, attention !

Le feu était passé au vert et elle s'était automatiquement engagée dans l'intersection. Quand, alarmée par le cri de Kyle, elle tourna la tête, Nathalie vit une voiture se diriger droit sur eux.

Il était trop tard pour piler. Le véhicule percuterait l'emplacement exact où se trouvait Kyle. Nathalie fit donc la seule chose en son pouvoir. Elle appuya à fond sur la pédale d'accélérateur et la voiture s'élança en avant dans un vrombissement. Mais le chauffard heurta tout de même l'aile arrière.

Il y eut un affreux bruit de tôle écrasée et la violence de l'impact lui fit un instant perdre le contrôle du volant. Nathalie entendit le hurlement des Klaxon, celui des pneus sur l'asphalte.

Quand elle parvint enfin à immobiliser son véhicule, elle demeura figée un moment, prise de vertige.

Puis elle regarda Kyle. Bien que sa ceinture de sécurité ait été attachée, sa tête avait dû heurter la fenêtre. La vitre était fêlée et un filet de sang coulait de son front sur son visage.

— Kyle ! Oh, mon Dieu.

D'une main tremblante, elle tâtonna à la recherche de sa ceinture pour se libérer et se pencher vers lui.

— Je suis blessé, maman.

— Je sais, mon bébé. Laisse-moi regarder. Kyle, enlève ta main de ta figure.

Kyle abaissa lentement sa main et la fixa avec horreur.

— Je saigne, gémit-il. Je vais mourir !

Une dizaine de voitures s'étaient immobilisées autour d'eux. Le choc avait projeté leur véhicule hors de l'intersection, mais l'arrière en bloquait la circulation.

— Mais non, tu ne vas pas mourir, assura Nathalie, en dépit des battements affolés de son cœur. Il faut qu'on sorte de cette voiture. On ne peut pas rester là. On risque de se faire emboutir par un autre véhicule.

Elle détacha la ceinture de Kyle et se pencha par-dessus lui pour ouvrir sa portière. Elle était bloquée. Au moment où Nathalie ouvrait la sienne pour s'extraire de la voiture, la portière endommagée s'ouvrit brusquement... et Spencer plongea un regard inquiet à l'intérieur de l'habitacle.

Nathalie était — presque — heureuse de le voir.

— J'étais juste derrière vous, dit-il. J'ai vu l'accident.

— Je saigne, indiqua Kyle.

— J'ai vu.

Glissant ses bras sous le corps du petit garçon, Spencer le souleva de son siège comme s'il s'était agi d'une plume.

— Tu vas sans doute avoir un bel œil au beurre noir, mon ami. Je vais te sortir de là et on va regarder ce qu'il en est.

Nathalie sortit en hâte de la voiture et les rejoignit sur le trottoir. Agenouillé sur le bitume, Spencer serrait Kyle dans ses bras.

— Ce n'est pas trop grave, dit-il, mais il faut recoudre la plaie. Nous ferions mieux de l'emmener à l'hôpital.

— Et la voiture ? Je ne peux pas la laisser là.

L'un des passants arrêtés pour leur porter assistance s'en mêla :

— Ce chauffard a immédiatement pris la fuite. C'est une honte.

— Appelez la police, s'il vous plaît, demanda Spencer. Dites-leur qu'ils nous trouveront à l'hôpital. En attendant, peut-être pourriez-vous pousser notre voiture contre le trottoir.

— Bien sûr, répondit l'homme. Mais c'est illégal de quitter les lieux d'un accident avant l'arrivée de la police.

Spencer se redressa, Kyle toujours dans ses bras.

— J'en prends la responsabilité.

Il faut faire appel à un plasticien, affirma Spencer.

Nathalie le dévisagea avec surprise. Assis dans un des box des urgences, ils regardaient l'infirmière et l'interne de garde examiner Kyle. Elle avait été si soulagée d'arriver enfin à l'hôpital, qu'elle n'avait pas songé un seul instant à réclamer l'intervention d'un chirurgien esthétique.

L'infirmière leva les yeux.

— J'ai aperçu le Dr Redmond dans le hall, il y a quelques instants. Il est peut-être encore dans les parages.

— Appelez-le sur son beeper, intima l'interne d'une voix posée.

Quelques minutes plus tard, tandis qu'ils attendaient dans le couloir, le Dr Redmond recousait déjà la plaie de Kyle.

— Que s'est-il passé ? demanda Spencer, en lui tendant un gobelet de café qu'elle refusa.

— Tu n'as pas vu ? Ce chauffard a grillé un feu rouge, expliqua Nathalie. Le mien était passé au vert, et j'étais déjà engagée dans l'intersection quand son véhicule nous a percutés. Je n'ai pas eu le temps de me dégager.

A ce souvenir, Nathalie frissonna. L'étrange et menaçant appel qu'elle avait reçu ce matin lui revint soudain à l'esprit : « Vous savez ce que je veux. Je veux récupérer ce qui m'appartient. Et si vous voulez éviter qu'il n'y ait d'autres morts, vous feriez mieux de vous montrer coopérative. »

Les propos d'Anthony, le soir du meurtre, résonnèrent à leur tour dans sa mémoire : « Tu as cru pouvoir me doubler ? Mais tu as intérêt à mes les rendre, avant que je ne fasse un geste que nous pourrions tous deux regretter… »

Nathalie sentit son cœur dégringoler dans sa poitrine. Que se passait-il ? Dans quel pétrin s'était-elle involontairement mise ? Que cherchaient-ils, tous ?

Et où se trouvait le rapport entre ce qu'on exigeait qu'elle restitue et le meurtre d'Anthony ?

— Nathalie ?

Au contact de la main de Spencer sur son bras, elle sursauta. Il la dévisageait avec une étrange insistance.

— Qu'est-ce qui ne va pas ?

— Je… rien.

Sur le point de tout lui raconter, Nathalie serra les lèvres. « N'oublie pas que c'est un Bishop », se dit-elle. Comme les autres, il la pensait coupable du meurtre de son frère. Comment, en ces circonstances, pourrait-elle se fier à lui ?

Mais une petite voix dans sa tête lui rappela qu'il était un agent du FBI. Un agent aguerri. Si quelqu'un savait comment réagir à cette situation, c'était lui.

Le souvenir soudain d'Irène menaçant de lui prendre son fils la retint au bout du compte de se confier à Spencer. Comment pourrait-elle lui faire confiance, alors qu'il lui avait soigneusement caché les intentions de sa mère ? En supposant qu'il s'empresse de répéter ce qu'elle lui dirait à Irène, celle-ci pourrait sans doute utiliser ces révélations contre elle au cours d'un procès. Prouver ainsi qu'elle n'était pas capable de s'occuper de Kyle. Qu'il se trouvait en danger par sa faute...

Une pensée la traversa. Et si les Bishop étaient derrière tout ça ? L'homme qui avait téléphoné ce matin, à leur solde ? Comme le chauffard qui avait provoqué l'accident de tout à l'heure ? Elle en savait Irène ou Anthéa capables. Sans parler de Melinda. Mais Spencer ? Jusqu'où était-il prêt à aller afin de leur prouver sa loyauté ? Et pourquoi l'avait-il suivie depuis le cimetière ? Son arrivée inopinée sur les lieux de l'accident n'était-elle pas pour le moins troublante ?

Elle ouvrait la bouche pour l'interroger à ce sujet quand la porte du box s'ouvrit. Un sourire aux lèvres, le Dr Redmond s'avança vers eux.

— Vous êtes monsieur et madame Bishop ?

Nathalie s'apprêtait à rectifier cette erreur, mais Spencer fut plus rapide :

— Comment va Kyle ? s'inquiéta-t-il, ignorant la bévue du chirurgien.

— Il va bien. Mais par mesure de précaution, je préférerais qu'il passe la nuit ici. J'en ai parlé à l'interne de garde, qui est d'accord.

Nathalie sentit la peur lui nouer l'estomac.

— Mais, vous venez de dire qu'il allait bien.

Le chirurgien se tourna vers elle.

— Je sais, mais il a tout de même reçu un mauvais coup à la tête. Etant donné son jeune âge, il vaut mieux le garder sous surveillance durant les heures à venir. Je lui ai déjà trouvé une chambre.

— Puis-je le voir ? demanda Nathalie, incapable de contrôler le tremblement de sa voix.

— Bien sûr. Allez-y. Je lui ai exposé la situation, mais il est certainement préférable qu'il l'entende de votre bouche.

Se tournant vers Spencer, Redmond posa une main rassurante sur son épaule.

— Ne vous inquiétez pas. Nous l'avons très bien recousu. C'est un beau petit garçon que vous avez là, monsieur Bishop.

— Merci, marmonna Spencer.

Serrant les lèvres, Nathalie n'osa pas rectifier.

7.

— Tu n'avais pas besoin d'apporter ça, maman. Kyle ne va rester qu'une nuit à l'hôpital.

— Tans pis, répondit sa mère en branchant un sapin de Noël miniature à la prise de la table de chevet. C'est la première chose qu'il verra en se réveillant et je suis sûre que ça va lui remonter le moral.

Nathalie observa son fils. Il était encore tôt, mais dès la fin de son dîner, Kyle s'était endormi. Elle avait décidé de rester à son chevet, même si l'infirmière venait régulièrement vérifier qu'il allait bien.

— Comment va papa ? demanda-t-elle d'un ton anxieux.

— Ah, tu ne vas pas commencer à t'inquiéter pour lui, répliqua sa mère en remettant de l'ordre dans les couvertures de Kyle. Il va bien. Il m'a dit de te dire qu'il viendrait nous chercher demain matin.

— Nous ? Voyons, maman, il est tout à fait inutile que tu restes.

Suite à l'accident cardiaque de son père, sa mère avait déjà passé d'interminables heures à l'hôpital. Elle serait bien mieux chez elle, auprès de son époux.

Mais Joy écarta ses protestations de la main.

— S'il doit passer la nuit ici, il est hors de question que je ne veille pas sur mon petit-fils. Je reste, un point c'est tout.

Soulagée malgré elle, Nathalie sourit.

— Merci, maman. A vrai dire, je serai ravie que tu restes avec moi. Cela fait des heures que je me morfonds en pensant à ce qui serait arrivé à Kyle si…

— Justement, ce n'est *pas* arrivé. Tu dois rester positive, affirma Joy. N'est-ce pas ce que je t'ai toujours enseigné ?

Nathalie hocha la tête. Sa mère avait raison. Elle devrait déjà remercier le ciel que l'accident de Kyle ne se soit pas révélé beaucoup plus grave. Et songer à conserver pareille attitude à l'avenir.

Cependant…

Elle ne pouvait s'empêcher de réfléchir. De s'inquiéter.

Son regard revint sur son fils. On avait baissé les lumières dans la chambre. Le clignotement du minuscule arbre lumineux faisait danser de jolies ombres sur le visage endormi de Kyle.

— Il est vraiment beau, n'est-ce pas ? dit-elle à mi-voix, en se disant qu'il était son bien le plus précieux.

— Presque aussi beau que ma propre fille.

Avec un sourire taquin, Joy contourna le lit et vint serrer ses bras autour d'elle.

Nathalie laissa aller sa tête contre l'épaule de sa mère.

— J'ai si peur, avoua-t-elle dans un souffle.

— Je sais. Mais je te jure que tout ira pour le mieux.

— Tu le penses vraiment ?

— De tout mon cœur.

Incapable malgré cela de se défaire de l'anxiété qui l'étreignait, Nathalie marcha jusqu'à la fenêtre. La nuit était claire, illuminée par la pleine lune. Une légère brise agitait les branches des magnolias au centre du parking de l'hôpital. De minuscules ampoules vertes, dont le scintillement lui rappela celui des lucioles, ornaient les buissons d'azalées.

Concentrant son attention sur l'une d'entre elles, Nathalie songea à la plénitude de sa vie, à tout ce dont elle était reconnaissante. Pourtant, comme Gatsby fixant les fanaux lointains des bateaux, elle rêvait d'impossible.

— Qu'y a-t-il, Nathalie ?

Elle continua de fixer la nuit.

— Je me sens un peu déprimée ce soir et je n'arrive pas à chasser mes idées noires.

— Veux-tu que nous en parlions ?

Nathalie hésita, puis après un petit haussement d'épaules, elle déclara :

— Je sais que ni toi ni papa ne me le demanderez jamais, mais j'ai besoin de te dire une chose. Besoin que tu l'entendes de ma bouche.

Elle se tourna pour faire face à sa mère.

— Je n'ai pas tué Anthony.

Joy vint vers elle et pressa sa main dans les siennes.

— Te souviens-tu, dit-elle, de ce petit écureuil blessé que tu avais décidé d'emmener chez le vétérinaire, et qui était mort dans tes bras, dans la salle d'attente ? Tu n'avais que neuf ans, alors, mais tu disais que, au moment où tu avais senti son cœur s'arrêter de battre, une part de toi était morte avec lui. Tu t'en souviens, Nathalie ?

Nathalie hocha la tête.

Sa mère prit son visage entre ses mains, et plongea dans le sien un regard empli de douceur avant d'affirmer :

— Comment pourrais-je imaginer une seule seconde que cette même petite fille, une fois adulte, puisse ôter la vie à quelqu'un ? Je serais dans ce cas obligée de m'en croire moi-même capable.

A ces mots, la boule dans la gorge de Nathalie se dénoua, et elle sentit une grosse larme rouler sur sa joue.

*
* *

Depuis le couloir, Spencer écoutait Joy réconforter Nathalie de sa voix mélodieuse. Il ferma les yeux un instant, se demandant ce que serait de recevoir un amour et un soutien aussi inconditionnels que ceux que Joy Silver témoignait à sa fille.

Il pensa à sa dernière entrevue avec sa mère, qui, après plus de dix ans d'éloignement, lui avait demandé de revenir à la maison. Non par amour. Mais à seule fin de l'aider à assouvir une froide vengeance. A seule fin de punir celle qui lui avait enlevé l'unique fils qui ait compté pour elle.

Quelle importance ? se dit Spencer. Cela ne faisait-il pas des années qu'il en avait pris son parti ? Il n'avait besoin de personne. Il préférait vivre libre de ses mouvements. Dans son métier, à cause d'éventuelles représailles à l'encontre des siens, toute forme d'attachement pouvait vous rendre extrêmement vulnérable.

Du moins avait-il fini par s'en persuader.

Mais le fait d'observer cet échange entre Nathalie et sa mère lui faisait entrevoir un univers inconnu de lui. Un univers dans lequel les gens se souciaient l'un de l'autre. Soudain, il se demanda ce qu'aurait été sa vie s'il avait baigné dans un tel amour.

Se serait-il révélé meilleur ? Aurait-il été plus heureux ? Aurait-il choisi le même métier ? Un métier qui l'entraînait souvent dans les recoins les plus sombres et les plus sordides de l'humanité. Qui exigeait parfois de cruels sacrifices. Et qui, au fil des ans, l'avait irrévocablement transformé en l'image de cet inconnu au regard dur que lui renvoyait chaque matin son miroir ; un homme prêt à trahir son propre frère, au nom de la justice. Parce qu'en défendre les principes était l'unique valeur qui donnait un sens à sa vie.

Spencer promena son regard autour de la petite chambre d'hôpital, le laissant s'attarder sur le sapin miniature — un pauvre gadget déplumé, à peine capable de soutenir les minuscules guirlandes dont il était orné. Pourtant, à cet instant, cet objet dérisoire symbolisa dans son esprit tout ce qui avait toujours fait défaut dans son existence. L'amour, l'espoir, la joie de vivre. Et la paix. Il ne se souvenait pas avoir connu la paix un seul instant. Sauf, peut-être, sept ans auparavant, durant sa brève relation avec Nathalie, au moment où il était tombé amoureux d'elle.

Avant qu'elle n'épouse Anthony, et n'ait un enfant de lui.

De tout ce qu'avait pu posséder son frère, de toutes ses richesses, Spencer s'était toujours félicité de n'en convoiter qu'une seule : sa femme. Mais en regardant le fils d'Anthony dormir, et avec un pincement au cœur, il se rendit compte qu'il en convoitait deux, désormais.

« Cesse de larmoyer, se dit-il. Tu n'es pas une femme-lette. »

Décidément, songea-t-il avec ironie, l'esprit de Noël le gagnait cette année comme jamais auparavant. Mais il était à San Antonio pour travailler. Et il était grand temps de s'y mettre.

Il regarda l'ours en peluche qu'il avait acheté à la boutique de l'hôpital. Une acquisition faite sous le coup de l'impulsion, parce que le bonnet de Père Noël qui coiffait la peluche avait attiré son regard. Mais Kyle avait sans doute dépassé l'âge pour ce genre de présents.

Cela prouvait à quel point il ignorait tout des enfants. Il ferait mieux, se dit-il, de se tenir à ce qu'il connaissait. Comme la chasse aux diamants. Et l'arrestation de meurtriers.

Avec une grimace de dégoût, Spencer se détourna à la recherche d'une corbeille à papier.

Nathalie observa la silhouette masculine qui, à l'autre extrémité du couloir, se dirigeait vers le bureau des infirmières. Une seconde plus tôt, elle avait cru reconnaître Spencer devant la chambre de Kyle, mais le temps qu'elle arrive à la porte pour lui parler, l'homme avait tourné les talons.

Elle avait dû faire erreur. Pourquoi Spencer serait-il revenu ? Une fois Kyle installé dans sa chambre, il lui avait semblé plutôt pressé de s'en aller.

Elle s'était alors dit que c'était mieux ainsi. Bien sûr, elle lui était reconnaissante de tout ce qu'il avait fait pour elle : payer sa caution, même si elle s'interrogeait toujours sur ses motivations, et l'avoir assistée auprès de Kyle à la suite de cet accident. Il s'était même chargé d'accueillir les policiers venus l'interroger à l'hôpital. Mais en dehors de la gratitude naturelle qu'elle devait lui manifester, elle devait éviter toute relation avec lui. Sous peine d'être entraînée sur une pente dangereuse. Céder à la plus petite once d'attirance à l'égard de Spencer Bishop pourrait lui attirer de sérieux soucis.

Des soucis dont elle n'avait nul besoin.

Par malheur, c'était également le genre de soucis sur lesquels elle n'exerçait que difficilement son contrôle. Elle s'en était rendu compte à l'instant où il était entré dans cette salle d'interrogatoire, à l'instant où il avait posé son regard sur elle. Elle avait su, alors, que ce qu'elle avait un jour ressenti pour Spencer Bishop n'était pas mort.

Bon sang ! Comment pouvait-elle se montrer aussi stupide ? Aussi faible ? Spencer n'était-il pas le digne frère d'Anthony ? Il n'avait été qu'une aventure d'une nuit, rien d'autre. Elle était si jeune, si impressionnable, alors. Et lui...

A ce souvenir, Nathalie ferma les yeux.

Lui aussi était jeune. Et séduisant. Un impétueux agent du FBI au regard ténébreux, dont l'intensité l'avait d'abord effrayée. Avant de l'ensorceler.

Le jour de leur rencontre, il avait plu toute la journée et elle se sentait un peu déprimée. Ses parents étaient partis depuis plusieurs mois et elle avait du mal à s'adapter à sa nouvelle vie universitaire.

Spencer avait paru deviner son désarroi. Au début, elle s'était dit que c'était parce que lui aussi se sentait esseulé. Mais par la suite, elle avait compris qu'il était simplement expert à déchiffrer les pensées des gens. Une aptitude qui faisait partie intégrante de son travail.

Mais ce jour-là, lorsqu'il s'était avancé vers elle et avait murmuré que c'était son anniversaire et qu'il n'avait pas envie de le fêter en solitaire, elle n'avait pas eu le cœur de décliner son invitation.

Il était donc revenu la chercher après son travail, et ils avaient dîné aux chandelles dans un restaurant intime. Ils avaient peu parlé, tous deux trop intimidés par l'attirance mutuelle qui grandissait entre eux.

Ensuite, ils avaient marché le long de la rivière et Spencer l'avait embrassée sous un pont, sur un air de mariachi échappé d'un bar avoisinant. Puis il lui avait demandé de l'accompagner à son hôtel, mais — ce soir-là — elle avait refusé.

La semaine suivante, ils ne s'étaient pratiquement plus quittés. Il l'attendait tous les soirs à la sortie de son travail. Puis ils dînaient ensemble, allaient au cinéma, ou simplement se promenaient. Ils s'embrassaient, mais elle était parvenue à garder le contrôle. Jusqu'à ce dernier soir, où Spencer lui avait annoncé qu'on le rappelait à Washington. Qu'ils ne pourraient plus se voir pendant un certain temps.

Cette nuit-là, elle l'avait invité dans son minuscule studio, et il était resté jusqu'aux premières lueurs de l'aube. Ils s'étaient donnés l'un à l'autre avec passion. Puis il était parti.

Il n'était revenu que deux mois plus tard, sans lui avoir téléphoné ni écrit une seule fois. Entre-temps, le doute et la peur s'étaient emparés d'elle. Et Anthony avait commencé à la poursuivre de ses avances.

Le suave et aristocratique Anthony s'était empressé de lui dévoiler le véritable visage de son jeune frère : sa manie d'utiliser les femmes pour les abandonner aussitôt, son incapacité à aimer quiconque à part lui-même. Le fait, surtout, que Spencer avait une fiancée à Washington, raison pour laquelle il avait disparu sans crier gare.

Anthony lui avait même montré des clichés représentant Spencer en compagnie d'une jeune femme superbe, très sophistiquée, et qui semblait l'adorer. Elle avait alors senti une immense colère, mêlée d'humiliation, l'envahir. Comment avait-elle pu céder si facilement aux avances de Spencer ? s'était-elle demandé, désemparée. Pourquoi l'avait-elle cru lorsqu'il avait dit n'avoir jamais rien éprouvé de tel pour aucune autre femme ?

C'était la phrase classique par excellence, et elle avait foncé dans le panneau tête baissée, alors qu'elle n'était pour lui qu'une aventure de passage, une nouvelle conquête à afficher à son tableau de chasse. Certainement pas la femme, en tout cas, qu'il aurait souhaité épouser.

A travers cette épreuve, c'était Anthony qui lui avait tenu la main. Il lui avait dit qu'elle était exceptionnelle, que son frère était fou de la négliger. Que n'importe quel homme rêverait de la choyer, de fonder un foyer avec elle.

Si seulement elle acceptait de se fier à lui, avait-il juré, il l'aiderait à se sortir de cette situation désespérée. Il l'aimerait, l'honorerait, la chérirait bien plus que son frère ne pourrait jamais le faire.

Lorsque Spencer était revenu à San Antonio, Anthony et elle étaient mariés ; et elle avait déjà eu le temps de comprendre son erreur, d'entrevoir qui était réellement son époux. Bien sûr, elle s'était alors demandé s'il ne lui avait pas menti au sujet de Spencer. Mais à ce moment-là, il était trop tard. Elle avait conclu un marché avec Anthony qu'elle entendait respecter.

A mesure que ces souvenirs douloureux resurgissaient de sa mémoire, Nathalie renonça à héler Spencer. Car c'était bien lui qui s'éloignait le long de ce couloir.

Comme s'il avait senti l'insistance de son regard, ce fut lui qui se retourna soudain. Une expression indéfinissable brouilla ses traits lorsqu'il l'aperçut. Durant une fraction de seconde, elle se demanda si lui aussi venait de songer au passé. A cette nuit qui leur avait semblé inévitable, si... juste.

Et qui avait transformé à jamais son existence.

A pas lents, Spencer revint vers elle. Nathalie sentit son pouls s'accélérer en observant son visage sombre, la lueur de secret qui couvait dans son regard...

Comment, au bout de sept longues années, la boucle avait-elle pu ainsi se refermer sur elle ? Du fond de son caveau, Anthony Bishop continuait de contrôler sa vie, et Spencer... Spencer continuait d'éveiller en elle des rêves impossibles.

En sept ans, elle n'avait rien appris.

Elle était toujours aussi faible, aussi vulnérable. Du moins en ce qui concernait Spencer Bishop.

A la différence qu'à présent elle avait un fils à protéger.

— Comment va-t-il ? demanda Spencer, comme s'il avait lu dans ses pensées.

Il s'était immobilisé à quelques centimètres d'elle, si bien qu'elle fut obligée de lever la tête pour le regarder.

Reculant d'un pas, elle croisa les bras sur sa poitrine et s'adossa au mur, le privant de ce précédent avantage.

— Il va bien. Mais... je ne pensais pas te revoir si vite.

Son regard se posa sur l'ours en peluche qu'il tenait à la main. A ce spectacle, Nathalie sentit une boule se former stupidement dans sa gorge.

Que lui arrivait-il ? Elle avait réussi à ne pas craquer au moment où la police l'avait arrêtée, et durant l'intégralité de sa garde à vue. Elle avait tenu bon depuis l'accident de ce matin, tandis qu'on recousait la plaie de Kyle, et jusqu'à maintenant. Alors pourquoi l'image de Spencer Bishop, un ours en peluche à la main, lui donnait-elle envie de pleurer ?

Suivant son regard, Spencer éleva la peluche au niveau de ses yeux et l'observa d'un air déconcerté, comme s'il ignorait comment elle avait pu atterrir dans sa main. Puis il haussa les épaules.

— J'ai acheté ça pour Kyle... je l'ai trouvé dans la boutique de l'hôpital... Mais il est sans doute trop grand pour ce style de cadeau.

— Pas du tout, assura Nathalie d'un ton égal. Il va l'adorer.

Après un nouveau haussement d'épaules, Spencer lui tendit l'ours en peluche. Nathalie leva un sourcil étonné.

— Ne préfères-tu pas le lui donner en personne ?

— Je pensais qu'il dormait.

— Il dort, mais les infirmières viennent régulièrement le réveiller afin de s'assurer que... qu'il va bien.

— Pourquoi ? Il va bien, n'est-ce pas ?

Nathalie sourit.

— Oui. Il est costaud. Il faut plus d'une bosse sur sa tête pour l'anéantir.

Spencer se mit à rire doucement et Nathalie se rendit compte qu'elle ne l'avait pratiquement jamais entendu rire. Ce qui lui sembla soudain effroyablement triste.

« Non, se dit-elle avec fermeté. Ne commence surtout pas à t'apitoyer sur le sort de Spencer Bishop. »

S'il vivait dans un univers où le rire n'avait pas sa place, c'était son problème. C'était qu'il avait choisi de s'enfermer dans un monde glacé, où seuls régnaient le mensonge et la trahison. Un monde qui avait failli elle-même l'engloutir et la détruire.

D'une main agacée, elle repoussa ses cheveux en arrière et riva sur lui un regard dénué de compassion ou de tristesse. Un regard qui reflétait — elle en était consciente — la méfiance qu'elle lisait dans le sien.

— Pourquoi es-tu revenu, Spencer ? Je doute que ce soit uniquement pour voir Kyle.

Il hésita un instant avant de répondre :

— Tu as raison. Je voulais te parler.

— De quoi ?

— De tout.

— Vaste sujet, ironisa Nathalie en appuyant son dos contre le mur.

Elle jeta un regard autour d'elle et se demanda ce que les gens penseraient s'ils les reconnaissaient — la meurtrière présumée d'Anthony Bishop, en compagnie du frère de la victime. L'homme qui avait réglé sa caution. Et son amant d'un jour.

— Je voudrais te poser quelques questions concernant le meurtre d'Anthony, dit Spencer.

— Pourquoi faire ? Tout est dans le rapport de police.

— Il y a certains points que j'aimerais éclaircir ; et que je préférerais entendre de ta bouche.

Nathalie ôta ses lunettes et se frotta les yeux.

— Je n'en peux plus de répéter sans cesse les mêmes choses.

Sa voix trembla.

— Surtout alors que mon fils gît dans ce lit d'hôpital, à cause de...

— A cause de ?

Le regard de Spencer s'intensifia.

— Qu'étais-tu sur le point de dire, Nathalie ?

— Rien, marmonna Nathalie, soudain muette.

Elle chaussa ses lunettes, comme si celles-ci lui donnaient plus d'assurance.

— C'est juste que... j'aurais pu éviter cet accident. J'étais si perturbée ce matin, je n'étais pas suffisamment concentrée sur ma conduite.

— L'éviter, j'en doute. Tu étais déjà engagée quand la voiture a grillé le feu. Tu n'aurais rien pu faire.

— Comment le savoir ?

L'homme qui l'avait appelée s'était montré clairement menaçant à l'encontre de Kyle, ce matin. Avec angoisse, Nathalie ne pouvait s'empêcher de se demander si cet accident n'était pas le fruit d'un acte délibéré.

« Dis-lui, souffla une voix dans sa tête. Dis-lui tout, et demande la protection de la police pour Kyle. » Une autre, plus impérieuse, lui intimait de se taire : « N'oublie pas que tout ce que tu diras pourra être retenu contre toi. »

Bien plus que celle d'affronter un procès pour meurtre, la perspective de la bataille qu'elle devrait livrer contre Irène pour garder Kyle la fit se détourner de Spencer, et dissimuler la peur qui habitait son regard.

— Je n'ai rien d'autre à te dire, Spencer. Rien.

— Je suis persuadé du contraire.

Nathalie s'apprêtait à protester, quand sa mère passa sa tête par la porte entrebâillée de la chambre.

— Nathalie ? Kyle est réveillé. Il te demande, chérie.

— J'arrive.

Elle se retourna vers lui, espérant en finir avec cette conversation, mais elle entendit sa mère s'écrier :

— Oh, bonsoir… Spencer, c'est cela ?

— Ravi de vous revoir, madame Silver.

— Appelez-moi donc Joy. Je déteste les cérémonies.

Son regard s'illumina à la vue de l'ours en peluche dans la main de Spencer.

— Oh, comme il est mignon ! Vous l'avez apporté pour Kyle ? Entrez, voyons, qu'il puisse vous en remercier.

Nathalie se hâta jusqu'au chevet de son fils, qu'elle embrassa sur la joue, avant d'effleurer du bout des lèvres son front bandé.

— Comment te sens-tu, mon chéri ?

110

— Ça va, répondit Kyle. J'ai soif.

Elle lui servit un verre d'eau. Kyle découvrit alors le sapin de Noël installé par sa grand-mère, et la surprise agrandit ses yeux verts.

— Génial ! D'où ça vient ?

— Du Père Noël, bien sûr, affirma Joy en lui tapotant la main avec bienveillance. Il ne pouvait tout de même pas te laisser seul ici sans arbre de Noël. Tiens, à propos de Noël, regarde qui est là.

Kyle tourna son regard vers le pied de son lit, devant lequel venait de s'immobiliser Spencer.

— Salut, dit-il.

— Salut.

Visiblement mal à l'aise, Spencer ne semblait rien trouver à dire. Il tendit l'ours à Kyle, bredouillant une forme d'excuse :

— J'espère qu'il te plaira. Je ne suis pas très renseigné sur les goûts des petits garçons de six ans.

— Super ! s'exclama Kyle, comme si un ours en peluche avec un bonnet de Père Noël avait répondu à son souhait le plus cher. C'est pour moi ? Merci !

Nathalie éprouva malgré elle un élan de reconnaissance à l'égard de son fils pour avoir su arracher ce sourire radieux à Spencer. Un sourire qui provoqua de drôles de chatouillements au niveau de son cœur.

— De rien, répondit Spencer. Dis donc, j'avais raison, tu as un bel œil au beurre noir.

— Vraiment ? Je peux le voir ?

Tout en secouant la tête avec lassitude, Nathalie chercha son miroir de poche dans son sac et le lui tendit.

— Génial ! s'écria Kyle, visiblement impressionné par son reflet. C'est la première fois que j'ai un œil au beurre noir.

— Tu en as déjà eu un, rectifia Nathalie, mais tu n'avais qu'un an. Tu étais tombé de la table de la salle à manger. Je n'ai jamais su comment tu avais réussi à y monter.

Sa mère émit un petit rire.

— Je me rappelle que tu m'avais écrit pour me le raconter.

— Pourquoi je m'en souviens pas ? demanda Kyle.

— Parce que tu étais trop petit.

— Mais pourquoi tu ne me l'as jamais dit ?

— Parce que j'ignorais que les yeux au beurre noir avaient une telle importance pour toi, s'excusa Nathalie.

— Bien sûr qu'ils en ont, objecta Spencer. Comme le premier vélo à deux roues, les véritables battes de base-ball — pas celles en plastique — et les genoux abominablement couronnés. Pas vrai ?

Kyle opina de la tête, visiblement ravi d'être enfin compris par un homme. L'absence de ce genre de complicité dans l'existence de son fils était un problème auquel Nathalie s'efforçait de ne pas trop penser. Elle l'élevait seule, du mieux qu'elle pouvait, et refusait de s'en blâmer.

Un garçon avait sans doute besoin d'une présence masculine à ses côtés. Seulement, Anthony ne s'était jamais occupé de son fils. Son propre père avait passé ces sept dernières années à l'étranger, et elle-même n'avait jamais refait sa vie.

Dans ces circonstances, il n'était pas étonnant que Kyle semblât aussi fasciné par Spencer.

Ce fut tout du moins ce que se dit Nathalie, répugnant à croire qu'un quelconque lien — au-delà d'un patronyme commun, et d'une vague ressemblance physique — puisse les unir. Certes, ils avaient exactement les mêmes yeux, mais n'était-ce pas ceux de tous les Bishop ?

Nathalie observa son fils qui jouait depuis un moment avec son ours en peluche. Spencer et sa mère s'étaient éloignés du lit et discutaient à voix basse. Elle entendit Joy murmurer :

« …besoin de se changer les idées. Que diriez-vous de l'emmener dîner en ville ? »

Elle sentit son front et ses joues s'empourprer. A quoi songeait donc sa mère ? Bien sûr, Joy ignorait tout de son passé avec Spencer. Pour elle, il était simplement le frère d'Anthony — un désagrément qu'elle semblait disposée à ignorer, dès lors qu'il avait fait libérer sa fille en payant sa caution.

Mais Nathalie, elle, refusait de l'oublier.

— Je vais très bien, maman. Je n'ai aucun besoin de me changer les idées.

Sa mère eut dans le regard cette expression habituelle, qui semblait dire : Je sais mieux que toi ce qu'il te faut, alors, tais-toi.

— Tu es enfermée dans cet hôpital depuis la fin de la matinée. Avant cela, tu étais enfermée dans cet horrible endroit…

Joy s'interrompit pour fixer les grands yeux verts de Kyle, auxquels rien n'échappait.

— Tout ce que je dis, ajouta-t-elle, c'est qu'un peu d'air frais et un bon dîner te feront le plus grand bien.

Avant que Nathalie ait eu le temps de protester, Spencer renchérit :

— Ta mère a raison. Tu devrais sortir un peu.

Elle n'avait aucun désir de passer la soirée en compagnie de Spencer Bishop. Mais tous, jusqu'à son propre fils, semblaient conspirer contre elle :

— Vas-y, maman, renchérit Kyle. Grand-mère me lira une histoire, pendant ce temps.

— Bien sûr, acquiesça Joy en s'approchant du lit de son petit-fils. N'avions-nous pas abandonné notre cher capitaine de vaisseau sur une minuscule planète, perdue dans la galaxie de Chymmyre ?

Kyle hocha la tête avec conviction.

— Il avait perdu son navigateur électronique.

— Et son radioémetteur, précisa Joy. Bref, ce pauvre capitaine Killian se trouvait en bien mauvaise posture…

Une fois dans le couloir, encore hésitante, Nathalie leva son regard vers Spencer.

— Ecoute… rien ne t'oblige à m'emmener au restaurant. Je peux très bien manger un morceau à la cafétéria de l'hôpital.

— Cela me fait plaisir de dîner avec toi.

— Pourquoi ? demanda Nathalie d'un ton provocant. Pour me cuisiner une nouvelle fois ?

Elle ne se faisait aucune illusion quant à ses intentions.

A ces mots, le regard de Spencer s'assombrit. Puis il haussa les épaules.

— Afin de discuter un peu. C'est une chose que nous n'avons jamais beaucoup eu l'occasion de faire, Nathalie.

8.

Tout le long du trajet jusqu'au centre-ville, la nervosité de Nathalie n'avait fait que s'accentuer. Après avoir trouvé une place pour son véhicule sur un parking public, Spencer coupa son moteur. Posant un bras sur le dossier de son siège, il se tourna vers elle. Elle sentait sa main à quelques centimètres de ses cheveux. Leurs visages étaient si proches, que l'espace confiné de l'habitacle sembla se réduire.

L'insistance avec laquelle il la dévisageait exacerba encore son trouble. Il ne dit rien, mais le sourire qui se forma sur ses lèvres eut sur elle un dangereux pouvoir d'attraction, pareil à celui qu'exerce la lumière sur les insectes qui vont s'y brûler les ailes.

— J'espère que tu ne m'en veux pas ? dit Spencer.

— De quoi ?

A contrecœur, elle leva les yeux et rencontra son regard.

— De t'avoir amenée ici.

Nathalie haussa les épaules, se forçant à l'indifférence.

— Pourquoi t'en voudrais-je. J'adore ce quartier. C'est là que se trouve ma boutique.

— Je sais…

— Comment le sais-tu ?

— Je suis venu ici, la nuit où Anthony a été assassiné, répondit Spencer, avant de s'extraire du véhicule.

Nathalie le rejoignit au sommet des marches et ils les descendirent ensemble jusqu'au quai qui longeait la rivière. Il était encore tôt. Les boutiques regorgeaient de clients, tandis que la musique et les rires fusaient déjà des divers bars et restaurants implantés sur la berge.

Des réverbères en fonte éclairaient les pavés d'un doux faisceau, et des kilomètres de guirlandes lumineuses couraient dans les arbres, se reflétant sur l'eau calme.

Nathalie eut l'impression de pénétrer dans un lieu enchanté. Un lieu dont la beauté et la magie apparentes dissimulaient en fait une réalité plus noire, plus dangereuse.

Après lui avoir pris le bras, Spencer la guida entre les tables à travers la foule de touristes et de badauds, pour s'arrêter net devant le bâtiment qui abritait sa boutique.

De manière instinctive, elle leva son regard en direction des fenêtres de l'immeuble. Au deuxième étage, celles de Blanche étaient encore éclairées. Le restaurant de Delmontico réunissait au rez-de-chaussée une foule animée de dîneurs. Mais entre les deux, les Cloches d'Argent étaient plongées dans l'obscurité. Et même si elle ne pouvait pas le voir d'où elle se trouvait, Nathalie savait qu'un affreux ruban jaune, apposé par la police, en interdisait l'accès, mentionnant ce terme : « Homicide ». Horrifiée par les réminiscences de cette nuit tragique, elle se détourna.

— On m'a dit le plus grand bien de ce restaurant, affirma Spencer. Mais si tu préfères qu'on aille ailleurs…

— Non, c'est parfait.

Nathalie promena son regard autour d'elle, évitant cette fois de le poser sur le premier étage de l'immeuble.

Un jour ou l'autre, se dit-elle, il lui faudrait pourtant revenir ici, et rouvrir sa boutique. Trouver un moyen de vivre avec ce souvenir, parce qu'elle avait un commerce à faire tourner, un enfant à nourrir, et une existence personnelle à mener. Elle ne pourrait donc indéfiniment détourner le regard ni se voiler la face.

Franck Delmontico les aperçut et se fraya un chemin jusqu'à eux à travers les tables. Il n'était pas grand — à peine plus grand qu'elle — mais fortement charpenté. On devinait la puissance de ses épaules et de ses biceps sous son ample chemise blanche. Ses cheveux noirs, ramenés en arrière, soulignaient le bistre de son teint et la noirceur de son regard.

Son regard fut traversé d'une brève lueur de méfiance lorsque Nathalie lui présenta Spencer. Delmontico les guida ensuite jusqu'à une table au bord de l'eau, éclairée par deux chandelles.

La nuit était douce, mais une brise fraîche soufflait sur la rivière. Nathalie frissonna et resserra sa veste autour de son buste tandis qu'ils s'asseyaient.

— Préfères-tu qu'on aille à l'intérieur ?

— Non. J'aime bien dîner ici. C'est si beau avec toutes ces lumières. Je ne me lasse pas de ce lieu. Chaque saison y apporte sa propre magie.

— San Antonio m'a manqué, avoua Spencer après qu'un serveur fut venu prendre leurs commandes de boissons. Quand j'ai quitté Washington, il y faisait un froid sibérien et il pleuvait des cordes. C'est déprimant, à la longue.

— Vous n'avez pas eu de neige ?

— Pas encore, mais elle est prévue pour Noël.

Nathalie examina la rivière, laissant son regard s'attarder sur un bateau-restaurant transportant un groupe de touristes turbulents.

— J'adore ce climat, dit-elle, mais je me dis qu'il serait parfois agréable d'avoir de la neige en cette saison. Je n'ai jamais vu un Noël sous la neige.

— A San Antonio, il faudrait un miracle.

— Je ne crois plus aux miracles, répliqua Nathalie d'une voix teintée d'amertume.

— Personnellement, je n'y ai jamais cru. Dans la vie, si l'on veut quelque chose, il faut se donner les moyens de l'obtenir. On ne peut pas rester les bras croisés, à espérer que la neige finisse par tomber.

Nathalie posa les yeux sur lui. A son tour, il la fixa de son regard ténébreux, si séduisant, qu'elle en ressentit un léger tremblement intérieur.

— On ne peut pas non plus tout contrôler, Spencer. Certains rêves restent, hélas, hors de notre portée.

— Peut-être, mais d'autres pas.

Il se pencha vers elle. La lueur des bougies se reflétait dans son regard.

— Par exemple, si tu le voulais, tu pourrais découvrir ce qui est réellement arrivé à Anthony.

Elle le dévisagea avec stupeur.

— Je croyais que tu étais convaincu de ma culpabilité.

— Penses-tu vraiment que je t'aurais fait sortir de prison, si j'étais convaincu que tu avais tué mon frère ?

La brise fit vaciller la flamme de la bougie et le regard de Spencer prit soudain une intensité mystérieuse. Disait-il vrai ? La pensait-il vraiment innocente ? s'interrogea Nathalie. Ou bien, comme par le passé, était-il simplement en train de la manipuler, de lui dire ce qu'elle avait envie d'entendre ? Pour l'amener là où il le voulait ? Mais, que voulait-il, cette fois ?

— Qu'as-tu derrière la tête ? demanda-t-elle avec méfiance.

— Je veux t'aider à démêler cette affaire et à retrouver l'assassin d'Anthony.

— Je n'ai jamais dit que c'était mon objectif, s'empressa de rectifier Nathalie, le cœur battant d'anxiété.

Bon sang, se dit-elle, elle n'était pas détective !

Spencer se rejeta au fond de sa chaise et étudia la flamme de la bougie d'un air pensif.

— J'ai une certaine expérience des services de police locaux, Nathalie. Une fois qu'ils tiennent un suspect, l'enquête est à leurs yeux pratiquement close.

— Tu veux dire que, me pensant coupable, ils ne vont même pas se donner la peine de chercher un autre suspect ?

— C'est exactement ce que je suis en train de dire.

— Il y aurait donc la possibilité que je retourne en prison, murmura Nathalie avec horreur. Et que je sois condamnée pour un crime que je n'ai pas commis ?

— Plus d'innocents que tu ne peux l'imaginer végètent en prison, Nathalie.

Des images se mirent à défiler dans sa tête. Celles d'interminables heures, usées à se morfondre au fond d'une cellule. Des images de solitude et d'impuissance…

A cette pensée, Nathalie sentit son estomac se retourner.

— Pour quelle raison m'aiderais-tu ? demanda-t-elle.

Spencer leva le verre que le serveur venait de déposer devant lui.

— Parce que, même si nous avons toujours été différents, Anthony était mon frère. Or son meurtrier court toujours, et je veux l'arrêter avant qu'il ne fasse d'autres victimes.

A ces mots, Nathalie réprima un frisson. Les menaces de l'homme qui l'avait appelée ce matin s'imposèrent une nouvelle fois à son esprit : Si vous voulez éviter qu'il n'y ait d'autres morts, vous feriez mieux de vous montrer coopérative.

— Tu as l'air persuadé qu'il s'agit d'un homme, dit-elle. Mais Anthony avait pas mal d'ennemis de sexe féminin.

Elle songeait bien sûr à Melinda, dont Anthony était sur le point de divorcer en la laissant sur la paille.

— Ferais-tu allusion à quelqu'un en particulier ?

— Kyle a entendu Anthony annoncer à Melinda qu'il voulait divorcer et qu'il ne lui laisserait pas un sou.

A ces mots, Spencer fronça les sourcils.

— C'est Kyle qui t'a répété ces propos ?

Nathalie hocha la tête.

— Il a même enregistré leur conversation.

Cette dernière révélation sembla beaucoup intéresser Spencer, qui se pencha vers elle.

— Kyle détient-il toujours cette bande ?

— Je l'ignore. Il prétend en tout cas avoir égaré l'appareil enregistreur.

— Tu veux dire que c'est faux ?

Nathalie fit courir ses doigts autour du bord de son verre.

— Kyle, expliqua-t-elle, a la sale manie de dissimuler des objets un peu partout, afin de les préserver, selon lui. Puis d'oublier où il les a mis, ou parfois de le prétexter.

— J'aimerais en parler avec lui, affirma Spencer.

— Pas tout de suite. Il a eu suffisamment d'émotions pour le moment. D'ici à quelques jours, nous verrons…

— Dans quelques jours, il sera peut-être trop tard. Il faut agir vite.

Spencer agissait trop vite, songea Nathalie. D'abord, elle n'avait toujours pas accepté de collaborer à son enquête. Et elle était encore loin de pouvoir se fier à lui.

— Kyle ne sait rien des circonstances du décès de son père, dit-elle avec une pointe de colère. Ce n'est qu'un enfant.

— Jamais je ne dirais quoi que ce soit susceptible de le blesser, objecta Spencer.

Leurs regards se croisèrent par-dessus la flamme de la bougie. Sous l'insistance de celui de Spencer, Nathalie tenta d'ignorer les frissons qui parcouraient sa colonne vertébrale. En vain.

Elle se força à détourner les yeux.

— Je croyais qu'on était venus dîner, dit-elle. Alors, faisons notre choix. Il faut que je retourne à l'hôpital.

Après avoir effectué leur commande, le temps que les plats arrivent, ils parlèrent de leur profession respective.

— Une boutique de cadeaux de Noël ! s'exclama Spencer. Cela te va très bien.

Nathalie eut un petit rire.

— Forcément, puisque je suis née dans la soirée du 24 décembre.

— Je l'ignorais.

Il y avait beaucoup de choses qu'il ignorait, la concernant. Quelle ironie, se dit-elle. Il avait été son amant, mais il ne connaissait même pas sa date de naissance. Il ne la lui avait jamais demandée. Ç'avait dû être un détail sans intérêt pour lui.

— Moi, je suis né en novembre.

— Le 16 novembre, s'entendit préciser Nathalie.

— Tu t'en souviens donc !

Le regard de Spencer se riva dans le sien, et elle s'efforça de rire avec légèreté.

— Je me souviens que tu es Scorpion. Ténébreux, taciturne, intense… et secret. Anthony était Gémeaux. Un signe à double personnalité.

— Et toi ?

— Capricorne. Impulsive. Un peu naïve. Facile à leurrer, en quelque sorte, ajouta-t-elle non sans une pointe de sarcasme.

— De quel signe est Kyle ?

Nathalie étudia son verre de vin un instant.

— Kyle est Lion. Puissant, autoritaire, royal. Il apprécie particulièrement ce dernier attribut.

— Quel est le jour de son anniversaire ?

Nathalie leva vivement les yeux.

— Tu… ne le connais pas ?

— Non.

Parce qu'il n'avait jamais cherché à le savoir, se dit-elle avec amertume. Parce que cela lui était indifférent. Malgré elle, cette pensée lui fit mal. Mais elle non plus n'avait pas voulu savoir pourquoi Spencer n'avait pas épousé cette femme qu'Anthony lui avait désignée sur les clichés. Par simple indifférence, elle aussi, aurait-elle aimé croire.

— J'avais déjà coupé les ponts avec ma famille à ce moment-là, expliqua Spencer. En fait, j'ai revu ma mère pour la première fois depuis des années, il y a deux jours. Quand je lui ai annoncé la mort d'Anthony.

A cet instant, le serveur apporta leur commande, dispensant Nathalie de répondre à la précédente question de Spencer.

Elle comprenait pourquoi Spencer avait fini par se brouiller avec sa famille. Durant l'unique année où elle était restée mariée à Anthony, elle avait peu fréquenté Irène Bishop. La désapprobation manifeste de cette dernière à son égard était comme un couteau planté en permanence dans sa chair. Elle avait donc autant que possible évité sa belle-mère. Toutefois, durant les brèves entrevues qu'Irène lui avait accordées, Nathalie avait aussitôt décelé qu'Anthony était son favori, et que la valeur de ses autres enfants se mesurait à ses yeux à la seule dévotion qu'ils portaient à ce fils aîné.

Malgré elle, Nathalie sentit une vague de compassion pour Spencer la traverser. Dès ses premiers vagissements, ses propres parents l'avaient adorée. Chaque jour de sa vie, ils lui avaient répété qu'elle était merveilleuse, et leur bien le plus précieux.

Ayant ainsi grandi entourée d'amour, elle n'osait imaginer ce qu'avait pu être l'existence de Spencer, cerné dans ce manoir lugubre entre une mère glaciale, un père indifférent, et un frère et une sœur qui semblaient n'avoir eu pour lui que mépris.

Contrairement à l'enfance merveilleuse qu'elle avait eue, celle de Spencer avait dû se réduire à un immense désert affectif. Un hiver perpétuel, sans Noël.

Ils terminèrent leurs assiettes en silence. Tandis qu'il réglait l'addition, Nathalie se leva et s'avança jusqu'au bord du quai, d'où elle fixa le reflet éblouissant des lumières sur l'eau. Sentant

122

soudain une présence derrière elle, elle se retourna et aperçut Franck Delmontico qui l'observait.

L'insistance de son regard la mit d'autant plus mal à l'aise que Franck avait toujours gardé ses distances avec elle. Les nombreuses fois où Blanche et elle avaient déjeuné chez lui, il s'était toujours contenté de les saluer d'un signe de tête, comme d'anonymes clientes. Elle se demanda si, comme le reste des gens, il la regardait soudain avec d'autres yeux, en frémissant à l'idée d'avoir côtoyé une meurtrière à son insu des années durant.

Mais lorsqu'il vit qu'elle avait surpris son regard, au lieu de s'éloigner, Franck Delmontico vint vers elle. Il alla droit au but.

— Ce type avec qui vous êtes, c'est un flic, n'est-ce pas ?

— Un agent du FBI, précisa Nathalie en jetant un coup d'œil en direction de leur table.

Franck se rembrunit.

— Pourquoi un agent fédéral s'intéresserait-il à un banal homicide ?

Même si elle ne comprenait pas l'intérêt soudain de Delmontico à son égard, Nathalie ne vit toutefois pas malice à lui répondre. Avec un haussement d'épaules, elle expliqua :

— Il n'est pas attaché à cette affaire. C'est simplement le frère d'Anthony Bishop.

Cette information ne sembla pas particulièrement surprendre son interlocuteur. Suivant son regard, il tourna la tête en direction de la table où Spencer attendait qu'on lui rapporte sa carte de crédit. Levant les yeux, Spencer croisa brièvement son regard, avant de fixer le restaurateur avec insistance.

— Effectivement, il lui ressemble, marmonna Franck. Dire qu'Anthony Bishop avait un frère au FBI !

Nathalie le dévisagea avec surprise.

— Vous connaissiez Anthony ?

— De réputation, s'empressa de répondre Delmontico. Nous avions quelques connaissances communes.

Avant qu'elle n'ait eu le temps de s'informer de qui il s'agissait, il se pencha vers elle et précisa à voix plus basse :

— Votre ex-mari était impliqué dans quelques sales affaires, Nathalie. Je serais navré de vous voir entraînée dans une histoire qui vous dépasse.

— De quelles affaires voulez-vous parler ?

— Anthony Bishop n'hésitait pas à frayer avec la pègre. Il mangeait un peu à tous les râteliers.

— Avez-vous des révélations concernant sa mort ?

— Non, répliqua Franck. Mais j'écoute les rumeurs. Et dans certains milieux, il se dit que vous pourriez avoir de sérieux ennuis.

— Auprès de qui ?

Franck Delmontico haussa les épaules. Manifestement, il avait dit tout ce qu'il avait à dire.

— Je suis accusée du meurtre d'Anthony, insista Nathalie d'un ton désespéré. Si vous avez la moindre information susceptible de m'innocenter, je vous en prie, dites-la-moi.

— Soyez prudente, c'est tout ce que je peux vous dire, répliqua Franck. Et choisissez avec soin ceux à qui vous accordez votre confiance.

De nouveau, elle suivit son regard en direction de Spencer, qui s'était levé et venait vers eux.

Nathalie se tourna vers le restaurateur, mais il avait déjà disparu dans l'obscurité des cuisines.

— Que voulait-il ? demanda Spencer.

— Je n'en sais rien… Me mettre en garde, je crois.

— Contre quoi ?

— Contre *toi,* je pense.

Il la fixa avec une dureté teintée de méfiance.

— Et qu'as-tu répondu ?

— Rien. Je suis capable de me défendre et de décider seule des personnes à qui je dois accorder ma confiance.

— Si tu le dis.

Ils marchèrent un moment en silence. Puis, brusquement, Spencer demanda :

— Depuis combien de temps connais-tu ce type ?

— Depuis cinq ans. Il tenait déjà ce restaurant quand j'ai ouvert ma boutique. Pourquoi ?

Spencer haussa les épaules.

— Son visage ne m'est pas inconnu.

— Tu as dit que tu étais venu… le soir de la mort d'Anthony. C'est peut-être à ce moment-là que tu l'as aperçu.

Spencer secoua la tête.

— C'était l'aube. Les restaurants et les boutiques n'étaient pas ouverts. Mais je suis sûr d'avoir vu ce type quelque part. Cela me reviendra.

Il s'interrompit un instant, les sourcils froncés par la concentration.

— Qui occupe le magasin du dernier étage ?

— Blanche Jones. Une de mes amies intimes.

— Nous pourrions avoir à revenir afin de vérifier si elle ou Delmontico n'ont pas remarqué quelque chose, ce soir-là.

— La police les a déjà interrogés, affirma Nathalie, et j'en ai moi-même discuté avec Blanche.

L'annonce de son arrestation pour le meurtre d'Anthony avait affolé son amie. Lorsqu'elles s'étaient parlé au téléphone, Blanche avait semblé si perturbée qu'elle arrivait à peine à s'exprimer. Après être parvenue à se calmer, elle lui avait confié que la police l'avait longuement questionnée. Mais au moment du meurtre, elle était chez elle. Elle n'avait donc rien vu ni rien entendu susceptible de l'aider. Quant à Franck Delmontico, avait ajouté Blanche, il lui avait dit n'avoir rien remarqué.

— La police n'a peut-être pas su poser les bonnes questions, affirma Spencer. Nous devrions revenir demain et avoir une petite discussion avec chacun d'eux.

Nathalie se garda de préciser qu'elle n'avait pas encore accepté de coopérer avec lui. Mais Spencer avait réussi à lui faire peur tout à l'heure en affirmant que, puisqu'ils la tenaient, la police n'allait pas s'embarrasser de chercher un autre suspect. Si elle ne se lançait pas elle-même sur les traces du véritable meurtrier, personne ne s'en chargerait à sa place.

Spencer avait au moins l'avantage d'être un professionnel, un agent réputé du FBI. Qui, mieux que lui, saurait l'aider ?

Quelqu'un en qui tu pourrais avoir réellement confiance, souffla une petite voix dans sa tête.

Hélas, à l'heure actuelle, personne ne semblait remplir cette condition.

— D'accord, convint Nathalie avec un soupir de lassitude. On pourra toujours leur poser la question.

Un silence gêné s'installa entre eux. Tandis qu'ils longeaient la rivière, Nathalie s'efforçait d'oublier leur dernière promenade sur Riverwalk. Mais la présence de Spencer à son côté rendait ce tour de force impossible. Même s'il ne la touchait pas, même s'il ne la regardait pas, elle ne pouvait s'empêcher de songer à la façon dont il l'avait fait, cette nuit-là.

Au pied des marches qui allaient les ramener au niveau de la rue, et au parking sur lequel Spencer avait garé sa voiture, il s'immobilisa et abaissa son regard vers elle. Les rires et la musique derrière eux semblèrent s'assourdir, les lumières de Noël, s'atténuer. Nathalie n'était plus consciente que de l'intensité du regard qu'il rivait sur elle, et de celle avec laquelle son cœur battait à l'intérieur de sa poitrine.

Durant une fraction de seconde — qui lui sembla une éternité — ils ne prononcèrent pas un mot. Puis, d'une voix grave, Spencer demanda :

— Pourquoi l'as-tu épousé, Nathalie ?

Il rivait toujours son regard sur elle. Nathalie sentit sa gorge se nouer. Cette conversation arrivait sept ans trop tard. Trop tard, quoi qu'il en soit, pour revenir en arrière. Malgré cela, elle s'entendit répondre :

— Parce qu'il était là, et toi pas.

— Tout simplement ? s'étonna Spencer d'un ton amer.

— Non, avoua Nathalie.

Elle détourna les yeux avant d'ajouter :

— Cela a été tout sauf simple.

— Tu l'aimais ?

— Non.

La brutalité de cette réponse sembla le surprendre.

— Dans ce cas, pourquoi alors l'as-tu épousé ?

« Pour te prouver que je valais mieux qu'une aventure d'une nuit, pensa Nathalie. Pour me prouver à moi-même que quelqu'un voulait bien de moi, même si ce n'était pas toi. »

Et parce qu'elle n'avait que dix-neuf ans, qu'elle n'avait personne d'autre vers qui se tourner, et qu'elle était enceinte.

Elle s'était toujours demandé ce qu'il serait advenu si ses parents n'avaient pas été à l'autre bout du monde, si elle avait pu recourir à leur soutien et à leur amour. Mais à ce moment-là, il n'y avait eu personne pour l'entourer, et sa honte l'avait empêchée d'en informer sa mère par courrier ou par téléphone. Car elle savait combien cette nouvelle les aurait navrés. Afin de la soutenir, son père aurait à coup sûr renoncé à la promotion qu'il venait d'obtenir — le résultat tant espéré d'une vie de travail.

Anthony, lui, s'était trouvé là — un homme plus âgé, prêt à la guider dans la vie, à la protéger, à lui offrir la seule solution à peu près satisfaisante pour elle et son futur bébé.

— Pourquoi, Nathalie ?

Elle prit une inspiration afin de repousser ces souvenirs douloureux.

— Quelle importance, à présent ? décréta-t-elle. C'était il y a si longtemps. Anthony est mort, maintenant, et…

— Mais toi et moi sommes vivants.

— Et ?

Une légère brise souleva les cheveux de Nathalie et Spencer tendit un bras vers elle pour ramener une mèche rebelle de son front. Avant de la laisser retomber le long de son corps, il laissa sa main s'attarder sur sa joue.

A ce contact, elle sentit son être s'immobiliser.

— Toi aussi, tu le sens, n'est-ce pas ? demanda Spencer.

— Non !

Il eut un mince sourire.

— Tu n'as même pas eu besoin de savoir à quoi je faisais allusion. Tu sais pourquoi ? Parce que tu ressens la même chose que moi, Nathalie. C'est toujours là.

— J'ignore de quoi tu veux parler, insista Nathalie, les nerfs à présent à vif.

— Alors, laisse-moi te l'expliquer.

Avant qu'elle n'ait le temps de se détourner, avant même qu'elle n'ait le temps de reprendre une inspiration, il lui ôta doucement ses lunettes et approcha sa bouche de la sienne.

Sept années d'existence s'envolèrent alors comme par magie.

A l'instant où ses lèvres se posèrent sur les siennes, elle fut de nouveau cette jeune fille esseulée de dix-neuf ans, et lui, redevint… Spencer. Un garçon taciturne et complexe, qui éveillait en elle les plus puissantes émotions. Un homme dont la seule présence l'avait toujours fait frémir intérieurement. Qui réduisait son ambition féminine à un seul objectif : illuminer de son amour l'univers lugubre dans lequel il évoluait.

Son baiser fut étonnamment doux. Dénué de toute exigence, de toute récrimination. Dénué, pour l'instant, de tout regret. Ce fut simplement comme si leurs deux âmes se rencontraient.

Nathalie sentit une multitude d'émotions se bousculer en elle. Elle avait oublié la tendresse dont il était capable, la douce chaleur qui se dégageait de lui et qui, en un baiser, avait le pouvoir de la laisser pantelante.

Elle avait envie de glisser ses bras autour de son torse et de le serrer contre elle. Envie de lui avouer combien de fois elle avait rêvé cet instant, au cours des ans. Envie de partager avec lui ses secrets les plus intimes.

Mais elle n'en fit rien. Parce que malgré le contact de ses lèvres sur les siennes, malgré les battements accélérés du cœur de Spencer sous ses paumes, elle savait que tout ceci n'était qu'illusion. Spencer Bishop n'était qu'un simulateur. Un caméléon, aussi inhumain, aussi doué pour la duplicité que son frère. Un personnage secret, aux apparences trompeuses.

Elle s'arracha à son étreinte et il ne la retint pas. Portant une main tremblante à ses lèvres, elle murmura :

— Pourquoi as-tu fait ça ?

Pourquoi l'avait-il embrassée ? Ce simple baiser allait encore compliquer leurs existences déjà tourmentées.

Se contentant de hausser les épaules sous son blouson de cuir noir, et sans la quitter des yeux, Spencer rétorqua :

— Pour te prouver que j'avais raison. Au moins, maintenant, nous savons où nous en sommes.

Il avait tiré cette déduction d'un ton froidement professionnel, comme s'il parlait d'une enquête policière. Sans savoir pourquoi, Nathalie sentit la colère monter en elle.

— Et *où* en sommes-nous, s'il te plaît ?

— Pour une femme intelligente, tu peux vraiment te montrer obtuse, quand tu veux.

A ces mots, la colère de Nathalie éclata :

— J'ai fait trop d'erreurs dans ma vie pour me prétendre intelligente, Spencer. A commencer par le fait de t'avoir laissé m'embrasser à l'instant.

— Pourquoi ?

— Parce que...

Parce que, la rendant vulnérable au moment où elle aurait dû se montrer forte, invincible, ce baiser avait réveillé en elle des émotions qu'il aurait mieux valu garder ensevelies.

Spencer l'avait piégée, et il le savait. Elle vit ses yeux verts briller dans la nuit.

— Parce que tu *sais* que j'ai raison, acheva-t-il d'une voix radoucie. L'attirance est toujours là.

— Oui, finit par admettre Nathalie dans un souffle.

Elle redressa aussitôt le menton en signe de défi.

— Mais je ne le veux pas.

Avec une douceur qui démentait la noirceur de son regard, Spencer tendit la main et replaça ses lunettes sur son nez.

— On n'obtient pas toujours ce qu'on veut, Nathalie. N'as-tu pas appris cela, depuis le temps ?

Leur absence s'étant prolongée au-delà de ce qu'elle avait prévu, Nathalie appela l'hôpital à partir du téléphone portable de Spencer. Sa mère répondit et l'assura que Kyle allait bien. Mais elle entendait la voix de son fils chuchoter par-dessus leur conversation.

— Il y a juste un petit problème, expliqua Joy.

La voix désespérée de Kyle s'éleva alors dans la chambre d'hôpital, mais Nathalie ne distingua pas ses propos.

— Il veut te parler, annonça sa mère.

— Qu'est-ce qui ne va pas, mon chéri ? s'empressa de demander Nathalie, lorsqu'elle eut son fils au bout du fil.

— C'est Fred.

130

— Fred ? Eh bien ?

— J'ai oublié de lui donner à manger avant de partir. Elle va mourir de faim.

— Mais non. Elle tiendra bien jusqu'à demain. Les tortues n'ont pas besoin de beaucoup de nourriture.

— Fred, si. Et tu dis toujours que si je ne mange pas bien, je tomberai malade. Je veux pas que Fred tombe malade. Il faut que tu ailles lui donner à manger, maman.

— Mais, chéri, Fred peut très bien…

— S'il te plaît, maman.

Nathalie fit une grimace. Si Fred dépérissait, Kyle ne le lui pardonnerait jamais. Cette tortue était devenue le centre de son existence, depuis qu'il l'avait sauvée d'une bouche d'égout suite à une tempête.

Elle poussa un soupir.

— Très bien. Je vais y aller. Mais en échange, tu dois me promettre de dormir. Il est tard.

— Promis, assura Kyle en étouffant un bâillement.

Elle semblait avoir prononcé les mots magiques.

Nathalie raccrocha et jeta un regard en direction de Spencer.

— Cela te dérangerait de faire un détour par chez moi ? Kyle insiste pour que j'aille nourrir sa tortue. Si je ne le fais pas, je sais qu'il ne fermera pas l'œil de la nuit.

Spencer haussa les épaules.

— Aucun problème.

Nathalie lui indiqua la route jusqu'à sa maison d'Alamo Heights, un bungalow de plain-pied, situé à quelques blocs de la villa de ses parents. Lorsque Spencer immobilisa son véhicule dans l'allée, elle tendit la main pour ouvrir sa portière. Mais, d'un geste vif, il l'en empêcha.

— Je préfère d'abord vérifier que tout est en ordre, dit-il. Passe-moi ta clé.

Nathalie le dévisagea avec stupeur.

— Pourquoi, voyons ? Je ne vois pas ce qui aurait pu se passer.

A moins, bien sûr, qu'il ne suspecte quelque chose. Qu'il ne *sache* quelque chose…

A cette pensée, elle s'interrogea quant aux prochains agissements d'Irène à son encontre, en se demandant si Spencer y serait associé.

— Simple déformation professionnelle, répliqua Spencer en prenant la clé qu'elle s'était résolue à lui tendre.

Avant de sortir du véhicule, il demanda :

— Il y a une alarme ?

Nathalie secoua la tête. Les cambriolages étaient rares dans ce quartier, si bien qu'elle n'avait jamais éprouvé le besoin d'installer chez elle un système de sécurité. Mais en repensant à l'appel qu'elle avait reçu le matin même, en se remémorant le ton menaçant de son mystérieux auteur, elle frémit intérieurement, se réjouissant tout à coup que Spencer soit avec elle.

Elle le vit disparaître à l'intérieur du bungalow, et attendit de voir les lumières s'allumer. Mais la maison demeura plongée dans l'obscurité. Et Spencer ne revenait pas la chercher.

Les minutes passèrent.

Nathalie commença à s'inquiéter. Que faisait-il ? Tout en s'en voulant vaguement de douter ainsi de lui, elle se demandait s'il n'était pas en train de fouiller dans ses affaires, à la recherche d'une preuve de sa culpabilité dans le meurtre d'Anthony. Même s'il avait affirmé croire à son innocence au cours du dîner.

Cette pensée la ramena à Irène. Jusqu'où Spencer était-il prêt à aller pour satisfaire sa mère ? Et entrer, peut-être pour la première fois de sa vie, dans ses bonnes grâces ?

Sortant à son tour du véhicule, Nathalie demeura un instant immobile, à scruter la maison obscure. Décidément, quelque chose ne tournait pas rond.

Elle marcha jusqu'à la porte d'entrée et pénétra dans le salon. Sa main trouva l'interrupteur et la lumière inonda brusquement la pièce. Nathalie faillit alors s'étouffer au spectacle du saccage qui l'entourait.

Tous les livres des étagères avaient été renversés au sol. Les fauteuils et les coussins du canapé, éventrés. Des lambeaux de papier peint, arrachés des murs. Chaque vase, chaque carafe, et jusqu'au plus petit contenant, gisaient en mille morceaux sur le parquet. Les tiroirs de son bureau avaient été arrachés, ses dossiers, éparpillés en tous sens.

Plus désolant encore était le sort qui avait été réservé aux cadeaux disposés au pied du sapin. Leur papier bigarré était réduit en miettes. Le contenu des paquets, mis en pièces.

Et Spencer n'apparaissait toujours pas.

Nathalie demeura figée un instant, le cœur battant, la colère faisant peu à peu place dans son esprit à la peur qui s'était emparée d'elle en entrant. On avait violé son intimité. Sa maison. Son sanctuaire. Détruit ses objets personnels. Elle avait travaillé dur pour s'offrir chacun d'entre eux, et quelqu'un s'était permis d'entrer chez elle, et de tout saccager.

Dieu merci, Kyle n'était pas là pour voir ça, se dit Nathalie. Pendant ce temps, il était en sécurité à l'hôpital, sous la surveillance de sa mère. Durant une fraction de seconde, elle fut presque reconnaissante au chauffard qui avait percuté leur véhicule. Sans lui, Kyle et elle auraient tous deux été à la maison, ce soir.

Or en contemplant l'état de son salon, et au vu de la rage qui semblait y avoir été déployée, elle comprit que l'auteur de cette véritable entreprise de démolition ne se serait pas embarrassé de la présence d'une femme ni de celle d'un petit garçon. Mais qui, *qui* avait pu faire une chose pareille ?

Une pensée lui traversa soudain l'esprit. L'accident de ce matin et l'effraction de ce soir pouvaient-ils être l'œuvre d'une seule et même personne ? Une personne qui aurait froidement calculé ce double scénario ?

Une hypothèse des plus effrayantes. Rassemblant son courage, Nathalie commença à avancer dans la pièce en direction de la salle à manger et de la cuisine, écrasant au passage des fragments de verre et de plastique brisé.

Elle appela Spencer. Sans succès. Un frisson glacé remonta alors le long de sa colonne vertébrale. Et si l'intrus se trouvait toujours là ? se dit-elle. Si Spencer l'avait surpris en entrant ? Si…

Son cœur battant au rythme où l'entraînait son imagination, Nathalie s'efforça de se calmer. Elle jeta un regard désespéré autour d'elle à la recherche du téléphone. A cet instant, un bruit en provenance de la cuisine la fit tressaillir. Quelqu'un s'y trouvait ! Elle se détourna vivement, avec l'intention de s'enfuir. Mais une sorte d'instinct l'arrêta ; un instinct qui lui disait que Spencer avait peut-être besoin d'elle.

Sans réfléchir plus, Nathalie traversa la pièce et poussa la porte de la cuisine. La lueur de la lune éclairait l'évier placé sous la fenêtre, mais il fallut un moment avant que ses yeux ne s'accoutument à la pénombre. Elle tendait la main vers l'inter-rupteur, quand son regard se posa sur une silhouette étendue à même le sol.

Nathalie sentit les battements de son cœur s'affoler. Elle fit un pas en avant.

A ce moment-là, un mouvement derrière la porte entrouverte attira son attention. D'un bond, elle se retourna, mais pas assez vite. Elle vit quelque chose traverser l'obscurité pour atterrir contre sa tempe gauche.

Nathalie eut l'impression que sa tête explosait, puis tout devint noir.

9.

Lorsque Nathalie rouvrit les yeux, il lui fallut un moment avant de parvenir à se repérer dans l'espace. Allongée sur le carrelage froid, elle tenta de réajuster sa vision. De se rappeler ce qui s'était passé.

Puis, soudain, les souvenirs resurgirent : le saccage de son bungalow ; la main sortie de l'obscurité pour lui lancer cet objet à la face ; le corps inanimé, gisant à même le sol.

Spencer !

Elle tenta de se relever, mais une douleur fulgurante lui transperça le crâne, et un vertige l'envahit. Elle porta alors une main hésitante à sa tempe et sentit une bosse sous ses doigts. Mais lorsqu'elle les examina, il n'y avait pas de sang.

Dans ce cas…, se demanda-t-elle en abaissant lentement les yeux sur sa poitrine, d'où venaient les taches sombres qu'elle distinguait sur son corsage blanc ?

Nathalie frôla le tissu souillé. Il était encore humide. Elle porta ses doigts à ses narines, et son estomac se retourna en reconnaissant l'odeur fade et métallique du sang.

Mon Dieu ! Pitié ! implora-t-elle. C'était exactement comme la nuit où elle avait découvert le cadavre d'Anthony. Comme cette nuit-là, on l'avait assommée. Comme cette nuit-là, lorsqu'elle avait repris conscience, ses vêtements étaient… maculés du sang d'une autre personne.

Pitié ! hurla Nathalie en son for intérieur.

Pas Spencer !

De nouveau, elle tenta de se lever, sans y parvenir. Elle examina la pièce autour d'elle, à la recherche du corps qui y était étendu un instant plus tôt. Le coup qu'elle avait reçu à la tête avait dû brouiller sa vision, car malgré la forte lueur de la lune, elle ne parvenait pas à le repérer. Se retenant d'une main au chambranle de la porte, elle réussit enfin à se redresser et tâtonna jusqu'à trouver l'interrupteur.

La lumière du néon inonda la pièce, révélant jusqu'au moindre de ses recoins. Dévoilant ses lunettes, échouées sur le carrelage… à côté d'une flaque de sang. Mais il n'y avait aucun corps allongé sur le sol.

Nathalie s'appuya faiblement au mur. Elle ferma les yeux, s'efforçant d'ignorer la douleur qui battait à sa tempe. Que lui arrivait-il ? Comment son destin avait-il pu chavirer de la sorte ? Jamais elle ne s'était sentie aussi impuissante. Pas même lorsqu'elle avait découvert, à dix-neuf ans, qu'elle était enceinte. Ni même quand Anthony avait menacé de lui prendre son fils.

Où était Spencer ? Il avait décidément la fâcheuse habitude de disparaître aux moments où elle avait le plus besoin de lui.

A cet instant, la porte de la cuisine s'ouvrit en grand. Retenant un hurlement, Nathalie chercha des yeux un objet pour se défendre.

Mais, comme s'il avait répondu à son appel silencieux, ce fut Spencer qui apparut dans l'encadrement de la porte.

Du sang dégoulinait sur son visage et sa chemise était maculée de taches rouge foncé. Il semblait avoir du mal à ajuster son regard sur elle.

— Nathalie ! Tu n'es pas blessée ?

— Non, je crois que ça va, répondit-elle d'une voix hésitante. Et toi ?

— Ça pourrait aller mieux.

Il vint vers elle et Nathalie remarqua qu'il avait les deux mains occupées : l'une par son téléphone portable, et l'autre par la trousse de secours qu'il avait dû dénicher dans sa salle de bains. Spencer s'assit lourdement à la table de la cuisine.

— J'ai appelé police secours, dit-il. Ils ne vont pas tarder à arriver. Mais laisse-moi déjà examiner cette bosse. Ça peut être sérieux, tu as perdu conscience.

— Toi aussi, je crois.

Nathalie se baissa pour ramasser ses lunettes, avant de s'installer sur une chaise à côté de lui.

— Je t'ai vu étendu par terre… enfin, j'ai cru que c'était toi. Puis j'ai reçu un coup à la tempe. Quand je suis revenue à moi, tu avais disparu. Qu'est-ce qui s'est passé ?

Avec une grimace de douleur, Spencer porta sa main à son crâne.

— Je ne sais pas exactement. Ce salaud m'a attaqué par-derrière. Je n'ai même pas vu le coup venir.

— C'est peut-être toi qu'il faudrait examiner en premier. Au vu de la quantité de sang que tu as perdue, tu es sans doute plus mal en point que moi.

— Ce n'est rien, marmonna Spencer tout en tressaillant au contact des doigts de Nathalie autour de sa blessure. Désolé pour ton corsage.

— C'était bien ton sang, conclut-elle, seulement à moitié soulagée.

Spencer hocha la tête.

— Je me suis penché sur toi pour tenter de te faire reprendre conscience. Mais voyant que je n'y arrivais pas, j'ai préféré appeler police secours.

L'image de Spencer, en train de saigner, mais dédaignant sa propre blessure pour s'occuper d'elle, l'emplit d'une émotion inexplicable. Nathalie sentit alors son cœur s'emballer, tandis qu'elle se penchait sur lui pour examiner la plaie qu'il avait au sommet du crâne.

— Ce n'est pas trop profond, assura-t-elle. Mais il te faudra sans doute quelques points de suture.

— Cela attendra.

Il saisit son bras et la força à se rasseoir.

— Avant que la police n'arrive, nous devons discuter, toi et moi.

— Discuter ? De quoi ?

— De ce qui vient de se passer ici.

— Mais je n'en sais rien. Je ne sais rien de plus que toi.

Le regard scrutateur de Spencer semblait ne plus rencontrer aucune difficulté pour se concentrer sur elle.

— Je crois au contraire que tu le sais très bien. Tu en sais beaucoup plus que tu ne veux l'avouer.

— A quel propos ?

Elle vit ses yeux verts se durcir, un masque de froideur et de suspicion tendre ses traits.

— A propos du meurtre d'Anthony. A propos des diamants.

— Des diamants !? Quels diamants ? J'ignore…

— Fini de jouer, Nathalie. Où sont-ils ? Donne-les-moi avant que quelqu'un d'autre ne trouve la mort.

— Enfin, de quoi veux-tu parler ?

Spencer l'observa en silence. Elle n'affichait aucun des symptômes propres à la dissimulation — bouche sèche, regard fixe, mains tremblantes…

Si elle mentait, se dit-il, c'était une sacrément bonne actrice. Mais ne le savait-il pas déjà ? Ne l'avait-elle pas subtilement abusé, jadis ?

— Réponds-moi, Nathalie. Où sont-ils ?

— Je te répète que je n'ai aucune idée de ce à quoi tu fais allusion. Ni de quels… diamants, tu veux parler.

138

Elle avait l'air si perplexe qu'il s'en voulut presque de la tourmenter. Mais il se devait d'insister. Il ne laisserait rien pervertir son jugement. Pas même le baiser qu'ils avaient échangé en quittant le restaurant. Ni les émotions que celui-ci avait fait resurgir en lui.

Il continuait d'étudier son visage, tout en se demandant s'il n'avait pas eu tort d'étaler aussi franchement ses cartes. Une tactique très inhabituelle chez lui. Mais il avait trop besoin de son aide, et de savoir s'il pouvait se fier à elle.

— Je parle des diamants qu'Anthony cherchait dans ta boutique, le soir de sa mort.

Les yeux de Nathalie s'agrandirent.

— Anthony, chercher des diamants ? Dans *ma* boutique ? Enfin, c'est absurde !

— Il y était venu, n'est-ce pas, plus tôt dans l'après-midi ? Il t'avait acheté quelque chose, qu'il t'avait demandé de faire livrer à une certaine adresse.

Sous les lunettes cerclées de métal, les yeux bleus de Nathalie continuaient de s'agrandir. Leur couleur s'intensifia.

— Oui, admit-elle. Mais comment le sais-tu ?

— Nous le faisions suivre.

— Suivre ? Mais pourquoi ?

A la lueur qui vacilla au fond du regard de Nathalie, il comprit que la lumière venait de se faire dans son esprit.

— Pourquoi…, s'écria-t-elle, pourquoi ne me l'as-tu pas dit, quand je me tuais à répéter à la police que j'avais surpris Anthony en train de fouiller ma boutique ? Si vous le faisiez suivre, vous deviez savoir que c'était vrai. Pourquoi n'as-tu rien dit, à ce moment-là ?

— J'avais mes raisons.

Il vit son regard s'embraser, d'une manière très différente de celle dont il s'était éclairé lorsqu'il l'avait embrassée plus tôt dans la soirée. C'était de la colère. De la colère pure, qu'il lisait à présent dans le bleu profond de ses yeux. De manière étrange, ce spectacle lui sembla tout aussi excitant que le premier.

— Comment…, hurla Nathalie. Comment as-tu pu retenir ces informations ? Des renseignements capables de *m'innocenter ! ?*

Puis, lentement, d'une voix hachée, elle ajouta :

— Attends… puisque vous suiviez Anthony, étiez-vous également là, lorsqu'il s'est fait tuer ? Réponds !

Sous les verres des lunettes, ses yeux lançaient des flammes. Spencer se dit qu'il n'avait jamais vu quiconque dans une telle fureur. Une fureur justifiée, devait-il admettre. Il lui avait dissimulé — ainsi qu'à la police — des faits cruciaux et, pour tout arranger, il allait devoir lui demander de faire de même.

— Non, expliqua-t-il d'un ton posé. Après avoir quitté ta boutique, Anthony est retourné à son bureau, où il a passé le restant de l'après-midi et une bonne partie de la soirée. Mais à partir de là, il nous a filé entre les doigts. Nous ne savons toujours pas comment il a réussi à quitter le bâtiment sans se faire remarquer. Mais nous supposons qu'il est allé directement à ta boutique, qu'il est parvenu — on ignore encore comment — à en neutraliser l'alarme, et à y pénétrer. Et que, au moment où tu es arrivée, il y cherchait les diamants.

Nathalie croisa les bras et le fixa d'un œil furibond.

— Peux-tu m'expliquer, s'il te plaît, pourquoi Anthony aurait cherché des diamants, dans *ma* boutique ?

— Nous pensons qu'il avait prévu de les expédier à l'intérieur du paquet que tu devais faire livrer pour lui. Mais son plan a dérapé. Quand l'envoi est parvenu à l'adresse du destinataire, les pierres avaient disparu.

— Comment avez-vous obtenu cette adresse ? demanda Nathalie d'un ton incrédule.

— Un de nos agents, une femme, est entrée dans ton magasin avant qu'Anthony n'en ressorte. Elle a mémorisé l'adresse que tu avais laissée sur le comptoir, tandis que tu t'occupais d'un client.

— On se croirait en plein roman policer, s'exclama Nathalie en secouant la tête d'un air dubitatif.

— Il ne s'agit pas d'un roman, mais de la réalité, rectifia Spencer d'un ton sec. Des *vies humaines* sont en jeu, ajouta-t-il, cherchant à l'impressionner afin qu'elle prenne conscience de la gravité de la situation. On a tué, à cause de ces diamants. Je tiens à éviter que quelqu'un d'autre ne subisse le même sort.

Il la vit porter un doigt tremblant à sa tempe, tandis qu'elle posait sur lui un regard anxieux. Le regard le plus bleu dans lequel il ait jamais plongé le sien. Soudain, il éprouva une envie irrésistible de la prendre dans ses bras, de la protéger contre toute cette saleté. De la sauver du marécage sans fond dans lequel Anthony et lui l'avaient sciemment précipitée.

Mais ce n'était ni le lieu ni l'heure pour ce genre d'attendrissement. D'autant que, lorsqu'il lui aurait avoué le restant de l'histoire, songea Spencer avec amertume, ses bras seraient sans doute le dernier lieu où Nathalie accepterait de se réfugier.

— *A part toi,* demanda-t-elle, qui d'autre est à la recherche de ces diamants ?

— As-tu jamais entendu parler d'un dénommé Jack Russo ?

Spencer crut voir une ombre traverser ses traits, une lueur s'allumer au fond de son regard. Mais elle secoua la tête.

— Non… je ne sais pas. Qui est-ce ?

— Un roi de la pègre, arrêté il y a trois ans pour le meurtre d'un diamantaire de Dallas abattu lors d'un hold-up. Malheureusement, l'unique témoin à charge a également été retrouvé mort quelque temps plus tard. Il ne nous restait donc qu'un seul indice, susceptible d'établir un lien entre Russo et ce meurtre : les diamants dérobés au cours du cambriolage — une véritable fortune en pierres précieuses. Or, jusqu'à maintenant, nous n'avons toujours pas réussi à les retrouver.

Spencer hésitait à se dévoiler plus avant. Mais il n'avait pas le choix. Il devait la convaincre avant l'arrivée de la police. Après avoir pris une inspiration, il poursuivit :

— C'est Anthony qui a défendu Russo. Il a réussi à obtenir un non-lieu pour insuffisance de preuves. Russo a donc simplement écopé d'une peine de deux ans et demi pour racket — une affaire subsidiaire. Seulement, il vient d'être libéré, et nous pensons qu'Anthony avait récupéré les diamants et les tenait à sa disposition pour sa sortie.

— Tu veux dire qu'Anthony aurait délibérément dissimulé des preuves susceptibles de faire condamner un meurtrier ? Mais pourquoi ?

— Par appât du gain, sans doute. Russo a dû lui proposer une part intéressante du gâteau.

— Mais enfin, Anthony était riche. Il avait déjà la fortune des Bishop.

— Anthony était loin d'être *riche,* rectifia Spencer. Tout du moins, pas au sens où tu l'entends. D'accord, il avait de l'argent, beaucoup d'argent, aux yeux du commun des mortels. Mais Anthony était tout sauf un homme ordinaire. Il avait un standing extravagant.

— Je ne comprends pas.

Spencer se leva et marcha jusqu'à la fenêtre d'où il contempla l'obscurité.

— Les Bishop ont effectivement une fortune considérable, incluant le cabinet d'avocats et certaines propriétés évaluées à plusieurs millions de dollars. Seulement, mon père a rédigé un testament laissant l'intégralité des biens en simple usufruit. Chacun des membres de la famille perçoit une rente — tout du moins ma mère, Anthony et Anthéa. Mais l'entière propriété ne reviendra qu'au premier-né de ses petits-fils.

142

Il se détourna de la fenêtre afin d'étudier sa réaction. Or le visage de Nathalie s'était vidé de toute couleur. Elle semblait comme frappée de stupeur. Comme foudroyée. A ce spectacle, Spencer éprouva un soulagement immédiat. De toute évidence, elle n'était pas au courant. Anthony ne lui avait pas parlé de cet argent…

Il la vit porter une main tremblante à son cœur.

— Es-tu en train de dire… ?

— Kyle, affirma alors Spencer, est l'unique héritier de la fortune des Bishop.

— Pourquoi personne ne m'en a-t-il jamais parlé ? s'exclama Nathalie.

— Ma famille ne souhaitait pas que les clauses de ce testament soient rendues publiques. Si la rumeur avait couru que la fortune des Bishop était immobilisée, d'importantes transactions auraient pu s'en trouver compromises. De plus, il fallait préserver la réputation. Mère, Anthony et, à un moindre degré, Anthéa auraient essuyé une terrible humiliation s'il s'était su dans les milieux financiers qu'ils ne s'appuyaient sur aucune fortune véritable.

— Depuis combien de temps sais-tu cela ?

— Je l'ai su bien avant le décès de mon père, survenu il y a dix ans. Il avait voulu s'assurer que je ne viendrais pas contester ses volontés concernant une clause particulière.

— Laquelle ?

— Celle indiquant qu'il me déshéritait, précisa Spencer d'une voix égale, totalement dénuée d'émotion.

Mais il se souvenait encore du chagrin qu'il avait éprouvé devant ce reniement.

Tu as refusé de m'obéir, lui avait dit son père. Tu t'es volontairement coupé de ta famille. Je n'ai donc pas d'autre recours que de t'imiter. Tu ne toucheras jamais un seul denier de la fortune des Bishop. Ton mépris flagrant pour mes conseils et

143

cette rébellion que tu sembles éprouver un tel plaisir à me jeter
à la face me conduisent à conclure que toute somme d'argent
qui te serait versée représenterait non seulement un gâchis
financier, mais aussi une grave erreur de jugement.

Il en avait dit plus encore, mais Spencer s'interrompit, renvoyant ces douloureux souvenirs à leur place — c'est-à-dire au tréfonds de sa mémoire. Il observa Nathalie avec insistance. Elle était aussi pâle qu'un linge. Elle semblait si fragile, tout à coup, comme sur le point de s'évanouir.

Ce n'était pas le genre de réactions auquel il se serait attendu, venant d'une femme à qui l'on annonçait que son fils hériterait un jour d'une fortune colossale.

— Ce testament, hasarda-t-elle, l'air toujours aussi stupéfait, tu dis qu'il reviendra au premier-né des Bishop. Tu veux parler du fils d'Anthony ?

— Oui. Kyle est le seul descendant mâle, à ce jour.

— Je sais… mais…

Nathalie s'interrompit, comme si elle cherchait ses mots. Elle prit une inspiration, tout en évitant son regard.

— Mais si… si c'était toi qui avais eu un fils le premier ? L'argent… l'argent irait-il tout de même à l'enfant d'Anthony, étant donné que tu as toi-même été déshérité ?

— Nous en venons à l'aspect le plus troublant de ce testament.

Spencer revint s'asseoir à côté d'elle.

— J'avoue m'être moi-même posé la question, dit-il. Le testament ne précise aucunement qu'il doive s'agir du fils d'Anthony. Mais je crois avoir compris pourquoi. Quand mon père a rédigé ce texte, Anthony avait déjà trente et un ans, et n'affichait aucun désir de se stabiliser. C'était le seul sujet de friction entre eux. Mon père rêvait de le voir se marier et perpétuer le nom des Bishop. Sachant que c'était l'unique moyen de l'y inciter, il a donc décidé de lui agiter la fortune sous le nez.

— D'accord, mais comment... pouvait-il être sûr qu'Anthony aurait un fils le premier ? Tu aurais pu toi-même rencontrer quelqu'un... tomber amoureux... et donner naissance à un enfant, non ?

Nathalie laissa cette question en suspens, tandis qu'elle scrutait les traits de Spencer. Des traits vidés de toute émotion, aussi fermés que ceux d'un masque de cire.

S'agissait-il bien du même homme, se demanda-t-elle, que celui qui l'avait embrassée ce soir ? Celui qui, par son intensité, l'avait laissée pantelante d'émotion ?

Elle s'efforça de mettre ce souvenir de côté, pour se concentrer sur ce qu'il disait. Parce que tout ce qu'il venait de lui révéler avait eu sur elle un impact terrifiant. Tant de choses prenaient enfin sens. Le passé s'entourait soudain d'une nouvelle signification. Et elle comprenait mieux, à présent, pourquoi Anthony avait tant tenu à l'épouser... et à reconnaître officiellement Kyle.

— Mon père, expliqua Spencer, savait que je ne m'intéressais pas à l'argent. Je n'allais donc pas pondre un fils en quatrième vitesse dans le but d'empocher l'héritage. D'autre part, il savait pouvoir compter sur Anthony pour me tenir à distance. Si j'avais commencé à entretenir une relation sérieuse avec quiconque, si j'étais... tombé amoureux, comme tu dis, Anthony aurait...

Il s'interrompit et leurs regards se soutinrent brièvement.

Il aurait manœuvré exactement comme il l'avait fait avec moi, comprit Nathalie. Assenant à son frère — après l'avoir contrecarré en toutes circonstances — le coup de grâce.

— Et Anthéa, dans tout ça ? demanda-t-elle.

— Aux yeux du phallocrate qu'était notre père, les enfants d'Anthéa n'auraient jamais été des Bishop. Il n'a pas hésité à le préciser dans son testament, d'autant qu'il savait qu'elle n'oserait jamais contester ses volontés. Anthéa ne mettait donc pas en péril ses ambitions. Moi, si. C'est pourquoi il nous a toujours opposés l'un à l'autre, Anthony et moi, avec le secret espoir que son fils favori exaucerait son vœu le plus cher.

A la longue, le vieil homme était parvenu à séparer complètement les deux frères, se dit Nathalie. Et pour aggraver la situation, elle s'était elle-même immiscée dans leurs vies respectives, se faisant de manière involontaire un des enjeux de la tragédie qui se déroulait entre eux.

— Je n'arrive pas à croire que personne ne m'ait jamais rien dit, murmura-t-elle. Pourquoi me l'a-t-on caché ?

— Ils craignaient sans doute que tu ne tentes de faire main basse sur la fortune. Comme eux tous, ajouta Spencer d'un ton sec.

— C'est donc pour ça, conclut Nathalie, qu'Anthony cherchait à obtenir la garde de Kyle. Pour l'argent.

— Peut-être. Le testament ne prendra effet qu'aux vingt et un ans de Kyle. Mais il a pu se dire qu'il était temps de préparer le terrain en s'attirant les bonnes grâces de son fils.

Durant un moment, ils demeurèrent tous deux silencieux. Que dire de plus ? Ils savaient aussi bien l'un que l'autre quel genre d'homme avait été Anthony — intéressé, dur, arrogant. Mais voilà qu'il apparaissait de surcroît sous le jour d'un criminel.

Nathalie leva vers Spencer un regard circonspect.

— Après ce que tu viens de m'expliquer, je veux bien croire, à présent, qu'Anthony ait pu se compromettre avec un individu comme Russo, en dissimulant des diamants à son intention. Mais ces pierres, que sont-elles devenues ?

— J'espérais que tu serais en mesure de me le dire.

Nathalie avait commencé à se lever, mais l'insinuation de Spencer la fit se figer en plein mouvement. Elle le dévisagea avec stupéfaction.

— Tu ne crois tout de même pas que je les ai prises ?

— Nous sommes quasiment certains qu'Anthony a déposé les diamants dans le paquet qu'il t'avait chargée de faire livrer.

Mais comme je te l'ai dit, avant leur arrivée à destination, les pierres ont disparu. Nous savons de source sûre que le coursier s'est rendu directement de ta boutique à l'adresse de livraison. Les pierres se sont donc forcément volatilisées dans le laps de temps où elles se trouvaient en ta possession.

Nathalie soutint son regard durant ce qui lui sembla une éternité. La lueur de suspicion qu'elle y découvrit fit littéralement sombrer son cœur dans sa poitrine. Comment *pouvait-il* croire qu'elle se soit appropriée ces diamants ? Comment pouvait-il la penser capable d'un acte aussi sournois ?

Mais ne l'avait-il pas déjà soupçonnée de meurtre ? Dans son esprit, voler quelques pierres précieuses devait être pour elle un jeu d'enfant en comparaison…

De toute évidence, il n'avait *aucune* idée de qui elle était. Et penser qu'elle l'avait un jour laissé lui faire l'amour ! Penser qu'elle l'avait encore laissé l'embrasser, quelques heures plus tôt. Que, quelques instants auparavant, elle avait presque souhaité qu'il recommence.

— Comment peux-tu penser ça de *moi* ? murmura Nathalie, en luttant contre la brûlure des larmes sous ses paupières.

Une lueur vacilla au fond du regard de Spencer, une émotion fugitive qu'elle voulut prendre pour du remords. Mais avant qu'il ne les détourne, ses yeux avaient revêtu une expression plus dure.

— Je ne sais *pas* ce qu'il est advenu de ces diamants, Nathalie. Mais le découvrir fait partie de mon boulot. Or je ne peux pas me permettre de négliger la moindre piste ; de rejeter la plus petite hypothèse, même si je n'ai pas envie d'y croire. Les enjeux de cette affaire sont beaucoup trop importants pour que je laisse intervenir mes sentiments.

— Tu as raison ! affirma Nathalie en redressant le menton avec défi.

Elle se leva brusquement et s'éloigna de la table, installant entre eux une distance géographique.

— En effet, gronda-t-elle, reprenant délibérément ses termes, les enjeux semblent si importants que je dois moi-même songer à me préserver. Tu comprendras donc que je te demande de sortir de chez moi. Et de ne plus jamais y remettre les pieds.

— Nathalie…

Spencer se leva à son tour et ils se firent face. Sentant son sang-froid la déserter tout à coup, Nathalie se mit à hurler :

— Comment *oses-tu ?* Comment oses-tu prétendre vouloir m'aider, alors que tout ce qui t'intéresse, c'est de retrouver ces maudits diamants ? C'est pour cela que tu m'as sortie de prison, n'est-ce pas ? N'est-ce pas ?

— Si je t'ai fait libérer, c'est parce que ta place n'était pas en prison.

— Pourquoi ? Parce que, derrière des barreaux, je n'aurais pu te servir à rien ? Parce que je n'aurais pas pu t'amener jusqu'à tes précieux cailloux ? Je n'arrive pas à croire que j'aie pu te faire confiance un seul instant !

Se détournant vivement de lui, elle passa une main excédée dans ses cheveux.

— J'aurais dû m'en douter ! Vous êtes tous pareils, vous, les Bishop. Vous vous fichez éperdument des gens que vous utilisez, pourvu que vous arriviez à vos fins.

Elle se retourna et vit qu'il la dévisageait d'un œil noir.

— As-tu terminé ? gronda Spencer entre ses dents.

— Non. J'ai une chose à ajouter : sors de chez moi !

Il la saisit par les bras et les étreignit avec force.

— Je ne peux *pas* partir, Nathalie. D'une minute à l'autre, la police sera là. Ils demanderont des explications concernant ce qui s'est passé ici. Es-tu prête à leur en donner une ?

— Je me contenterai de dire la vérité.

— Tu as pourtant vu où cette stratégie t'avait menée, la dernière fois. Que tu le veuilles ou non, tu as besoin de moi, Nathalie. Je suis la seule personne qui puisse t'aider à sortir de ce pétrin.

— *M'aider* ? Tu as mis ma vie en danger ! Quand tu m'as fait libérer afin de retrouver tes diamants, n'as-tu pas pensé que Russo allait avoir la même idée que toi ? Je suis sûre que c'est lui qui m'a menacée ce matin.

— Menacée ?

Elle s'était vendue.

Spencer la dévisagea avec dureté et Nathalie sentit l'étreinte de ses mains se resserrer autour de ses bras. Elle n'avait plus d'autre choix que de tout lui raconter. Elle prit une longue inspiration.

— Ce matin, avoua-t-elle, j'ai reçu l'appel d'un homme qui affirmait que j'avais quelque chose lui appartenant. Il disait savoir où j'habitais, où je travaillais, où se trouvait mon fils, à l'instant où il me parlait. Avant de raccrocher, il m'a ordonné de coopérer avec lui si je voulais éviter que quelqu'un d'autre ne trouve la mort.

— Pourquoi ne m'en as-tu rien dit ? gronda Spencer.

— Parce que d'autres soucis sont venus s'ajouter à celui-là. Le fait, en particulier, que ta mère ait menacé de me prendre Kyle. A partir de ce moment-là, j'ai pensé que je ne pouvais pas me fier à toi… que tu étais de son côté.

— Je n'ai jamais dit que j'étais de son côté, affirma Spencer.

Quelque chose dans l'inflexion de sa voix fit battre le cœur de Nathalie. Ni de peur, cette fois, ni de colère.

Il avait toujours eu ce pouvoir sur elle. Depuis le début, avant même qu'elle ne le connaisse intimement, et par la suite, il arrivait toujours à lui faire croire ce qu'il affirmait.

— Tu *dois* me faire confiance, Nathalie.

— Comment le pourrais-je, alors que tu me soupçonnes d'être une voleuse et une meurtrière ?

— C'est faux.

— Mais, tu viens de dire…

— J'ai dit que je ne pouvais pas me permettre de négliger la moindre piste, quels que soient les sentiments… que j'éprouve à ton égard.

Nathalie vit le regard de Spencer s'intensifier. Elle sentit une boule compacte se former dans sa gorge.

— Encore une fois, tu dois me faire confiance. Tu n'as pas le choix. Tu *dois* me laisser t'aider.

— Te laisser arriver à tes propres fins, veux-tu dire ?

Mais déjà, sa voix avait perdu de sa résistance.

— Pourquoi est-ce que tout cela m'arrive ? murmura-t-elle.

Mortifiée, elle sentit une larme jaillir et couler sur sa joue. Elle ne voulait pas pleurer devant lui. Elle ne voulait pas qu'il soit le témoin de sa faiblesse ; qu'il sache que, malgré les masques qu'elle pouvait porter, elle était au fond la même gamine vulnérable et esseulée que celle qui était tombée amoureuse de lui. Et qu'il avait encore le pouvoir de la faire souffrir.

Il saisit son visage entre ses mains et essuya ses larmes à l'aide de son pouce. Son regard rivé au sien, Nathalie sentit les battements de son cœur s'accélérer malgré elle.

Le temps sembla s'arrêter. Une impitoyable bataille se livrait en elle, entre son bon sens et ses émotions. Quelle sorte de pouvoir cet homme avait-il donc sur elle ?

— D'ici un instant, la police sera là, murmura Spencer en appliquant son front contre le sien.

Dans un brouillard, Nathalie entendit le hurlement lointain des sirènes. Elle ferma les yeux, savourant le contact du corps de Spencer contre le sien. Jamais elle ne s'était sentie aussi

150

proche du gouffre ni en même temps aussi sécurisée qu'en cet instant.

Elle sentit sa main caresser ses cheveux. C'était étrange. Malgré les torrents de larmes qu'elle avait versées pour lui — son premier et son unique amour — et l'amer ressentiment qu'elle éprouvait à son égard, et en dépit de ses rêves brisés, jamais elle ne s'était sentie aussi proche de lui qu'à présent.

Elle s'écarta de Spencer et le dévisagea, doutant de sa capacité à articuler le moindre mot.

— Nathalie…

Le hurlement des sirènes s'intensifia.

— Bon sang !

Etreignant ses avant-bras, d'une voix pressante, il la conjura :

— Ecoute. Nous devons absolument accorder nos versions avant qu'ils n'entrent ici.

— Nos… versions ? Quelles versions ? demanda Nathalie, levant vers lui un regard encore empli de confusion.

— La police locale ignore l'existence de ces diamants, expliqua Spencer.

— Mais… nous devons leur en parler. Ils peuvent représenter un nouveau mobile pour le meurtre d'Anthony.

Il la lâcha et laissa ses bras retomber le long de son corps.

— Je le sais, mais on n'a encore aucune preuve contre Russo. Si nous ne retrouvons pas ces diamants, il sera libre.

— Tu es donc prêt à me sacrifier pour parvenir à l'arrêter ?

Nathalie n'en croyait pas ses oreilles. Et dire que, quelques instants plus tôt, elle avait presque réussi à lui accorder sa confiance.

— Ne compte pas sur moi pour aller dans ton sens, gronda-t-elle.

— Nathalie, écoute-moi…

Une nouvelle fois, il tendit la main vers elle. Mais cette fois, elle eut un vif mouvement de recul.

— Aux yeux de la police, affirma Spencer, ce que tu raconteras ne changera rien. Pour eux, tu demeureras toujours le suspect numéro un. Jusqu'à ce qu'on ait réussi à retrouver ces fichus diamants...

— Et les laisser croire jusque-là à ma culpabilité ne te dérange pas...

— Nous ne savons même pas si c'est Russo qui a tué Anthony.

— Mais c'est ce que tu penses.

— Je pense qu'il y a de fortes chances pour que ce soit lui, oui.

— Alors, pourquoi ne le dis-tu pas à la police ?

— Parce que si Russo comprend que nous sommes à sa poursuite, il disparaîtra, avec ou sans les diamants, pour se balader en toute impunité. C'est cela que tu veux ? Ce type est un dangereux meurtrier, Nathalie.

— Et toi, que veux-tu ? Saisir ta proie à n'importe quel prix ? Que serait-il advenu si Kyle et moi avions été à la maison, ce soir ? Que nous serait-il arrivé ? Y as-tu seulement songé ?

Spencer n'avait songé qu'à cela, depuis qu'il avait pénétré dans la maison de Nathalie et constaté les dégâts. Lorsqu'il avait payé sa caution, il était certain, alors, d'être en mesure de la protéger. Il n'avait pas imaginé une seule seconde que Russo se manifesterait si vite, avant même que l'agitation occasionnée par la mort d'Anthony ne retombe. Mais à l'évidence, il s'était trompé... et ne pouvait désormais s'autoriser aucune nouvelle erreur. La sécurité de Nathalie en dépendait.

Il avait envie de lui dire de ne pas s'inquiéter. Qu'elle pouvait se fier à lui. Qu'il ne prendrait jamais le risque de les mettre en danger, elle et son fils. Mais pourquoi le croirait-elle ? Anthony s'était déjà joué d'elle. A présent, sa mère menaçait de lui prendre Kyle. Pas étonnant qu'elle se méfie des Bishop. Il ne pouvait d'ailleurs pas l'en blâmer. Lui non plus n'avait pas confiance en eux.

Plantés au centre de la cuisine, ils se mesuraient mutuellement du regard. Le hurlement des sirènes mourut dans un gémissement. Des portières claquèrent à l'extérieur, et la police fit irruption dans la maison.

— Sans ces diamants, nous n'avons *rien* contre Russo, insista Spencer à voix basse. S'il apprend que nous le surveillons, il nous filera entre les doigts. Mais la police aura toujours besoin d'un coupable pour le meurtre d'Anthony.

— Ce coupable, ce sera moi, n'est-ce pas ? conclut Nathalie, sentant le fardeau de la défaite peser sur ses épaules.

Spencer ne répliqua pas, mais son regard — le regard des Bishop — contenait toutes les réponses.

10.

De retour à l'hôpital, Nathalie se précipita au chevet de Kyle pour s'assurer qu'il allait bien.

Elle prit garde à ne pas réveiller sa mère qui somnolait dans un fauteuil près de la fenêtre. Même la présence de Joy, d'habitude si réconfortante pour elle, ne suffisait pas à apaiser le tumulte qui l'habitait.

Décidément, cette soirée avait été source d'émotions. D'abord, Spencer l'avait embrassée. Puis elle avait découvert son intérieur, entièrement saccagé. Ensuite, elle avait appris que son fils était l'unique héritier de la colossale fortune des Bishop. Enfin, et une fois de plus, que Spencer l'avait utilisée.

Il les avait délibérément mis en danger, Kyle et elle, dans le but de retrouver ces maudits diamants. Comment pourrait-elle le lui pardonner ? Surtout après la lueur d'espoir qui l'avait traversée de pouvoir enfin lui accorder sa confiance.

Jamais elle n'avait éprouvé un tel sentiment de trahison. Après le départ de la police, elle avait même failli refuser qu'il la raccompagne jusqu'à l'hôpital. Mais à cette heure tardive, elle n'aurait jamais déniché un taxi. Et elle était si pressée de retrouver Kyle, qu'elle avait fini par accepter sa proposition. Mais après qu'il l'eut escortée jusqu'à la porte de la chambre, elle l'avait aussitôt renvoyé.

Elle avait bien senti qu'il avait envie d'entrer, mais sa présence lui était soudain devenue insupportable. Même la dispute qu'il avait eue avec le sergent Phillips à son sujet n'avait pu restaurer sa confiance en lui.

Le pire était qu'il avait eu raison. Le cambriolage n'avait en rien modifié le jugement de l'inspecteur à son encontre. Phillips ne la croyait toujours pas ! Après avoir contemplé d'un œil tranquille le saccage de son bungalow, il s'était tourné vers elle d'un air de dire : *cela ne prouve rien de plus*.

Le téléphone sonna dans le silence de la chambre et Nathalie tendit vivement la main vers la table de chevet, afin de s'en emparer avant la deuxième sonnerie. Kyle s'étira dans son sommeil. Sa mère changea de position dans son fauteuil. Mais aucun d'eux ne s'éveilla.

Il était très tard. Qui donc pouvait appeler à une heure pareille ? se demanda Nathalie. Approchant le combiné de son oreille, elle chuchota un « allô » étouffé.

— On peut dire que vous avez eu de la veine, ce soir, chère madame.

Nathalie reconnut instantanément la voix rude à l'autre bout du fil. C'était celle de l'homme qui l'avait appelée ce matin. Celui qu'elle soupçonnait à présent d'être Jack Russo. Elle sentit son cœur dégringoler dans sa poitrine.

— Qui est à l'appareil ?

— Je vous ai déjà dit que mon identité était sans intérêt. La seule chose qui compte, c'est que vous détenez toujours ce qui m'appartient.

— Je… j'ignore de quoi vous voulez parler.

— Vous le savez pertinemment, au contraire.

La main de Nathalie tremblait si fort qu'elle avait du mal à tenir le combiné. Elle se souvint alors des propos de Spencer : « Si Russo devinait qu'il était surveillé, il disparaîtrait aussitôt. »

Malgré la peur qui l'étreignait, elle parvint à répondre d'une voix à peu près égale :

— J'ignore qui vous êtes, et ce que vous voulez. Mais je vous demande de me laisser tranquille.

Il y eut un long silence. Puis, d'une voix doucereuse, l'homme demanda :

— Le petit va bien ?

Le véritable objet de cet appel lui apparut brusquement. Russo — si c'était bien de lui qu'il s'agissait — voulait lui faire comprendre qu'il savait que Kyle était à l'hôpital. Il savait *tout* d'eux. Et il saurait les joindre, n'importe où, de la même façon qu'il était parvenu à découvrir le numéro de sa ligne personnelle, pourtant répertorié sur liste rouge.

Nathalie était comme paralysée par la terreur. Jamais elle n'avait eu affaire à ce genre d'individu. A un homme capable de tuer pour une poignée de diamants. Et qui n'hésiterait sans doute pas à recommencer.

— Je suis *vraiment* désolé que le petit ait été blessé, poursuivit ce dernier sur le même ton suave. Mais j'ai tendance à m'énerver quand on refuse de me rendre ce qui m'appartient.

— Je vous en supplie, murmura Nathalie, croyez-moi. Je n'ai pas ce que vous cherchez.

— Dans ce cas, vous feriez mieux de le trouver.

Toute affabilité avait disparu de la voix masculine, soudain aussi tranchante qu'un couteau.

— Ces égratignures, reprit-il, ne sont rien en comparaison de ce qui arrivera à ce gamin si vous refusez de coopérer avec moi. Vous comprenez ce que je vous dis ?

— Oui, murmura Nathalie en étreignant le téléphone avec désespoir.

— Bien. Je vous rappellerai pour organiser la livraison. Inutile de vous rappeler que cette affaire doit rester entre nous. De toute façon, la police ne vous croirait pas, mais ils pourraient commencer à devenir gênants. Et là, je m'énerverais pour de bon.

Il y eut un déclic à l'autre bout de la ligne. Russo avait raccroché. D'une main tremblante, Nathalie replaça le combiné sur son socle. Elle posa son regard sur Kyle, son cœur battant à tout rompre. Que devait-elle faire ?

Délicatement, elle caressa la joue soyeuse de son fils d'un doigt. Il était si mignon ainsi endormi, si paisible. Si vulnérable. Son sang se figea dans ses veines à l'idée qu'il était en péril. Elle devait trouver un moyen de le protéger. Contre Russo, contre Irène, peut-être même contre Spencer.

Rien ne devait plus arriver à Kyle. Elle devait l'éloigner du danger à tout prix.

A tout prix.

Lorsque Spencer immobilisa son véhicule dans l'allée circulaire qui menait à la demeure des Bishop, l'horloge de son tableau de bord indiquait minuit passé, mais il pensait que sa mère serait encore debout. Elle avait toujours eu pour habitude de veiller tard, et il n'avait pas l'intention d'attendre le lendemain pour lui signifier ce qu'il avait à lui dire.

Si Irène croyait qu'il allait l'aider à faire enfermer Nathalie afin d'obtenir la garde de Kyle, elle se trompait. Il n'était pas encore en mesure de contrôler les agissements de Russo. Mais il avait au moins le pouvoir de rassurer Nathalie quant aux intentions de sa mère.

La place de Kyle était auprès de Nathalie. Cette évidence lui était apparue lorsqu'il les avait vus ensemble à l'hôpital. L'amour qu'elle avait pour son fils ne faisait aucun doute.

L'idée que cet enfant puisse être arraché à cet amour, enfermé dans un mausolée aussi glacial, aussi lugubre et dénué d'âme que l'était cette maison, et que la femme qui l'élèverait à la place de sa mère serait Irène, lui donnait le frisson.

Oh, bien sûr, Irène avait adulé Anthony. Parce qu'il avait correspondu à son image du fils modèle : séduisant, populaire, charismatique.

Mais cela n'avait toujours rien à voir avec l'amour. Même Anthony n'avait pu gagner l'amour d'Irène. Tout simplement parce qu'elle était incapable d'en donner.

Utilisant la clé que sa mère lui avait confiée lorsqu'elle lui avait demandé de revenir à la maison, Spencer pénétra dans le vaste hall du manoir. Le majordome apparut aussitôt, malgré l'heure tardive.

— Bonsoir, Williams. Ma mère est-elle encore debout ?

— Madame s'est retirée pour la soirée, monsieur.

— Et Anthéa ?

— Je suppose qu'elle est encore à son bureau.

— Si tard ?

— Oui, monsieur.

— J'aimerais attendre son retour.

— Comme vous voudrez, monsieur. Puis-je vous apporter quelque chose à boire ?

— Non, merci. Je me servirai.

Williams eut un bref hochement de tête, avant de tourner les talons et de disparaître en direction de l'office. Spencer pénétra ensuite dans la bibliothèque et se dirigea vers le bar. Malgré la douceur de la nuit, une brise glacée s'engouffrait par les portes-fenêtres. Il traversait la pièce pour les fermer, quand un son provenant de l'extérieur attira son attention.

Les fenêtres ouvraient sur une immense terrasse aboutissant à des marches de pierre qui menaient à la piscine. Les lumières du bassin étaient éteintes, mais la lune illuminait la surface de l'eau de ses rayons argentés. Le même son lui parvint de nouveau, c'était un rire de femme.

Spencer s'avança alors sur la terrasse et tendit l'oreille. La brise transportait jusqu'à lui le son du clapotis de l'eau contre les parois du bassin, régulièrement interrompu par des murmures. A l'évidence, quelqu'un s'offrait un bain de minuit.

Il y eut d'autres chuchotements, d'autres rires. Puis plus rien.

Spencer s'apprêtait à rentrer dans la bibliothèque quand une voix basse, pressante, une voix masculine, demanda : « Quand te reverrai-je ? »

Il n'entendit pas la réponse de la femme, mais le ton de l'homme monta :

— Je te préviens, ne joue pas avec moi ! Pas après tout ce que j'ai fait pour toi.

Le silence se réinstalla. Soudain, Spencer distingua une puissante silhouette masculine qui se hissait hors du bassin. Il la vit saisir une serviette sur l'une des chaises longues, avant de s'éloigner vers l'arrière de la maison.

Contrarié à l'idée qu'un inconnu rôdait dans les parages, Spencer fronça les sourcils. Il allait le suivre lorsqu'un mouvement dans la piscine attira son attention. Durant un instant, il observa le corps élancé qui fendait gracieusement l'eau d'un bout à l'autre du bassin. Il s'avança alors jusqu'à la margelle pour y attendre Melinda.

Lorsqu'elle découvrit sa présence, le regard de sa belle-sœur fouilla l'obscurité, afin sans doute de s'assurer que son compagnon avait eu le temps de s'éclipser. Décidant apparemment que c'était le cas, elle se tourna vers Spencer, un sourire faussement effarouché aux lèvres.

— Allons bon, dit-elle. Qu'est-ce qui t'amène, à cette heure tardive ?

— Je n'arrivais pas à dormir, répliqua simplement Spencer.

Les sourcils délicats de Melinda se soulevèrent.

— Tu es trop tendu, Spencer. Un bain te ferait le plus grand bien.

Elle éclata de rire, et leva la main afin de repousser ses cheveux roux en arrière. Ce geste fit émerger de l'eau sa poitrine dénudée. Mais soit elle ne le remarqua pas, soit cette pensée ne la dérangea nullement. A en juger par son sourire enjôleur, Spencer opta pour la deuxième hypothèse.

— Allez, viens, dit-elle, invitante. L'eau est délicieuse.

— Je te fais remarquer que nous sommes en plein hiver.

— La nuit est douce, insista Melinda. Et la piscine est chauffée.

— Je ne suis pas d'humeur à me baigner.

La voix de Melinda se fit plus basse, séduisante.

— Tu es d'humeur à faire *quoi* ?

— J'aimerais te parler.

Elle haussa ses épaules sculpturales.

— Bon, puisque tu refuses de venir à moi, je suppose que c'est à moi d'aller à toi.

Sur ce, elle émergea de la piscine, l'eau retombant sur sa peau nue et lisse comme du verre en fusion. Ses longs cheveux roux collaient à ses épaules. Elle secoua la tête afin d'en ramener les boucles assombries sur son dos.

Passant délibérément devant lui, Melinda s'empara d'une serviette. Elle prit tout son temps pour se sécher. Puis, après avoir enroulé la pièce d'éponge autour de son corps et en avoir noué les angles au-dessus de sa poitrine généreuse, elle se tourna vers lui.

En surprenant son regard sur elle, la jeune femme eut un mince sourire. Elle prit un verre posé sur une table basse et le porta à ses lèvres. La lune en fit étinceler le cristal comme le soleil réveille l'éclat des diamants.

— Qui était cet homme ? demanda Spencer.

— Ah ! Tu l'as donc vu.

Melinda avala une grande gorgée de liquide et s'approcha de lui :

— Nous ne faisions rien de mal, assura-t-elle. Un peu de badinage, c'est tout.

Son haleine sentait le whisky.

— Mais je suppose que tu vas t'empresser d'aller le répéter à ta chère maman, n'est-ce pas ?

— Je n'aime pas trop que des inconnus se baladent dans la propriété en pleine nuit, déclara Spencer. Tu devrais éviter d'amener des hommes ici.

Tendant la main vers lui, Melinda traça de son ongle verni une ligne verticale le long de sa veste en cuir.

— Je ne l'ai pas amené. Il vit ici. C'est le fils du jardinier.

— Johnny ?

— Il préfère qu'on l'appelle John, maintenant.

Spencer avait le souvenir vague d'un petit garçon efflanqué, au sourire édenté, qui aidait son père à désherber les jardinières. Un jeune mercenaire, toujours prêt à abandonner son poste pour des tâches plus lucratives, comme celle de laver sa première voiture de sport, se rappela Spencer. L'image qui lui venait à l'esprit ne ressemblait en rien au gaillard musclé qu'il venait de surprendre s'extrayant de la piscine — et des bras de Melinda.

— Ton chagrin est touchant, observa-t-il avec dégoût.

Le sourire de sa belle-sœur s'évanouit, et elle releva le menton afin qu'il puisse voir ses yeux embués de larmes.

— J'ai beaucoup de chagrin, murmura-t-elle. Mais nous avons tous des façons différentes de gérer notre peine.

— C'est ce que j'ai cru comprendre.

Melinda eut au moins la grâce de prendre un instant l'air gêné. Se détournant, elle alla s'asseoir sur une chaise longue, les jambes croisées d'une façon qui laissait peu de place à l'imagination. Mais Spencer avait déjà tout vu d'elle, et ce

161

spectacle ne l'avait ému en rien. Melinda avait beau être belle, elle n'était pas son genre.

Elle n'était pas Nathalie.

— Je me fiche de ce que tu penses de moi, affirma la jeune femme, les lèvres tremblantes. Mais j'aimais Anthony. Il était le centre de mon existence.

— Dans ce cas, tu as dû t'effondrer, après qu'il t'a annoncé qu'il voulait divorcer.

Melinda le dévisagea, bouche bée. Une kyrielle d'émotions traversa son visage, jusqu'à ce qu'elle parvienne à reprendre son sang-froid. Elle lui décocha alors un regard indigné.

— Où as-tu pris cette histoire ?

— Ce n'est pas vrai ?

— Bien sûr que non ! Anthony m'aimait. Nous avions l'intention de fonder une famille. Il voulait des enfants. Il rêvait d'avoir un fils de *moi*.

— Vous avez été mariés six ans, fit remarquer Spencer. Pourquoi avez-vous attendu si longtemps ?

— Nous n'étions pas pressés. Nous avions l'impression d'avoir la vie devant nous. Comment aurions-nous pu deviner…

Elle s'interrompit et, plissant les yeux, parvint à amener une larme au bord de ses paupières, qu'elle essuya du dos de la main.

— Comment aurions-nous pu deviner que cette femme détruirait notre bonheur ? Elle a toujours été jalouse de moi. Elle ne supportait pas l'idée qu'Anthony m'ait choisie à sa place. C'est pour cela qu'elle l'a tué.

Spencer se força à conserver un visage impassible.

— Nathalie et Anthony étaient divorcés depuis des années, objecta-t-il. C'est de la vieille histoire.

— Pas pour elle. Elle a toujours continué de le poursuivre de ses avances — c'est lui qui me l'a dit —, de le supplier de les reprendre, elle et son… fils.

Elle avait insisté sur ce dernier terme comme s'il désignait un… objet absolument déplaisant.

L'image de Kyle s'imposa aussitôt à l'esprit de Spencer : ses cheveux en bataille, ses profonds yeux verts, son sourire espiègle.

Il se demanda comment, après l'avoir ignoré des années durant, Anthony avait pu décider qu'il était temps de reprendre cet enfant. Sans se soucier de savoir à quel point ses agissements affecteraient le petit garçon ?

C'était parce qu'il était arrogant et cupide, bien sûr. Un Bishop, en un mot. Mais depuis ce soir, Spencer était obligé de se demander s'il valait mieux que son frère. Lui aussi avait délibérément utilisé Nathalie. Or malgré ce dont il s'était persuadé au fil des ans, il se rendait à présent compte que la fin ne justifiait pas toujours les moyens. Il avait mis les vies de Kyle et Nathalie en danger, et savait qu'il aurait grand mal à s'en justifier.

Spécialement aux yeux de Nathalie.

— Je ne pense pas qu'elle ait tué Anthony, dit-il d'une voix posée.

Melinda manqua s'étouffer.

— Quoi ? Bien sûr, qu'elle l'a tué ! Toutes les preuves l'accablent.

— Il n'y a aucun témoin oculaire.

— Mais enfin, on l'a trouvée, penchée sur lui, l'arme du crime à la main. Elle était couverte de son sang.

— Elle a été assommée. En revenant à elle, elle a voulu porter secours à Anthony, sans même se rendre compte qu'elle avait saisi le couteau.

— Oh, je t'en prie. Ça, c'est ce qu'*elle* dit.

— J'ai plutôt envie de la croire. Sinon, comment expliquerais-tu le saccage de son arrière-boutique ?

163

— Elle a dû se battre avec Anthony. Ou bien elle aura organisé cette mise en scène afin de passer elle-même pour une victime.

— C'est ce que pense la police, admit Spencer. Mais ce scénario est un peu trop parfait à mon goût. Comme si quelqu'un l'avait monté de toutes pièces.

— Oui. Elle.

Les lèvres pleines de Melinda formèrent une moue dégoûtée. Elle plongea son regard dans le sien.

— Qu'est-ce qui t'arrive Spencer ? N'as-tu aucune loyauté envers les tiens ?

Venant d'elle, cette remarque était savoureuse, songea Spencer. Il renonça toutefois à en relever l'ironie.

— Ma loyauté se place du côté de la vérité, dit-il. Or je commence à croire que quelqu'un d'autre aurait pu bénéficier de la mort d'Anthony. Plus encore que Nathalie Silver.

Quelqu'un qui était sur le point de divorcer, et à qui on allait couper les vivres.

Spencer se garda d'exprimer sa pensée, mais celle-ci demeura comme suspendue dans l'atmosphère. Quelque chose vacilla au fond du regard de Melinda qui se détourna brusquement. Mais il avait eu le temps de voir l'indignation faire place dans ses yeux à la peur. Il avait obtenu ce qu'il voulait, songea-t-il en se détournant à son tour pour regagner la bibliothèque. Finalement, il n'avait plus besoin d'attendre Anthéa.

— Je n'arrive pas à croire que tu rouvres si vite ta boutique, s'exclama Blanche en prenant la main de Nathalie et en la serrant entre les siennes.

Elles buvaient un café à l'une des tables du restaurant de Delmontico, exposée au soleil matinal.

164

— Tu sais, c'était lugubre, ici, sans toi. Chaque fois que je passais devant cet affreux ruban jaune…

Blanche s'interrompit et ferma brièvement les yeux.

Nathalie hocha la tête.

— J'imagine, dit-elle. Je n'ai aucune envie de remettre les pieds dans la boutique, crois-moi, mais la police m'a donné son feu vert, et je ne peux pas me permettre de rester fermée plus longtemps. J'ai déjà perdu suffisamment d'argent comme ça. Je suis terrifiée à la seule idée d'en évaluer le montant.

Tant de choses la terrifiaient, ces derniers temps, à commencer par les nouvelles menaces proférées par Russo, la nuit dernière. Avant de raccrocher, il l'avait prévenue qu'il rappellerait afin d'organiser la restitution des diamants. Mais comment réagirait-il lorsque qu'il verrait qu'elle ne les avait pas ?

Nathalie frissonna en pensant à Kyle. Pour l'instant, il était en sécurité chez ses parents. Son père avait récemment fait installer un système d'alarme sophistiqué, et la police patrouillait régulièrement dans le quartier.

Pour l'heure, donc, Kyle ne risquait rien. Mais elle avait déjà prévu de l'éloigner de San Antonio. Si nécessaire.

Durant un instant, Nathalie songea à tout raconter à Blanche. Elle avait besoin de se confier à quelqu'un. La veille au soir, elle avait accédé à la requête de Spencer. Elle n'avait parlé ni de Russo ni des diamants à la police. Principalement parce qu'elle pensait qu'ils ne la croiraient toujours pas, mais aussi parce qu'elle avait commencé à comprendre qu'elle avait vraiment besoin de son aide.

Elle poussa un profond soupir, comme pour alléger le poids qu'elle sentait peser sur ses épaules.

— Tu sais, était en train de dire Blanche, que je t'aiderai toujours dans la mesure de mes possibilités.

Nathalie sourit.

— Tu as toujours été une amie merveilleuse.

Une amie suffisamment proche, en tout cas, pour que Nathalie devine aussitôt quand quelque chose n'allait pas. Bien que croulant elle-même sous les problèmes, elle voyait bien que Blanche n'était pas dans son état normal. Son teint était affreusement pâle, et son regard — habituellement si vif — paraissait éteint. Elle ressemblait à quelqu'un qui n'aurait pas dormi depuis des jours. Même sa tenue — un constant sujet de fierté pour Blanche — était pour une fois banale et peu flatteuse. La couleur vert foncé de son sweat-shirt trop large soulignait peu charitablement les cernes qui ombraient ses yeux bruns.

— Blanche... quelque chose ne va pas ? demanda Nathalie d'un ton prudent.

— Je me suis fait un souci d'encre à ton sujet, répliqua son amie par-dessus sa tasse.

— Je m'en doute, mais... j'ai l'impression qu'il y a autre chose. Tu as l'air si... tu n'es pas comme d'habitude.

Blanche eut un sourire piteux.

— J'ai une tête à faire peur, veux-tu dire ?

— Qu'est-ce qui t'arrive ? s'inquiéta Nathalie.

— Rien. Rien, en tout cas, à côté de ce que tu endures.

Après avoir reposé sa tasse sur la soucoupe, Blanche considéra d'un œil absent les traces déposées par le marc.

— C'est à cause de lui ?

Son amie leva vers elle un regard égaré.

— Qui, lui ?

— Cet homme avec qui tu as une liaison. Il est marié, n'est-ce pas ?

Au lieu de nier, ce qu'elle semblait sur le point de faire, Blanche se contenta de hausser les épaules.

— Il ne t'a pas... quittée, tout de même ?

Son amie détourna vivement le regard avant de murmurer :

— On peut dire ça comme ça.

— Oh, Blanche. Je craignais que cela n'arrive. Et en plus, juste avant Noël. Je suis navrée pour toi.

— Pas autant que moi.

Nathalie se pencha vers elle et lui tapota le dos de la main avec bienveillance.

— Ecoute, il n'en vaut pas la peine. Il ne faut pas que tu te laisses sombrer à cause de cet homme.

Son amie prit une longue inspiration, et fixa un pigeon venu picorer des miettes de pain au bord du quai.

— Je sais qu'il n'en valait pas la peine. Je me suis répété ça des centaines de fois. Mais cela fait tout de même mal.

— Que vas-tu faire ? demanda Nathalie.

— Que veux-tu que je fasse ? La vie continue, non ?

Blanche s'interrompit, avant de demander à son tour :

— Et toi, que vas-tu faire ?

— C'est-à-dire ?

— Où en est ton affaire avec la police ?

Nathalie se rejeta au fond de sa chaise et fixa la rivière d'un œil morne.

— J'ai parlé à mon avocat ce matin. Le procureur refuse d'abandonner les charges requises contre moi.

Après ce qui s'était passé la nuit dernière, elle avait pourtant vaguement espéré qu'il le ferait. Mais au lieu de cela, le procureur s'était montré inflexible, lui avait expliqué son avocat. Ce serait donc au grand jury de décider si les preuves accumulées contre elle justifiaient un procès.

— En attendant, comme toi, je dois continuer de vivre. Ce qui signifie en premier lieu rouvrir la boutique.

— Comment Kyle prend-il tout cela ?

— Il est… incroyable.

S'efforçant de sourire, Nathalie raconta comment Kyle avait menacé de mettre son poing sur la figure d'Irène pour l'avoir soupçonnée de meurtre.

A cette évocation, et pour la première fois depuis qu'elles étaient assises à cette table, Blanche éclata de rire. Son humeur sembla s'alléger l'espace d'un instant. Puis, elle se rembrunit.

— Tu crois vraiment qu'Irène veut t'enlever Kyle ?

Nathalie frissonna sous le soleil matinal en repensant aux menaces d'Irène Bishop et aux révélations que Spencer lui avait faites la nuit dernière. Quelle place occupait l'héritage de Kyle dans le scénario d'Irène ? se demanda-t-elle.

Jamais elle ne laisserait cette dernière lui prendre son fils. Même si cela impliquait de faire à son tour certaines révélations. Mais le problème s'en trouverait-il amoindri ? Ou au contraire, s'avèrerait-il plus inextricable encore ? Ces révélations ne lui attireraient-elles pas *d'autres* problèmes ? De nouvelles menaces ?

— Si elle tente de me l'enlever, répliqua Nathalie, je me battrai bec et ongles. Je ne la laisserai jamais me prendre Kyle. Quels que soient les moyens qu'il me faudra employer.

Blanche la dévisagea avec inquiétude.

— Je me rappelle t'avoir entendu dire exactement la même chose à propos d'Anthony. Quelques heures plus tard, il était mort.

— Elle ne l'a *pas* tué.

— Toutes les preuves indiquent le contraire, grommela le sergent Phillips en lançant un dossier dans le tiroir de son bureau qu'il referma d'un coup sec. Et d'abord, je n'ai plus l'affaire en main. Le procureur trouve les indices suffisants pour ouvrir une procédure.

— Vous êtes encore en mesure d'intervenir, et vous le savez très bien, insista Spencer.

L'inspecteur secoua la tête.

— Ce n'est pas ainsi que nous travaillons, et *vous* le savez également. Qu'a donc cette fille, pour que vous vous mettiez dans un tel état ? Pour une ex-belle-sœur, elle semble avoir fait forte impression sur vous.

Spencer passa une main agacée dans ses cheveux.

— Ecoutez, Phillips, je vous ai exposé tout ce que je connaissais des faits. Et ce faisant, je vous ai révélé plus d'informations que je n'aurais dû le faire.

— Oui, eh bien, en ce qui me concerne, elles sont insuffisantes, et de toute façon vous arrivez trop tard. De plus, je ne supporte pas que les Fédéraux investissent mon commissariat pour venir critiquer ma manière de traiter une affaire.

— Ce n'est pas ce que j'ai fait. Je vous ai simplement informé de ce que j'ai découvert. Afin de vous aider dans votre enquête.

Les yeux pâles de Phillips l'examinèrent avec méfiance.

— Et qu'attendez-vous en échange ? Parce que si vous croyez qu'on va laisser tomber les charges retenues contre Nathalie Silver...

Spencer secoua la tête. Il avait déjà abandonné cet espoir.

— Je veux simplement que vous gardiez l'esprit ouvert, et que vous étudiiez les pistes que je vous ai indiquées.

Le sergent abaissa son regard sur la feuille de papier qui se trouvait devant lui.

— Une liste intéressante, je l'avoue. Et Russo ?

— Russo, vous me le laissez. Il est à moi.

L'inspecteur leva les yeux vers Spencer et secoua la tête.

— Vous êtes un fou furieux, vous savez ? O.K., je vous laisse Russo, mais je parierais ma retraite que cette fille est coupable.

— Je sais.

Spencer se leva et, s'appuyant des deux mains au bureau du sergent, se pencha vers lui.

— C'est justement ce genre de certitude qui m'inquiète chez vous, Phillips.

Avant de quitter le centre-ville, Spencer s'arrêta au bureau local du FBI, afin de récupérer une télécopie transmise à son intention par le quartier général. Il ouvrit l'enveloppe et en étudia le contenu avec intérêt.

L'homme représenté sur la copie du cliché qu'on venait de lui faire parvenir — parfaitement reconnaissable malgré la mauvaise qualité de l'impression — avait été libéré du pénitencier de Joliet six ans plus tôt. Après une peine de sept ans pour homicide. Avant cela, il avait été arrêté pour racket et grand banditisme. Il avait passé la plupart de sa vie en prison, et avait des contacts avec la mafia, de Dallas à San Antonio.

Spencer examina les traits de Franck Delmontico, un sourire satisfait aux lèvres. Il n'oubliait jamais un visage.

— Je t'ai eu, marmonna-t-il.

Nathalie avait déjà ouvert la porte de sa boutique et s'apprêtait à y pénétrer lorsque quelqu'un l'appela. Elle se retourna et découvrit Franck Delmontico qui montait les marches à sa rencontre.

Il était vêtu d'un pantalon de Tergal et d'une chemise noirs. Et suivi de deux jeunes hommes — des commis, sans doute, d'après les grands tabliers blancs qu'ils portaient sur leurs vêtements.

Nathalie s'immobilisa, se demandant une fois de plus pourquoi Franck semblait soudain lui porter un tel intérêt. Depuis le meurtre, presque tous les autres gens se détournaient sur son passage. Mais Franck Delmontico semblait au contraire avoir choisi ce moment pour se prendre d'amitié pour elle. C'était pour le moins étrange.

— Vous avez décidé de rouvrir la boutique.

Sa phrase résonna comme une affirmation, comme s'il avait deviné ses intentions.

Nathalie opina de la tête.

— La police m'en a donné l'autorisation. Je suppose qu'ils ont terminé leur investigation des lieux.

Franck demeura un instant silencieux avant de demander :

— Etes-vous déjà entrée à l'intérieur depuis le meurtre ?

— Non, c'est la première fois.

— Donc, personne n'est venu faire… le ménage.

Nathalie crut qu'il parlait du désordre occasionné dans son arrière-boutique. Puis, soudain, elle comprit que Franck faisait allusion aux taches de sang. Son estomac se retourna au souvenir de ce sang répandu sur le sol.

— Ce n'est pas un travail de femme, affirma Delmontico.

Elle ne se concentrait qu'à moitié sur ses propos.

— Quoi donc ?

— Le nettoyage. Mes gars vont s'en charger.

Il fit signe aux deux adolescents de le rejoindre.

Bien que touchée par cette marque d'attention, Nathalie ne savait que penser.

— Pourquoi… pourquoi feriez-vous cela pour moi ? Vous me connaissez à peine.

Franck haussa les épaules.

— Ce n'est pas à une femme de faire ça, répéta le restaurateur. Mes gars sont fiables. Ne vous inquiétez pas.

— Je ne suis pas inquiète, assura Nathalie tout en se rendant compte qu'elle l'était légèrement.

Les épreuves qu'elle traversait avaient dû l'endurcir, la pousser à se méfier de tout, et de tout le monde. Mais cette suspicion latente…, si caractéristique des Bishop, lui déplaisait.

Elle força sur ses lèvres un sourire reconnaissant.

— D'accord, dit-elle. J'accepte. Merci.

Franck lui rendit son sourire.

— Ne vous en faites pas. Mes gars vont se charger de tout.

Franck n'avait pas menti. Deux heures plus tard, Nathalie embrassa l'arrière-boutique du regard. Les divers débris avaient été balayés ; les livres et les cartons d'emballage, rangés sur les étagères, et le contenu des tiroirs, soigneusement empilé sur son bureau. La seule chose qui lui rappelait cette nuit d'horreur était la tache sombre formée par l'eau sur le tapis, à l'endroit où les commis avaient lavé le sang.

Tandis qu'elle fixait la tache, les souvenirs resurgirent de sa mémoire. Jamais, jamais elle n'oublierait la seconde où elle avait ouvert les yeux et découvert le corps inanimé d'Anthony. Son sang qui les recouvrait tous les deux...

Elle appliqua ses mains sur ses yeux, s'efforçant de repousser cette image. Ses joues étaient inondées de larmes, lorsqu'elle les essuya d'une main fébrile.

— Il est donc vrai, affirma soudain une voix dans son dos, que l'assassin revient toujours sur les lieux de son crime.

Nathalie se retourna d'un bond pour découvrir Anthéa dressée dans l'encadrement de la porte. Vêtue d'un costume trois-pièces à fines rayures, elle portait des mocassins plats et avait un attaché-case à la main. Ses cheveux courts, imprégnés d'une épaisse couche de gel, étaient ramenés en arrière. Elle ne portait pas de maquillage.

Nathalie la dévisagea avec stupeur. Elle avait oublié combien Anthéa était grande. Presque aussi grande qu'Anthony. En fait, dans cette tenue masculine, la ressemblance entre elle et son jumeau était... frappante.

Sans paraître consciente de l'effet qu'elle faisait sur Nathalie, Anthéa pénétra dans la pièce, avant de s'immobiliser, les yeux braqués sur la tache sombre qui souillait le sol. Comme fascinée par ce spectacle, elle l'examina un long moment, puis ses yeux verts remontèrent jusqu'à Nathalie.

— Crois-tu vraiment qu'un peu d'eau lavera ta faute ?

— Qu'est-ce que tu veux, Anthéa ? demanda Nathalie.

Elle n'était pas d'humeur à proclamer une fois de plus son innocence.

Anthéa braqua son regard sur elle.

— Je suis venue te proposer un marché.

Nathalie sentit aussitôt la méfiance s'emparer d'elle.

— Quel genre de marché ?

Anthéa déposa sa mallette sur le bureau et en fit claquer les serrures. Puis elle l'ouvrit, révélant plusieurs piles soigneusement alignées de billets de vingt dollars.

— Deux cent cinquante mille dollars en espèces. Combien de temps te faudrait-il pour amasser une telle somme ?

En songeant à l'impact négatif de son arrestation sur l'opinion publique, Nathalie préféra s'abstenir de faire le calcul.

— Tout est à toi, assura Anthéa. Tout ce que tu dois faire en échange, c'est conclure un marché avec moi.

Nathalie eut la nette impression que ce serait comme de conclure un pacte avec le diable. Que le prix de cette transaction pourrait bien lui coûter son âme.

— Je n'ai pas pour habitude de conclure des marchés, affirma-t-elle.

— Je pense avoir les moyens de te faire changer d'avis.

Le regard d'Anthéa était aussi dur que la pierre.

— Je veux que tu prennes cet argent et que tu quittes la ville. Que tu quittes le pays. Que tu emmènes ton fils avec toi et que vous ne remettiez plus jamais les pieds à San Antonio.

— Pourquoi ? demanda Nathalie. Si tu me crois coupable, pourquoi m'aiderais-tu à m'enfuir ?

Anthéa haussa les épaules.

— Ce serait plus simple. Tu disparaîtrais de nos vies pour de bon. Mère ne serait pas contrainte de subir les affres d'un procès. D'entendre une fois de plus les détails sordides de la mort d'Anthony, de faire face aux questions incessantes des journalistes. Je veux lui éviter cette épreuve.

— Mais si je pars, j'aurai l'air d'être coupable.

— Et si tu ne pars pas, je ferai de ta vie un enfer. Je m'assurerai personnellement que tu passeras le restant de tes jours en prison. Et mère obtiendra la garde de Kyle. Le *précieux* fils d'Anthony.

L'inflexion de sa voix, la lueur de haine au fond de son regard lorsqu'elle mentionna Kyle, fit courir un frisson glacé le long de la colonne vertébrale de Nathalie.

Durant un moment, elle fixa l'argent à l'intérieur de l'attaché-case. Un quart de million de dollars. De quoi résoudre tous ses problèmes. Kyle et elle pourraient disparaître, fuir le danger qui les guettait. Fuir vers un lieu où ni Russo ni les Bishop ne les retrouveraient jamais.

Mais fuir n'avait jamais été une solution. Elle savait que, en acceptant cet argent, elle ne ferait qu'empirer sa situation aux yeux de la justice. Et où qu'elle aille, jamais elle ne se débarrasserait des Bishop. Parce que, à chaque fois qu'elle plongerait son regard dans celui de son fils, ils seraient là, à la provoquer du fond de ses yeux verts.

Ses mains tremblaient lorsqu'elle referma la mallette d'un geste brusque.

— Reprends ton sale argent et sors d'ici, Anthéa. Et que je ne te voie jamais t'approcher de mon fils. Tu entends ?

Anthéa leva un sourcil dédaigneux. D'un coup sec, elle referma les attaches de la mallette.

— Tu fais une grossière erreur, Nathalie, dit-elle d'un ton doucereux. Car c'est le seul argent que tu empocheras jamais venant des Bishop.

— Je ne veux pas de ton argent. Je veux simplement que toi et ta famille nous laissiez tranquilles, mon fils et moi.

Anthéa haussa de nouveau les sourcils.

— Ce souhait concerne-t-il également Spencer ?

Comme Nathalie ne répondait pas, Anthéa sourit avec froideur.

— C'est bien ce que je pensais.

Elle s'empara de l'attaché-case et, se détournant en direction de la porte, foula délibérément au passage la tache brune qui souillait le sol.

175

11.

Nathalie était occupée à vérifier ses stocks. Une douce musique de Noël jouait en sourdine et les guirlandes lumineuses étincelaient dans la lueur déclinante de ce début de soirée. Elle avait eu tant à faire qu'il était presque heureux, se dit-elle, que si peu de personnes aient poussé la porte de sa boutique aujourd'hui.

Mais qui cherchait-elle à leurrer ? La période s'annonçait un complet désastre financier pour elle. Et à quelques jours de Noël, elle avait, hélas, peu de chances de sauver la situation. Le magasin aurait dû vibrer d'activité, mais depuis l'ouverture ce matin, elle n'avait reçu la visite que de deux personnes — un couple à la recherche d'un cadeau pour leur petite fille.

Il était à peine 18 heures, et les trois prochaines heures qui s'écouleraient avant la fermeture se profilaient devant elle comme un interminable chemin de croix. Dans la solitude de la boutique, avec les chants de Noël pour seule distraction, Nathalie avait du mal à ne pas s'appesantir sur ses problèmes. C'en était trop, se dit-elle ! Sans vouloir se laisser aller au désespoir, mais trop épuisée pour continuer de le combattre, elle laissa tomber sa tête entre ses mains.

Au moment où le carillon du magasin retentit, elle essuya vivement ses joues, plaqua un sourire sur ses lèvres, et contourna le comptoir, prête à accueillir la clientèle. Son sourire s'évanouit dès qu'elle reconnut l'homme qui se dressait sur le seuil de la porte.

— Décidément, ce doit être mon jour de chance, ironisa Nathalie, tout en espérant avoir débarrassé son visage de toutes traces de larmes.

Elle redressa le menton, avant de dévisager Spencer d'un œil glacé.

— J'ai déjà eu droit à la visite d'Anthéa. Et voilà que tu me fais l'honneur de la tienne.

Malgré son air bravache, lorsqu'elle leva les yeux vers lui, elle fut incapable de contrôler l'onde électrique qui parcourut son estomac. Spencer était vêtu d'un jean délavé, et d'une chemise saharienne de couleur brune qui intensifiait l'effet de son regard. Lui donnant, comme cette ombre de barbe sur la mâchoire, un air potentiellement dangereux, dans l'espace désert et confiné de la boutique.

Nathalie le vit hausser un sourcil surpris.

— Anthéa est venue ici ? Que voulait-elle ?

— Me proposer un marché. Elle m'a offert un quart de million de dollars pour quitter la ville.

— Bon sang ! marmonna Spencer. Qu'est-ce qu'elle manigance ?

— Je n'en sais rien et cela m'est égal, répliqua Nathalie. Tout ce que je veux, c'est qu'Anthéa et tous les Bishop avec elle me laissent tranquille. Toi inclus.

Une lueur sombre, presque menaçante traversa le regard de Spencer.

— Je ne peux satisfaire ta requête, Nathalie. Que cela te plaise ou non, nous sommes embarqués dans la même galère toi et moi, et j'ai à te parler.

A pas lents, il vint dans sa direction, et elle eut à lutter contre un urgent désir de fuir. Oh, bien sûr, elle ne craignait pas que Spencer s'attaque à elle physiquement. Mais l'effet de son baiser était encore trop vivace dans sa mémoire pour qu'elle se fasse personnellement confiance en sa présence.

— A quel propos ? demanda-t-elle, avec méfiance.

Elle s'efforça d'ajouter d'un ton égal :

— N'en as-tu pas suffisamment dit, hier soir ? J'ai fait ce que tu m'avais demandé. Je n'ai pas mentionné le nom de Russo à la police, et à cause de cela je vais peut-être être contrainte à éloigner mon fils de San Antonio.

Spencer fronça les sourcils.

— Pourquoi ?

— Hier soir, après que tu m'as raccompagnée à l'hôpital, j'ai reçu de nouvelles menaces de l'homme que tu penses être Russo. Il a affirmé que l'accident d'hier n'était qu'un avertissement, que si je ne coopérais pas avec lui, il ferait pire. Puis il a ajouté qu'il me rappellerait afin d'organiser la restitution des diamants, et que si j'en informais la police…

Frémissant à ce souvenir, Nathalie s'interrompit.

— C'est tout ce qu'il a dit ? demanda Spencer d'un ton sec.

— Oui. Mais que fera-t-il, se lamenta Nathalie, lorsqu'il verra que je ne lui rends pas ses diamants ? Parce que, malgré ce que vous semblez tous penser, je ne les ai pas.

Spencer s'immobilisa devant elle.

— Je le sais.

— Tu le savais ? Et c'est maintenant que tu me le dis !

— Il a d'abord fallu que je m'en assure.

— Bien sûr, grinça Nathalie.

Se détournant, elle joua d'une main nerveuse avec l'étiquette d'une guirlande, tout en s'efforçant d'ignorer l'effet troublant qu'exerçait sur elle la proximité de Spencer.

— Nathalie, je suis désolé de t'avoir entraînée de force dans cette affaire, l'entendit-elle déclarer.

Elle sentit la caresse de son souffle sur sa nuque. Elle n'osait pas tourner la tête, elle n'osait pas bouger, de peur de se trouver nez à nez avec lui.

— Crois bien que j'aurais voulu éviter que Kyle et toi soyez mis en danger.

Nathalie se retourna avec lenteur et riva son regard sur lui.

— Kyle est tout pour moi, dit-elle. S'il lui arrivait quoi que ce soit, je ne te le pardonnerais jamais.

Spencer ne répondit pas, sidéré par la froide et farouche détermination qu'il lisait dans son regard. Elle lui arrivait à peine à l'épaule. Elle paraissait si menue, si vulnérable. Pourtant, la force intérieure qu'il percevait en elle dès qu'il s'agissait de protéger son fils était colossale.

Sa mère ne soupçonnait pas un instant à quel formidable adversaire elle avait affaire, se dit-il, non sans une pointe de fierté au cœur.

Il continua d'observer Nathalie, ses cheveux lisses qui retombaient en cascade autour de son visage, se retenant de tendre la main pour repousser une mèche rebelle de son front. Elle portait une jupe assez courte qui dévoilait le joli galbe de ses jambes, et un corsage bleu foncé qui intensifiait le bleu de ses yeux derrière les lunettes. Etrangement, et malgré la lassitude qui tendait ses traits, elle n'avait jamais été aussi belle, songea Spencer. Ni aussi désirable.

Le souvenir du baiser qu'ils avaient échangé la veille le traversa, et soudain il eut un violent désir de recommencer.

S'arrachant à ce fantasme, il se dit que ce n'était ni le lieu ni l'heure d'y succomber. Il avait de plus la nette impression que Nathalie le giflerait s'il avait le malheur d'essayer. Mais après ce qu'il s'était enfin décidé à lui révéler la veille au soir, comment aurait-il pu l'en blâmer ?

— Ecoute, Nathalie, dit-il d'un ton conciliant, je voulais reparler de ce dont nous avons discuté hier, et des perspectives qui s'offrent à nous. Si nous parvenons à mettre la main sur ces diamants, *tous* nos problèmes s'en trouveront résolus, tu comprends ?

Il s'écarta d'elle.

— Pour cela, poursuivit-il, il faut que tu me dises qui a eu accès, avant l'arrivée du coursier, au paquet que tu devais faire livrer pour Anthony le jour de sa mort.

— Personne. Je l'ai emballé moi-même.

— En es-tu certaine ? Réfléchis. Il s'est passé beaucoup de choses depuis. Il est possible qu'un détail t'ait échappé.

Nathalie poussa un soupir. Malgré son envie de refuser de répondre, elle savait qu'elle devait se résigner à coopérer avec Spencer. La vie de Kyle en dépendait, ainsi que la sienne, peut-être.

Tout en réfléchissant à voix haute, elle commença à arpenter le sol du magasin.

— Anthony, dit-elle, est passé aux alentours de 16 heures. Ce soir-là, il devait emmener Kyle à un match de base-ball. J'ai d'abord pensé que c'était la raison de sa visite. Kyle avait du retard parce qu'il avait participé à une course organisée par son école. Bref, Anthony disait vouloir acheter un cadeau pour la mère d'un de ses clients, qui avait passé une longue période à l'étranger.

— A la prison de Joliet, en effet, rectifia Spencer.

— Il a tournicoté dans le magasin un bon moment. Pour finir, il a demandé à voir une boîte à musique, un Etienne…, une porcelaine, résuma-t-elle, dont le compartiment secret a semblé particulièrement l'intéresser.

— Et pour cause. Continue.

Nathalie haussa les épaules.

— C'est tout. Il l'a achetée.

— As-tu fait le paquet tout de suite ?

Les sourcils de Nathalie se froncèrent sous l'effet de la concentration.

— Non. Des clients sont entrés, et Anthony m'a proposé d'attendre le temps que je les serve. Je me souviens m'être étonnée de cette manifestation de patience de sa part. Mais dès qu'ils sont ressortis, il a semblé soudain *très* pressé de repartir. Il n'a même pas attendu le retour de Kyle.

— Essaie de te rappeler tous les clients qui sont entrés dans la boutique. L'un d'entre eux ne t'a-t-il pas semblé nerveux, suspect ?

Nathalie secoua la tête.

— Il y a eu beaucoup de monde ce jour-là.

Elle se rappelait avoir été débordée depuis l'ouverture, et avoir regretté amèrement sa pénurie de personnel. A ce souvenir, Nathalie promena un regard navré autour de sa boutique à présent déserte.

— Mais non, je n'ai rien remarqué. Personne n'a particulièrement attiré mon attention. Pas même ton agent du FBI, ajouta-t-elle d'un ton caustique.

Ignorant sa remarque, Spencer demanda :

— Et après le départ d'Anthony, qu'as-tu fait de cette boîte ?

— J'ai d'abord appelé un coursier, puis j'ai emporté la boîte dans l'arrière-boutique pour l'emballer. Je l'ai posée sur mon bureau. Je me souviens en avoir sorti du papier bulle et une étiquette d'expédition...

— Et ensuite ?

— Kyle est arrivé, puis Michelle, la lycéenne qui travaille..., enfin, travaillait ici à temps partiel durant la période des fêtes. En fait, je me souviens maintenant que c'est elle qui a rempli l'étiquette et fini d'emballer le paquet.

— Tu n'as donc jamais revu cette boîte à musique en dehors de son emballage ?

Nathalie secoua la tête une nouvelle fois.

— Non, en effet. Ensuite, peu avant 18 heures…

— Le coursier est venu en prendre livraison, acheva Spencer.

— Mais puisque vous l'avez suivi, vous savez qu'il n'a pas pu ouvrir le paquet en route. Cela ne laisse donc que moi, n'est-ce pas ? conclut Nathalie, envahie par le désespoir.

— Et cette Michelle.

— Ce n'est encore qu'une enfant, protesta Nathalie. Je les connais, elle et sa famille, depuis une éternité.

— J'aimerais tout de même en discuter avec elle.

Bon sang, gronda-t-elle intérieurement. Quand ce cauchemar prendrait-il fin ? Combien d'autres innocents allait-on traîner dans la boue avant que cette affaire ne soit résolue ? Qui d'autre qu'elle allait devoir en souffrir ?

Nathalie appliqua ses deux mains sur son visage.

— Je n'en peux plus de ce cauchemar, murmura-t-elle.

Avec douceur, Spencer prit ses mains entre les siennes et les y retint tout en plongeant son regard dans le sien.

— Tiens bon, juste encore un petit peu, dit-il. Je te promets que nous n'allons pas tarder à dénouer cette affaire.

— S'il ne s'agissait que de moi, se lamenta Nathalie. Mais il y a Kyle… Je ne peux pas supporter l'idée qu'il soit en danger. Qu'est-ce que je dois faire ?

Les mains de Spencer remontèrent le long de ses bras et, avant qu'elle n'ait le temps de comprendre ce qui se passait, elle était dans les siens. Il la serra contre lui, et à cet instant Nathalie se sentit en parfaite sécurité. Elle savait qu'il ne s'agissait que d'une illusion. Mais qu'importe. Elle laissa aller sa tête contre son épaule et poussa un long soupir.

— Je ne laisserai personne vous faire du mal, ni à toi ni à Kyle, l'entendit-elle dire.

La voix grave de Spencer était montée comme un grondement menaçant de sa poitrine. Nathalie sentait sous ses doigts les battements réguliers de son cœur apaiser son angoisse.

Elle ferma les yeux, avec une envie désespérée de le croire.

— Mais imagine que tu ne puisses pas intervenir à temps ?

Sa voix se brisa dans un sanglot.

— J'ai si peur pour Kyle. Je l'ai emmené chez mes parents, parce que j'ai pensé qu'il y serait plus en sécurité qu'avec moi. Mais si Russo a su nous retrouver à l'hôpital…

— Kyle ne risque rien, Nathalie.

— Comment peux-tu en être si sûr ?

— La maison de tes parents est actuellement sous surveillance.

Elle s'écarta de lui et braqua son regard dans le sien.

— Quel genre de surveillance ?

— Celle d'amis à moi.

— Des agents du FBI ?

Spencer hocha la tête.

— Des hommes de confiance. Les meilleurs dans leur branche. Personne ne trouvera le moyen d'approcher Kyle.

— Mais… comment as-tu su qu'il était chez mes parents ?

— J'ai appelé l'hôpital ce matin. Ta mère m'a dit que vous le rameniez chez eux.

— Elle était censée ne le dire à personne, et elle annonce ça au premier venu, s'exclama Nathalie avec contrariété.

— Elle s'est peut-être dit que je n'étais *pas* le premier venu.

Il était en effet loin de l'être, et ils le savaient aussi bien l'un que l'autre.

Leurs regards se croisèrent, et Nathalie sentit quelque chose d'important se passer entre eux. Quelque chose… d'inévitable.

Son regard toujours rivé dans le sien, elle prit une inspiration avant de dire dans un souffle :

— Je te remercie de vouloir protéger mon fils.

Du bout des doigts et avec la douceur d'une aile de papillon, Spencer frôla sa joue, en une caresse qu'elle sentit résonner jusqu'au fond de son âme.

Les affaires s'avérant lamentables — pour ne pas dire inexistantes —, Nathalie ferma sa boutique de bonne heure. Après quoi, à la demande de Spencer, ils se rendirent chez elle afin d'examiner une nouvelle fois les lieux.

— Qu'est-ce que tu viens chercher, au juste ? demanda-t-elle en ouvrant la porte du bungalow.

Elle actionna l'interrupteur mural.

Bien qu'elle se fût préparée au spectacle désolant qui l'attendait, Nathalie en accusa le choc une nouvelle fois. Retenant ses larmes, elle promena un regard désespéré autour de son salon.

— Je n'en sais rien, répondit-il. Il y a un truc qui ne colle pas…

— Quoi donc ?

Spencer se mit à arpenter l'espace avec lenteur.

— Je ne sais pas, marmonna-t-il. De toute évidence, quelque chose m'échappe.

Il braqua son regard dans le sien.

Tandis qu'elle le soutenait sans ciller, Nathalie fut frappée par le chemin qu'ils avaient parcouru depuis l'instant où Spencer était entré dans cette salle d'interrogatoire. Elle ne l'avait alors pas revu depuis sept ans, et n'éprouvait à son encontre que méfiance et colère… ainsi qu'une bonne dose de peur.

184

Or, à présent, voilà qu'ils œuvraient ensemble à protéger son fils, et à tenter de l'innocenter, elle, du meurtre dont on l'accusait. Elle ne savait plus à quel moment elle avait décidé de lui faire confiance. Il n'y avait que lui à s'être porté volontaire pour l'aider. Mais elle savait que leur relation ne se résumait pas à cela.

Ce qu'elle éprouvait pour Spencer Bishop ne pouvait se qualifier de simple gratitude. Elle aurait été folle de le nier, ou prétendre que ce serait passager.

Car ses sentiments pour lui ne disparaîtraient pas. Ils n'étaient pas morts en sept ans d'éloignement. Oh, bien sûr, elle éprouvait un reste de colère à son encontre. Pour l'avoir abusée. Lui avoir fait l'amour alors qu'il était fiancé à une autre. Et l'avoir abandonnée à un tel désespoir, qu'elle n'avait eu d'autre recours que de croire aux mensonges d'Anthony.

Mais malgré cela, ses émotions étaient intactes. L'attirance que Spencer exerçait sur elle, bien sûr, mais pas seulement. Lorsqu'elle songeait à l'enfance de Spencer, à la façon dont sa famille — dont sa propre mère — l'avait rejeté, elle avait envie de le prendre par la main et de l'entraîner dans son monde à elle. Quand elle entrevoyait la tristesse dans son regard, la solitude qu'il exprimait, elle avait envie de refermer ses bras autour de lui et de lui enseigner ce qu'était de recevoir de l'amour.

Cette dernière pensée la fit frémir intérieurement. Comment *pouvait-elle* vouloir de nouveau dispenser son amour à Spencer Bishop ? Il l'avait profondément blessée une fois déjà, et le chagrin de l'avoir perdu l'avait entraînée à prendre une décision qui avait à jamais transformé son existence. Ainsi que celle de Spencer, même s'il continuait de l'ignorer. Mais qu'adviendrait-il s'il le découvrait un jour ? S'il apprenait…

—… Kyle ?

— Quoi ? Excuse-moi, balbutia Nathalie. Je n'écoutais pas.

Spencer la dévisagea d'un air étrange.

— Tu m'as dit que Kyle était passé à la boutique, l'après-midi qui a précédé le meurtre d'Anthony. Il était seul ?

— Euh… non. Blanche s'était chargée d'aller le chercher à l'école et de le ramener au magasin. Puis Wendy, la baby-sitter, est venue le reprendre.

— L'une d'entre elles aurait-elle pu accéder au paquet ?

Nathalie fronça les sourcils.

— Non. Blanche et moi avons discuté un moment, mais elle n'est pas entrée dans l'arrière-boutique. Wendy non plus.

— Et Kyle ?

Elle leva vers lui un regard surpris.

— Eh bien ?

— Kyle est-il allé dans l'arrière-boutique ?

Aussi vive qu'une louve à défendre son petit, Nathalie sentit ses poils se hérisser.

— Ce n'est encore qu'un tout petit garçon ! Qu'essaies-tu d'insinuer…

S'interrompant, elle porta une main à sa bouche, et braqua sur Spencer des yeux écarquillés par la stupeur.

— Mon Dieu ! dit-elle dans un souffle. Il est allé chercher le cadeau pour sa maîtresse sur mon bureau, pour l'emporter chez nous…

— Etait-il empaqueté dans une boîte similaire à celle dans laquelle se trouvait celui qu'avait choisi Anthony ?

Nathalie opina silencieusement de la tête.

— Même taille, même couleur ?

Elle avala sa salive avant de hocher la tête une nouvelle fois.

— Où se trouve ce paquet, à présent ?

— Je ne sais pas. Kyle a dû le déposer au pied du sapin.

Ils tournèrent tous deux leurs regards vers les emballages éventrés qui, au pied de l'arbre, jonchaient le sol. De concert, ils se ruèrent soudain dans cette direction, pour fouiller de quatre mains fébriles le contenu épars des paquets.

Au bout d'un moment, découragée, Nathalie s'assit à même le sol.

— Il n'y est pas.

— Où Kyle a-t-il pu ranger ce cadeau, à ton avis ?

— Je n'en ai aucune idée.

— Aurait-il pu le donner à son institutrice ?

Nathalie secoua la tête.

— Il n'est pas retourné en classe depuis ce soir-là. Et il devait de toute façon le lui offrir le jour de la fête de l'école, c'est-à-dire demain.

— Il nous reste une seule chose à faire, affirma Spencer.

Il se détourna du sapin pour se diriger vers la porte d'entrée, suivi de Nathalie.

Assis sur le sofa dans son pyjama en éponge, un genou replié contre lui, Kyle grattait une minuscule croûte sur le dessus de son pied. Il était tard et Nathalie l'avait arraché à un profond sommeil. Ses cheveux en bataille étaient hérissés d'épis, et il avait un air franchement mécontent d'être là.

— Qu'est-ce que j'ai fait ? demanda-t-il en les dévisageant tour à tour.

— Peut-être rien, assura Nathalie, se forçant à ignorer l'innocence du regard qu'il tournait vers elle. Nous devons simplement te poser quelques questions.

— As-tu entendu parler du FBI ? intervint Spencer.

Il sortit son insigne de sa poche et le montra à Kyle dont les yeux s'agrandirent comme des soucoupes.

— Je suis en état d'arrestation ? s'écria Kyle.

Nathalie vit Spencer retenir un sourire tandis qu'il s'installait sur une chaise en face d'eux.

— Non, tu n'es pas en état d'arrestation. Mais j'ai besoin de ton aide pour mon enquête.

Kyle se redressa, l'air soudain tout à fait réveillé.

— Vraiment ? T'es sérieux ?

Comme Spencer hochait la tête, l'enfant demanda avec enthousiasme :

— Et on va me donner un pistolet ?

— Certainement pas ! s'exclama Nathalie.

Le petit garçon se tourna vers Spencer.

— Tu as un pistolet, toi ? Je peux le voir ?

— Plus tard, peut-être, répliqua Spencer avec un regard d'excuse à l'adresse de Nathalie. Ce que j'aimerais pour l'instant, c'est te poser quelques questions.

— Oh !

Kyle eut l'air profondément déçu.

— Mais je sais pas, dit-il, si je dois répondre à tes questions.

Une nouvelle lueur de surprise traversa le regard de Spencer. A l'évidence, songea Nathalie, il n'avait guère l'habitude des enfants. S'il pensait qu'interroger un petit garçon de six ans était chose aisée… Kyle détenait toujours une longueur d'avance sur elle, et elle le soupçonnait d'en avoir également une sur Spencer, tout agent du FBI qu'il était.

— Pourquoi dis-tu ça ? demanda ce dernier en dévisageant Kyle.

— J'ai entendu mon papa dire au téléphone qu'il faut pas parler aux policiers si on n'est pas avec son avocat.

— Je comprends, déclara Spencer avec gravité. Mais ta mère peut te représenter. Tu as confiance en elle, n'est-ce pas ?

Tout en se frottant le nez, Kyle considéra cette proposition d'un air pensif.

— Bon d'accord, dit-il enfin.

188

Durant les minutes qui suivirent, Spencer l'interrogea avec gentillesse sur la journée qui avait précédé la mort de son père. Lorsqu'il en vint au cadeau de l'institutrice, Kyle sembla fasciné par la croûte formée sur son pied.

— Kyle, intervint Nathalie. Qu'as-tu fait du cadeau de Mlle Riley ? Il n'est pas sous le sapin.

— Je l'ai caché, avoua Kyle. Pour pas que des voleurs le prennent.

Nathalie n'était pas d'humeur à apprécier l'ironie involontaire de cette dernière remarque.

— *Où* l'as-tu caché ?

— J'ai oublié.

Elle retint son souffle, s'attendant à voir la colère de Spencer éclater. Ou tout du moins, la patience dont il faisait preuve, s'user. Mais il se contenta de suggérer avec douceur :

— Réfléchis bien, Kyle. C'est important. Souviens-toi, j'ai besoin de ton aide.

Kyle se gratta la tête et leva les yeux vers elle.

— Qu'est-ce que je dois faire, maman ?

— Si tu sais où se trouve le cadeau de ton institutrice, tu dois le dire, Kyle. Spencer a raison. C'est très important.

— Est-ce que ça va t'aider ?

— Peut-être bien.

Kyle hocha la tête, puis se tournant vers Spencer, il affirma sans plus d'hésitation :

— Il est dans mon coffre à trésors.

Spencer et Nathalie échangèrent un regard de triomphe. Puis Spencer se leva et tendit sa main droite à Kyle.

— Tu m'as été d'une grande aide, assura-t-il d'un ton solennel. Si je résous cette affaire, je demanderai que ton nom soit cité.

— D'accord, conclut Kyle en serrant la main que Spencer lui offrait. Mais je préférerais un Super Nintendo !

12.

Dans la lueur de la lune, les diamants semblaient cligner de l'œil à leur intention. Perchée sur la mezzanine de la chambre de Kyle, Nathalie fixait avec fascination le scintillement des pierres précieuses. La demi-douzaine recueillie au creux de la paume de Spencer — des pièces de plusieurs carats chacune — ne représentait qu'un simple échantillon de ce qu'ils venaient de découvrir à l'intérieur de la boîte à musique achetée par Anthony.

Nathalie retint son souffle. Penser, se dit-elle, que des gens avaient péri, que Kyle et elle étaient à leur tour en danger de mort à cause de ces petits éclats de pierre froide.

Ils avaient découvert la boîte en porcelaine — ainsi qu'un étrange assortiment de petits personnages en plastique, et autres objets difficilement identifiables — dans la vieille caisse militaire qu'Anthony avait offerte à Kyle. Son « coffre à trésors », ainsi qu'il la nommait — un terme ironiquement approprié, étant donné les circonstances.

A l'aide d'une lampe torche, Nathalie examina le fond de la caisse, se demandant ce que son fils avait encore pu y engranger avant de l'y oublier. Après avoir mis de côté divers objets, elle en reconnut un à l'aspect familier.

— Qu'est-ce que c'est ? demanda Spencer, les diamants toujours serrés dans son poing.

— Un peigne ancien, répondit Nathalie en le lui présentant.

Spencer prit l'accessoire entre ses doigts et l'étudia brièvement avant de le lui remettre.

— C'est de l'ivoire. Il doit avoir une certaine valeur.

— Il en a, en effet. Il appartient à Blanche, mais j'ignore comment il est arrivé là.

Spencer leva vivement les yeux.

— Tu crois que Kyle aurait pu le lui voler ?

A ces mots, Nathalie tressaillit.

— Non. Kyle ne ferait pas ça. Il a la sale habitude de cacher ses possessions dans les lieux les plus invraisemblables, mais jamais il ne volerait intentionnellement un objet ne lui appartenant pas.

Avec un froncement de sourcils, Nathalie glissa l'accessoire dans sa poche. Connaissant l'attachement de Blanche pour ce peigne, qui avait appartenu à sa grand-mère, elle se dit que son amie avait dû s'inquiéter de sa disparition.

Elle tâcherait de découvrir dès le lendemain où Kyle l'avait trouvé, et le restituerait en hâte à sa propriétaire. Mais pour l'instant, il leur fallait s'occuper de Jack Russo, et des diamants sur lesquels ils venaient, de manière inespérée, de mettre la main.

Spencer entrouvrit la pochette de velours dans laquelle ils avaient déniché les pierres précieuses et Nathalie surprit une dernière fois leur fabuleux scintillement tandis qu'il les faisait glisser de l'intérieur de sa paume jusqu'à l'obscurité de l'étui.

Elle leva les yeux vers lui.

— Qu'est-ce qu'on fait, maintenant ?

— Maintenant que nous avons notre appât, répondit Spencer en enfouissant le tout dans la poche de sa veste, nous allons pouvoir tendre un piège à Russo.

— Et s'il n'appelait pas ?

— Russo ? Il appellera, affirma Spencer. Grâce à ces diamants, il pourra s'offrir une nouvelle existence.

— Et s'il découvre qui tu es ? S'il pense que c'est moi qui ai contacté le FBI ? N'oublie pas qu'il m'a interdit d'alerter la police.

— Même s'il a pu savoir par Anthony que je suis du FBI, il n'a pas de raison particulière de se méfier de moi. La mort de mon frère justifie parfaitement ma présence à San Antonio. Ainsi que le fait d'être dans ton sillage, ajouta-t-il en abaissant son regard vers elle.

Sous son insistance, Nathalie frissonna. Ils se tenaient sur le balcon de la chambre d'hôtel de Spencer, qui donnait sur le fleuve. Après avoir retrouvé les diamants, ils avaient tous deux jugé imprudent qu'elle retourne chez ses parents. Russo devait continuer d'épier ses moindres faits et gestes. Mieux valait donc qu'elle se tienne autant que possible éloignée de Kyle.

Mais en levant son regard vers Spencer, elle se demanda si venir ici se révélait en fait une bonne idée. Les événements tragiques de ces derniers jours les avaient de nouveau rapprochés, ravivant entre eux une flamme qu'elle avait espérée depuis longtemps éteinte.

Elle avait alors eu beau chercher à ignorer les sentiments qui avaient resurgi en elle — s'efforcer, tant bien que mal, de les dissimuler à Spencer —, elle ne pouvait pas continuer de se voiler la face. Pour la première fois depuis des années, s'autorisant à espérer l'impossible, Nathalie souhaita qu'ils puissent revenir sept ans en arrière et recommencer de zéro.

Durant un long moment, ils demeurèrent tous deux silencieux. Une brise fraîche s'engouffra brusquement le long du balcon et Nathalie enroula frileusement ses bras autour de sa poitrine. Envahie par une vague de regrets, elle fixa les lumières qui se reflétaient sur l'eau.

Elle avait fait tant d'erreurs dans sa vie ! Et voilà que la boucle se refermait sur elle. Spencer Bishop avait de nouveau fait irruption dans son existence, réveillant en elle des émotions qu'elle n'aurait pas dû éprouver.

Incapable de supporter plus longtemps le silence qui s'était installé entre eux, elle demanda :

— Pourquoi ne t'es-tu pas marié, Spencer ?

Elle ne le regardait pas, mais elle perçut sa surprise. Elle devina son haussement d'épaules.

— Dans mon métier, il vaut mieux ne pas avoir d'attaches.

Il avait énoncé cette phrase d'un ton si détaché, si dénué d'émotion, qu'elle semblait comme apprise par cœur. Comme s'il l'avait ressassée des années durant.

Nathalie coula un regard dans sa direction.

— C'est pour cela que tu ne l'as pas épousée ? A cause de ta profession ?

Elle le vit froncer les sourcils dans la pénombre.

— Epousé qui ? Je ne comprends pas de quoi tu veux parler.

Nathalie se tourna vers lui et lui fit face.

— Je parle de la femme à qui tu étais fiancé pendant que tu... me fréquentais, précisa-t-elle avec plus d'amertume qu'elle ne l'aurait souhaité.

Spencer eut l'air franchement perplexe.

— J'ignore complètement à qui tu fais allusion, Nathalie. Qu'est-ce qui te fait croire que j'ai été fiancé ?

— Je... on me l'a dit.

— Mais qui a pu te dire une chose pareille ?

— Anthony.

Elle le vit se raidir, tandis que la colère assombrissait son regard.

— Il t'a menti. Je ne fréquentais personne d'autre. Il n'y a jamais eu que toi.

A ces mots, Nathalie sentit une boule compacte se former dans sa gorge.

— Mais, objecta-t-elle, il m'a montré des photos…

Spencer l'interrompit :

— C'est pour cela que tu m'as parlé de photographies, le jour de l'enterrement d'Anthony. Mais qu'y avait-il donc, sur ces photos ?

D'une main tremblante, Nathalie ramena de son front une mèche de cheveux rabattue par la brise.

— C'était des clichés de toi… en compagnie d'une femme. Une femme superbe. Anthony m'a dit que c'était ta fiancée.

Elle vit un muscle de sa mâchoire se crisper.

— *Quand* t'a-t-il montré ces clichés ?

Nathalie fut presque effrayée par l'émotion qui tendait sa voix, par la noirceur de son regard.

— Quelques semaines après ton départ, dit-elle. Anthony est venu me trouver dans mon bureau. Il m'a invitée à déjeuner, en disant qu'il avait à me parler. Il m'a alors très gentiment expliqué que tu n'étais pas celui que je croyais. Quand il a vu mon désarroi, il s'est mis en colère, assurant que je ne pouvais m'en vouloir, que tu avais la sale réputation de séduire les femmes, puis de les laisser tomber. Il a ajouté que si tu avais quitté San Antonio si précipitamment, c'était à cause de ta fiancée, et non d'une quelconque mission secrète. C'est là qu'il m'a montré les photos. Il m'a expliqué que c'était à cause de cette femme que je ne pouvais pas t'appeler, et que tu ne pouvais pas me joindre non plus.

— Je *t'ai* appelée, protesta Spencer. Une première fois à ton travail. C'est Anthony qui a répondu. Je lui ai donné un numéro où me joindre. Il avait promis de te le communiquer.

— Il ne l'a pas fait.

— Voyant que tu ne me rappelais pas, j'ai ensuite téléphoné chez toi. Mais cette fois encore, c'est Anthony qui a répondu.

— Ce devait être le jour où il m'avait raccompagnée à mon appartement. J'étais malade...

Nathalie s'interrompit, refusant de s'étendre sur ce dernier sujet. Au lieu de cela, elle demanda :

— Que t'a-t-il dit, alors ?

La voix de Spencer était glacée.

— Qu'il t'avait communiqué mon numéro et que tu l'avais jeté à la poubelle. Que tu refusais de me parler, et qu'à présent vous sortiez ensemble.

Nathalie faillit s'étouffer.

— C'est faux ! Nous n'étions pas encore ensemble à ce moment-là. Pas jusqu'à ce que...

— Jusqu'à ce que quoi ?

Le regard de Spencer se fit plus dur, et elle s'empressa d'ajouter :

— Anthony ne m'a *jamais* donné ton numéro. Je ne savais pas comment te retrouver, et plus ton absence se prolongeait, plus ce qu'il disait semblait prendre du sens. J'ai fini par croire que tu m'avais menti, utilisée. J'étais humiliée.

Spencer serra les poings.

— Mon propre frère ! prononça-t-il d'une voix blanche. S'il n'était déjà mort, je crois que je le tuerais de mes mains.

A ces mots, le cœur de Nathalie se mit à battre douloureusement dans sa poitrine. C'était donc bien Anthony qui lui avait menti, comprit-elle, Anthony qui l'avait manipulée. Et non Spencer.

Elle aurait dû le savoir. Mais sa blessure était si profonde que, même après avoir compris quel genre d'homme était Anthony et après s'être alors demandé s'il ne lui avait pas menti concernant Spencer, elle n'avait toujours pas eu la force de réagir. Parce qu'entre-temps elle ne se fiait plus à aucun des Bishop. Et parce qu'à ce moment-là un enjeu d'importance l'empêchait de laisser ses sentiments prendre le pas sur sa raison.

Mon Dieu, comment ai-je pu me tromper à ce point ?

Elle ferma les yeux et tenta de repousser la vague d'émotions qui venait de s'emparer d'elle, avant de dire d'une voix éteinte :

— Mais pourquoi ? Pourquoi Anthony se serait-il donné tout ce mal pour nous éloigner l'un de l'autre ?

— Pour l'argent, répondit Spencer d'un ton catégorique. Il a dû voir que ce qui se passait entre nous était… sérieux, craindre qu'à mon retour nous ne nous mariions. Pour s'approprier l'héritage, Anthony devait non seulement trouver une épouse, mais s'assurer également que nous serions séparés.

Tout en parlant, Spencer arpentait le balcon d'un pas furieux. Soudain, il se tourna vers elle, ses yeux verts brillant d'un feu menaçant.

— Et toi, tu t'es empressée de lui faciliter la tâche, n'est-ce pas ? Qu'as-tu pensé, Nathalie ? Que si tu ne pouvais avoir un Bishop, tu te rabattrais sur l'autre ? Le plus riche, le plus puissant des deux ?

Les accusations de Spencer piquèrent Nathalie au vif.

— Non ! Ce n'est pas vrai. J'étais persuadée de t'avoir perdu. Que tu m'avais menti, manipulée…

— Alors tu t'es jetée au cou d'Anthony, à peine ai-je eu le dos tourné.

— Ce n'est pas ainsi que ça s'est passé, protesta Nathalie, s'efforçant d'apaiser le rythme affolé de son cœur, de contenir la colère qu'elle aussi, à présent, sentait monter en elle. J'admets avoir épousé Anthony pour de mauvaises raisons, convint-elle. Parce que j'étais blessée, humiliée et… encore sous le coup de notre séparation. Mais j'ai aussitôt su quelle terrible erreur j'avais commise. Une erreur que j'ai payée très cher, crois-moi.

Ses yeux s'emplirent de larmes et elle se détourna avant que Spencer ne voie à quel point ses propos l'avaient blessée.

Il y eut un long silence, puis il demanda :

— Si ce mariage était une telle erreur, pourquoi n'en as-tu pas demandé l'annulation ? Pourquoi ne l'as-tu pas quitté ?

— J'ai voulu le faire, mais on ne se sépare pas comme ça d'un Bishop, répliqua Nathalie d'un ton amer. Il y a eu… des complications.

— Kyle ?

Nathalie hocha la tête, sans oser encore lever son regard vers Spencer.

— Il a menacé de me prendre mon bébé si je refusais de rester au moins jusqu'à la naissance de Kyle. Il affirmait pouvoir prouver devant un tribunal que je n'étais pas en mesure d'élever cet enfant. Il pouvait inventer des preuves, disait-il, acheter les juges. Je l'en savais capable, parce qu'entre-temps j'avais compris quel genre d'homme il était.

Du dos de la main, elle essuya ses joues trempées de larmes.

— Puisque tu l'avais compris, pourquoi n'as-tu pas mis en doute ses affirmations mensongères à mon sujet ?

Cette question força Nathalie à le regarder dans les yeux. Mais la fureur qui y couvait lui donna aussitôt envie de se détourner. De s'enfuir, avant que ses accusations ne prennent une forme plus funeste.

Mais elle ne pouvait *pas* fuir. Car alors ce serait sans retour. C'était sa seule et dernière chance de se justifier. Et même si une petite voix lui soufflait que le plus sage serait de le planter là et de prendre ses jambes à son cou, elle ne pouvait s'y résoudre. Pas ainsi. Pas avant d'avoir fait s'effondrer le mur d'incompréhension sciemment érigé entre eux par Anthony.

Elle prit donc une profonde inspiration, puis répondit à sa question.

— J'en aurais douté, admit-elle, s'il n'y avait eu Anthéa.

— Qu'est-ce qu'Anthéa a à voir avec cette histoire ?

— Elle a confirmé les propos d'Anthony. Elle m'a dit que tu allais te marier, et que notre... petite liaison ne serait pour toi ni la première ni la dernière.

— Il l'a également forcée à mentir, en conclut Spencer d'une voix où la résignation avait désormais pris le pas sur la colère.

Il se détourna et, les avant-bras appuyés à la rambarde du balcon, fixa la rivière.

— Anthéa a toujours fait tout ce qu'Anthony lui ordonnait de faire, expliqua-t-il. Elle savait que sa dévotion pour lui ainsi que sa distance à mon égard étaient son seul moyen de s'attirer les bonnes grâces de notre mère. Elle a vite appris à jouer le jeu. Moi, jamais.

— Je suis désolée, murmura Nathalie, malheureusement incapable de trouver autre chose à dire.

Elle mourait d'envie de le toucher, de le réconforter, mais il semblait si lointain. Si... glacial.

— Cela n'a plus d'importance, affirma Spencer.

Mais elle savait que c'était faux. Une fois de plus, elle tenta d'imaginer à quoi avait pu ressembler son enfance, dans cette maison froide et lugubre, sans personne vers qui se tourner. Personne pour lui transmettre les clés de l'amour, ce qui lui sembla le plus triste des héritages.

Elle observa son profil figé, se demandant comment il réagirait si elle passait soudain ses bras autour de son torse, si elle posait sa tête sur son épaule. La repousserait-il ? D'une certaine manière, elle en doutait, mais elle n'était pas pour autant prête à en prendre le risque.

Sans la regarder, ses yeux fixant toujours l'obscurité, Spencer rompit le long silence qui s'était installé entre eux.

— Quand j'ai découvert que pendant mon absence tu avais épousé Anthony, je n'ai eu qu'une envie, celle de vous tuer tous les deux.

A ces mots, il serra la rambarde avec une telle force, qu'elle vit les articulations de ses doigts blanchir.

— Mais malgré ma fureur, j'étais encore si amoureux de toi que j'ai failli venir te supplier de le quitter, de nous accorder une deuxième chance.

Nathalie sentit son cœur s'interrompre le temps d'un battement, son souffle se bloquer dans sa gorge. Dans un murmure, elle demanda :

— Pourquoi ne l'as-tu pas fait ?

Sans avoir eu le temps de s'en empêcher, elle frôla la manche de Spencer de sa main. Enfin, il se tourna vers elle.

— Parce qu'Anthony m'a battu de vitesse. Il est venu me dire que tu t'étais jetée à son cou, à peine avais-je eu le dos tourné. Que c'était toi qui avais parlé la première de mariage.

Nathalie secoua la tête.

— C'est faux. Je te le jure.

Spencer l'interrompit.

— Je le sais aujourd'hui, dit-il d'un ton amer. Mais à l'époque, et même en connaissant Anthony, j'ai pensé que toutes les preuves t'accablaient. Tu l'avais bel et bien épousé, alors que je n'étais parti que deux mois.

Même si elle s'attendait à tout à présent, Nathalie chancela sous l'effet des révélations de Spencer, comme s'il s'était agi de coups de poing à l'estomac. Elle demeura muette un moment avant de répondre :

— C'est pour ça que tu m'as toisée avec un tel mépris, la fois où nous nous sommes croisés. Moi aussi je t'aurais parlé, j'aurais tenté de… tout t'expliquer, s'il n'y avait eu cette haine dans ton regard, que je n'ai jamais pu oublier.

Une fois les mensonges d'Anthony impuissants à brouiller sa vision, Nathalie eut une image très claire de ce qu'avait dû représenter ce retour au foyer pour Spencer. Pensant que pour la première fois de sa vie quelqu'un l'attendait, l'aimait, il avait au lieu de cela découvert qu'elle s'était empressée d'épouser son frère...

— Je suis désolée, murmura Nathalie. Désolée de tout ce que tu as enduré.

Les traits figés, il abaissa son regard vers elle.

— C'est Anthony qui s'est joué de nous, Nathalie. Il a tout mis en œuvre pour nous éloigner l'un de l'autre.

— Parce que nous l'avons laissé faire, affirma-t-elle alors avec tristesse. Parce que nous n'avions pas suffisamment confiance l'un en l'autre.

— C'est possible. Mais nous ne nous connaissions que très peu, et nous étions trop jeunes. Comment aurions-nous pu nous montrer sûrs de nous et confiants, avec Anthony qui alimentait en permanence notre sentiment d'insécurité ? Il a fini par gagner et obtenir ce qu'il voulait. Il a réussi à nous séparer pendant sept longues années.

Spencer s'interrompit et, approchant doucement son visage du sien, lui murmura à l'oreille :

— La question est de savoir si nous allons ou non le laisser continuer à gagner.

Sous l'intensité de son regard, Nathalie sentit son cœur s'arrêter de battre une nouvelle fois. Il caressa son visage du dos de la main et elle ferma les yeux. Oh, comme elle aimait le contact de sa peau sur la sienne ! De tout son cœur, de toute son âme, elle désirait Spencer plus qu'elle n'avait jamais désiré aucun homme.

— Spence...

Il suivit du bout des doigts la courbe de sa lèvre inférieure, la contraignant au silence. Puis, avec douceur, il lui ôta ses lunettes et les mit de côté avant de prendre son visage entre ses mains et d'y déposer de minuscules baisers, qui lui arrachèrent un long frémissement.

— Il y a tant de choses que tu ignores encore, dit-elle dans un effort de volonté. Il faut que je t'avoue un secret, avant que tu ne l'apprennes autrement.

Spencer s'écarta d'elle et plongea son regard dans le sien.

— Un secret qui concerne Anthony ?

— Oui…

— Alors je ne veux plus rien entendre, affirma-t-il.

— Spence, il faut que tu saches…

— Je t'en prie, Nathalie, ne revenons plus sur le passé. Du moins pas en cet instant. Il est à nous.

— Mais…

Cette fois, ce fut sa bouche qui la contraignit au silence. Nathalie entrouvrit les lèvres pour que leurs langues se mêlent. Elle sentit alors les vagues d'un désir brûlant se succéder en elle.

Elle ferma les yeux, enroula ses bras autour de Spencer, et l'étreignit de toutes ses forces, comme si à tout moment l'objet de son amour pouvait lui être de nouveau arraché. Elle avait durement appris à quel point le bonheur était éphémère. Si elle pouvait le toucher du doigt, ne serait-ce qu'un instant, se laisser aller à l'intense désir que Spencer déclenchait en elle, elle serait folle de ne pas le faire.

Il l'embrassa longuement. Il la caressa jusqu'à ce qu'elle sente chaque parcelle de son corps s'embraser. Lorsqu'il semblait sur le point de s'écarter d'elle, c'était elle qui revenait à la charge, qui lui chuchotait des encouragements à l'oreille, le caressait jusqu'à sentir sous ses paumes son cœur battre la chamade au même rythme que le sien — jusqu'à ce qu'elle soit sûre que le désir de Spencer était aussi puissant que celui qui brûlait en elle.

Leurs bouches rivées l'une à l'autre, s'arrachant fébrilement leurs vêtements, ils rentrèrent dans la chambre. Le clair de lune éclairait le lit au centre de la pièce. Spencer pencha vers elle son visage creusé d'ombres par l'astre nocturne. Sous la fièvre de son regard, Nathalie sentit un long frisson l'envahir. Elle savait ce qui allait arriver. Plus que tout, elle le désirait, mais regrettait en même temps que la magie de cet instant ne puisse être éternelle.

— Je veux que tu saches que je n'ai jamais désiré un autre homme comme je t'ai désiré toi, dit-elle timidement.

A ces mots, elle vit son regard s'adoucir. Elle le vit lui sourire, avec une telle tendresse qu'elle eut soudain envie de pleurer. Tendant la main vers elle pour l'inviter à le rejoindre, il s'assit au bord du lit. Nathalie prit cette main sans une once d'hésitation, s'abandonnant de son plein gré, et pour la deuxième fois de son existence, à l'étreinte enivrante des bras de Spencer.

13.

Le lendemain matin, ils prirent le temps de déjeuner à la terrasse d'un des cafés de Riverwalk avant qu'elle n'ouvre sa boutique. A peine assise, Nathalie balaya du regard les tables disséminées autour d'eux, avec l'impression que leurs occupants allaient deviner au premier coup d'œil ce qu'elle et Spencer avaient fait la nuit dernière... Ainsi que ce matin.

Ramenant son regard sur Spencer, elle demanda avec un sourire mi-mutin mi-adorateur.

— Tu crois que ça se voit sur notre figure ?

Il se pencha vers elle et plongea ses yeux verts dans les siens.

— Si tu continues à me dévisager ainsi, ça se verra, parce que je ne pourrai plus retenir l'envie que j'ai de te caresser.

Il frôla sa jambe sous la table, et Nathalie sentit une onde électrique la parcourir. Certaines images de la nuit précédente se mirent à tournoyer dans sa tête, lui faisant monter le rouge aux joues. Leurs ébats avaient été si... passionnés. Jamais elle n'aurait imaginé que le simple contact de ses lèvres au creux de son genou, que le murmure de sa voix à son oreille, auraient su éveiller en elle de telles sensations.

Jamais elle n'aurait pensé pouvoir se montrer aussi désinhibée, pour ne pas dire... *libertine*.

Tout en buvant son café à petites gorgées, Nathalie s'efforçait de ne pas songer aux éventuelles conséquences de cette nuit passée avec Spencer. De ne pas songer au futur. Un futur qui, déjà, se profilait comme une ombre menaçante sur son bonheur fragile.

Comme s'il percevait son anxiété, Spencer suggéra d'une voix rassurante :

— Détends-toi, Nathalie. Je te promets que cette histoire sera bientôt terminée.

Elle poussa un soupir.

— Je l'espère. Mais imagine que Russo n'appelle pas. Qu'il renonce à récupérer les diamants. Tu m'as dit toi-même que, s'il disparaissait, j'avais toutes les chances d'endosser le meurtre d'Anthony à sa place.

— Il ne bougera pas.

Avec lenteur, Spencer s'empara de sa tasse et scanna les alentours du regard. Il affichait un intérêt détaché, mais Nathalie le savait aussi anxieux qu'elle, tandis qu'il s'assurait en réalité que tout fonctionnait selon leurs plans. Que chacun des agents était à son poste, et qu'ils avaient paré à toute éventualité.

Ses yeux verts revinrent vivement sur elle.

— Il a besoin de ces diamants. Il appellera. Et à ce moment-là, on le coincera.

Ce cauchemar serait alors enfin terminé, songea Nathalie. Mais, hélas, il n'était pas garanti que leur stratagème fonctionnerait. Tant d'impondérables pouvaient le compromettre. Russo pouvait encore avoir vent de la surveillance dont il faisait l'objet, prendre peur et s'enfuir à l'étranger. Et même si on l'attrapait en possession des diamants, rien ne prouvait que la police abandonnerait les charges retenues contre elle.

Quant à Spencer... il pouvait également découvrir la vérité.

Après qu'il s'était endormi, la nuit dernière, elle était restée éveillée jusqu'aux premières lueurs de l'aube, à ressasser les mensonges déployés par Anthony pour la tenir éloignée de Spencer. La veille, ils avaient éclairci d'importants malentendus, mais une dernière zone d'ombre s'immisçait entre eux. Un secret capable de détruire à lui seul le lien ténu qu'ils venaient de commencer à tisser de nouveau.

Nathalie ferma brièvement les yeux, avec l'envie soudaine de tout lui dire. Mais elle avait dissimulé son secret durant de si longues années pour préserver son fils, que cet instinct de protection était devenu chez elle comme une seconde nature.

En vérité, elle avait peur. Peur de tout lui avouer. Peur de sa réaction. Peur qu'il ne s'associe à ce moment-là contre elle, avec Irène.

Si elle se taisait, elle savait qu'une fois cette affaire résolue Spencer retournerait à Washington. Il reprendrait sa vie, et elle, la sienne. Dans cette perspective se profilaient devant elle de longues années de solitude et de tristesse. Mais de tranquillité aussi.

Si au contraire elle lui avouait la vérité, Spencer déciderait peut-être de rester à San Antonio. Mais lui demanderait-il alors plus qu'elle ne serait prête à donner ?

Soudain, elle ignorait quelle hypothèse l'effrayait le plus : une existence passée avec lui ou sans lui.

— Nathalie ?

Elle leva vivement la tête.

— Tu te sens bien ?

Avec l'impression que ses yeux verts la transperçaient, elle se demanda comment Spencer réagirait s'il pouvait deviner ses pensées. S'il connaissait la vérité.

C'était cette même question qui l'avait tourmentée jusqu'à l'aube, tandis qu'il reposait à son côté.

— Oui, ça va, répondit-elle, mais elle vit à son regard qu'il ne la croyait pas.

Il saisit ses mains entre les siennes.

— Tu penses à Kyle, n'est-ce pas ?

Doutant de sa capacité à articuler le moindre mot, Nathalie se contenta d'opiner silencieusement de la tête.

— Je ne laisserai rien lui arriver, affirma Spencer. Tu as ma parole.

— Et ta mère, murmura Nathalie. Sauras-tu empêcher qu'elle me l'enlève ?

Spencer détourna les yeux avant de passer une main nerveuse dans ses cheveux.

— Je ne peux qu'imaginer ce que tu éprouves sous ses menaces. Mais si Kyle était mon fils…

Nathalie sentit son cœur s'arrêter de battre dans sa poitrine tandis que le regard de Spencer se faisait dur.

— Si Kyle était mon fils, gronda-t-il, je ferais comme toi. J'affronterais sans merci quiconque voudrait me l'enlever.

Nathalie s'était affairée toute la journée en attendant les rares clients qui avaient daigné pousser la porte de sa boutique. Mais son esprit était resté concentré sur l'heure qui tournait, sur le téléphone qui refusait de sonner, et sur la présence de Spencer, dissimulé dans l'arrière-boutique.

Par la porte entrouverte, elle l'entendait depuis ce matin discuter à voix basse avec l'agent de sexe féminin qui s'était installé dans son magasin avant même qu'elle ne l'ouvre. Lorsque le carillon de la porte d'entrée signalait l'arrivée d'un client, les sons en provenance de l'arrière-boutique s'interrompaient, pour reprendre aussitôt que l'acheteur avait tourné les talons.

Elle ne pouvait s'empêcher de se demander quels étaient leurs sujets de discussion. Or, ils semblaient si peu enclins à la mettre dans la confidence qu'elle avait l'impression désagréable d'être une étrangère dans sa propre boutique.

L'agent Diane Skelley était de surcroît une de ces filles venues au monde à seule fin d'intimider les autres femmes. Elle faisait exactement sa taille, avait le même teint clair et la même couleur de cheveux qu'elle. Mais la ressemblance entre elles s'arrêtait là. Tandis qu'elle-même était très mince — presque fluette —, Diane avait une poitrine fort généreuse et une grande bouche pulpeuse. Nathalie ne pouvait qu'admirer la suprême confiance en soi qui se dégageait d'elle. C'était comme si l'atmosphère autour d'elle avait été chargée d'électricité.

Pour tout arranger, c'était une personne sensuelle, tout du moins en ce qui concernait Spencer. Elle n'arrêtait pas de le prendre par l'épaule, de lui toucher la main, d'entrer en contact physique avec lui de mille et une manières. Nathalie avait également remarqué qu'ils se tutoyaient et, d'après la familiarité qui émanait de leurs échanges, elle ne pouvait s'empêcher de se demander s'ils n'avaient pas un jour partagé plus qu'une simple expérience professionnelle.

Elle fronça les sourcils, mécontente du tour que prenaient ses réflexions. Elle était jalouse ! A sa décharge, il fallait dire que depuis l'arrivée de l'agent Skelley, Spencer l'avait pratiquement ignorée. Elle ne pouvait s'empêcher d'en vouloir à la jeune femme de monopoliser ainsi son attention. Comme d'avoir, sans un regard à son adresse, pris d'assaut son arrière-boutique aux fins de l'équiper d'un poste de surveillance provisoire des plus sophistiqués.

Nathalie jetait de temps à autre un coup d'œil furtif en direction de son arrière-boutique, s'empressant de détourner le regard dès qu'elle voyait leurs deux têtes penchées l'une vers l'autre en une aussi intime conspiration. Un spectacle qui frisait pour elle l'insupportable.

Elle aurait pourtant dû se réjouir que Spencer ait été si absorbé depuis ce matin. Parce que sinon il aurait pu s'interroger sur sa réaction, au café. Il aurait pu s'étonner de l'affolement qui avait dû s'inscrire sur ses traits lorsqu'il avait dit que, si Kyle était son fils, il affronterait sans merci quiconque chercherait à le lui enlever. Des propos énoncés par pure compassion, bien sûr, mais qui l'avaient emplie d'une stupeur glacée.

Spencer aurait pu commencer à s'interroger sur un sujet qu'elle était loin de vouloir aborder avec lui.

Etreinte par le besoin soudain d'entrer en contact avec son fils, Nathalie décrocha le téléphone dans l'espoir que le son de sa voix apaiserait momentanément ses inquiétudes.

Ils discutèrent ensemble quelques minutes. Kyle lui raconta sa journée, les biscuits qu'il avait confectionnés avec sa grand-mère ce matin, sa partie d'échecs de cet après-midi, avec son grand-père.

Vers la fin de leur conversation, Nathalie mentionna le peigne en ivoire qu'elle avait trouvé dans sa chambre la veille au soir, et lui demanda comment il était arrivé en sa possession.

— Je l'ai pas volé, maman, je te jure, s'empressa d'assurer Kyle. Je l'ai trouvé.

— Mais *où* l'as-tu trouvé, Kyle ?

Kyle hésita un long moment avant de dire :

— Dans le bureau de papa.

— Quoi ?

Comment un peigne appartenant à Blanche avait-il pu atterrir dans le bureau d'Anthony ? se demanda Nathalie, perplexe.

— Kyle, es-tu certain de me dire la vérité ?

— Je te jure, maman. Je l'ai trouvé sous un coussin, du canapé, en cherchant la pièce d'argent que grand-père m'avait donnée. Mais papa a dit que c'était qu'un vieux truc, et il l'a jeté à la poubelle.

— Si ton père l'a jeté à la poubelle, comment se fait-il que je l'aie retrouvé dans le coffre de ta mezzanine ?

Il y eut un nouveau silence, avant que Kyle ne reprenne enfin ses explications :

— Je l'ai pris dans la poubelle pendant qu'il regardait pas, avoua-t-il. Mais c'est pas voler, hein, maman ? Papa l'avait jeté. C'est qu'il en voulait pas.

Trop perturbée par ce qu'elle venait d'entendre pour se lancer dans une leçon de morale concernant le fait de fouiller dans les poubelles des autres, Nathalie demanda :

— De toute façon, qu'avais-tu l'intention de faire avec ce peigne ?

— Je le trouvais joli, affirma Kyle d'une voix hésitante. Je voulais te l'offrir pour Noël. T'es fâchée, maman ? J'ai fait quelque chose de mal ?

Nathalie prit une profonde inspiration.

— Non, mon chéri. Je ne suis pas fâchée contre toi. Mais nous en reparlerons plus tard, d'accord.

— D'accord. Quand est-ce que tu viens ? Quand est-ce qu'on rentre à la maison ?

— Tu n'es pas bien chez grand-père et grand-mère ?

— Si, mais j'ai envie d'être avec toi.

— Moi aussi, mon chéri. Nous serons bientôt ensemble, je te le jure. Très bientôt.

Après quelques dernières paroles de réconfort, Nathalie raccrocha et se détourna du téléphone, pour se trouver face à Spencer qui la dévisageait.

— Qu'est-ce qui ne va pas ? demanda-t-il.

— Tu te souviens du peigne en ivoire que j'ai trouvé dans la malle de Kyle hier soir ?

Spencer hocha la tête et Nathalie poursuivit :

— Eh bien, il vient de me jurer qu'il l'avait trouvé dans le bureau d'Anthony. Je me demande vraiment comment ce peigne a pu atterrir là.

— C'est simple, répliqua Spencer. Blanche s'y est forcément rendue à un moment ou à un autre.

— C'est impossible. Blanche ne connaît même pas Anthony.

— En es-tu certaine ?

— Bien sûr que j'en suis certaine...

Mais tandis qu'elle relatait à Spencer sa conversation avec Kyle, sa dernière entrevue avec Blanche lui revint subitement à l'esprit. Ainsi que l'expression profondément perturbée de son amie, avant que celle-ci n'admette du bout des lèvres, que l'homme — l'homme marié — avec lequel elle avait une liaison l'avait... *quittée.*

Nathalie avait alors pensé que cela signifiait qu'il l'avait abandonnée. Mais n'était-ce pas plutôt pour ne pas dire qu'il était... mort ? Et que cet homme n'était autre qu'Anthony ?

Anthony et Blanche.

A cette pensée, Nathalie sentit son cœur sombrer dans sa poitrine. Etait-ce possible ? Et dans ce cas, pourquoi Blanche ne le lui avait-elle jamais confié ? Etait-ce parce qu'elle savait qu'elle désapprouverait cette aventure ? Ou pour d'autres raisons, des raisons qu'elle n'osait approfondir.

Une fois de plus, une amie intime l'avait-elle trahie ?

Même si elle n'avait plus prononcé un mot depuis sa remarque, Spencer parut avoir deviné le cours exact de ses pensées, puisqu'il demanda :

— Blanche détient-elle la clé de ta boutique ?

Nathalie leva les yeux vers lui et hocha la tête.

— Il y a quelques semaines de cela, je devais accompagner Kyle chez le pédiatre, et Blanche m'avait proposé d'ouvrir le magasin à ma place. Je lui ai donc confié un double des clés.

— Elle connaît sans doute également le code qui désactive ton alarme ?

Une nouvelle fois, Nathalie hocha la tête.

— C'était donc ça, s'exclama Spencer. Je me suis toujours demandé comment Anthony avait pu pénétrer dans ta boutique sans clés ni code. Il n'y avait aucun signe d'effraction et tu affirmais ne pas l'y avoir introduit. Si ce n'était toi…

—…c'était donc forcément quelqu'un d'autre, en conclut Nathalie.

— Exactement.

Blanche et Anthony. Ces deux prénoms juxtaposés résonnaient comme une litanie dans sa tête. Etait-ce Blanche, qui avait confié la clé de sa boutique à Anthony ? Et Blanche était-elle également au courant de l'existence des diamants ? Etait-ce elle qui, surgissant derrière elle, l'avait… ?

Nathalie interrompit là cette pensée, répugnant à l'approfondir. Elle refusait de croire que Blanche l'avait trahie, comme Melinda avant elle.

Mais si c'était vrai ? ne put-elle s'empêcher de se demander. Si Blanche en avait su plus sur le meurtre d'Anthony qu'elle ne l'avouait ? Si elle avait délibérément dissimulé à la police une information susceptible de l'innocenter ?

Mais pourquoi aurait-elle fait une chose pareille ? Qu'aurait-elle eu à y gagner ?

Spencer se tourna vers l'agent Skelley qui venait de les rejoindre. Il lui résuma la situation avant de suggérer :

— Envoie quelqu'un interroger Blanche Jones. Je veux savoir où elle se trouvait la nuit où Anthony a été tué.

— Nous ne sommes pas chargés d'enquêter sur le meurtre de ton frère, s'empressa d'objecter Skelley. Cette affaire ne relève pas de notre juridiction, Spencer, mais de celle de la police locale.

— J'en fais une affaire personnelle, rétorqua Spencer.

Diane Skelley leva un sourcil nettement réprobateur.

— Phillips sera furieux s'il apprend que nous avons interrogé des suspects derrière son dos.

Spencer marmonna quelque chose que Nathalie ne comprit pas, mais que Diane Skelley, d'après l'expression de son visage, n'aurait pas non plus aimé qu'il répète.

— Que va dire Washington ? insista-t-elle en défiant son partenaire du regard. Tu sais très bien que nous sommes contraints de respecter les termes de notre mission.

— Eh bien, j'en élargis les termes. Tu y vois un problème ?

Leurs regards s'affrontèrent durant un long moment. Retenant son souffle, Nathalie pensa qu'elle n'avait jamais vu une aussi dangereuse détermination tendre les traits de Spencer.

Pour finir, Diane Skelley battit en retraite. Après avoir haussé les épaules, elle tendit la main vers le téléphone, et Nathalie vit une impitoyable lueur de triomphe traverser le regard de Spencer.

Parcourue par un frisson glacé, elle se dit qu'elle n'aimerait décidément pas l'avoir pour ennemi.

Car à l'évidence, et en bon Bishop qu'il était, il n'hésitait pas à enfreindre, si nécessaire, les règles.

L'appel de Russo — celui, tout du moins, de l'homme qu'ils continuaient de supposer être lui — survint au moment où Nathalie s'apprêtait à fermer sa boutique. Elle jeta un bref coup d'œil en direction de Spencer, qui hocha silencieusement la tête, avant de décrocher l'écoute téléphonique dissimulée dans l'arrière-boutique. Elle savait qu'ils allaient remonter jusqu'à l'origine de cet appel, comme ils l'avaient fait pour tous ceux qu'elle avait reçus depuis ce matin.

A son tour, elle prit le téléphone. Dès qu'elle reconnut la voix de Russo, sa main se mit à trembler sur le combiné.

— Dans votre propre intérêt, gronda la voix menaçante, j'espère que vous avez décidé de coopérer avec moi.

— Vous ne m'avez pas laissé d'autre choix, répondit Nathalie, en espérant que sa réplique ne sonnerait pas aux oreilles de Russo comme une leçon trop bien apprise.

S'il devinait que le FBI avait pris l'affaire en main, il penserait qu'elle l'avait elle-même alerté. Elle frémissait à la pensée de ce qu'il ferait alors.

— Si je vous rends les diamants, dit-elle, qu'est-ce qui me prouve que vous nous laisserez tranquilles, mon fils et moi ?

Il y eut un silence, puis Russo se mit à rire doucement, d'un rire qui lui glaça le sang.

— Si vous me les rendez, quel intérêt aurais-je à vous tuer ? Vous croyez que je ferais ça par pur plaisir ?

Oui, songea Nathalie en frissonnant. Un homme comme Russo devait prendre plaisir à tuer. C'était peut-être même pour cela qu'il avait assassiné Anthony.

— Donnez-moi au moins votre parole, insista-t-elle, s'efforçant de le garder en ligne le plus longtemps possible.

Il y eut un nouveau rire.

— D'accord, dit Russo. Vous avez ma parole. Mais si vous me doublez, si je vois un seul flic à moins d'un kilomètre à la ronde, votre gosse est mort. Compris ?

A ces mots, Nathalie resserra encore l'étreinte de sa main sur le combiné, avant d'acquiescer d'une voix éteinte :

— Oui.

— Il y a une cabine téléphonique à l'angle de Houston et d'Alamo, expliqua Russo. Vous avez quinze minutes pour vous y rendre.

Il y eut un déclic, puis la ligne fut coupée. Les jambes tremblantes, Nathalie alla jusqu'à la porte de l'arrière-boutique. Spencer parlait au téléphone, mais braquait son regard sur elle.

— Vous avez réussi à tracer l'appel ?

Diane Skelley opina de la tête.

— Il provenait d'une cabine téléphonique de Commerce Avenue.

— Fais boucler la zone, ordonna Spencer après avoir raccroché. On y va.

Il vérifia le chargeur de son arme.

Les traits tendus, prêt à l'attaque, il paraissait être devenu, ainsi que Diane, comme une machine de guerre.

La protestation de Nathalie les arrêta net dans leur élan :

— Je pense que je devrais y aller moi-même.

A ces mots, la même exaspération traversa les traits de Spencer et de Diane. D'un ton qu'il s'efforçait à l'évidence de maîtriser, Spencer répondit :

— Nous en avons déjà discuté, Nathalie. C'est trop dangereux.

— Mais, pourquoi faut-il qu'elle prenne ma place ? insista Nathalie avec un bref regard en direction de Diane Skelley, qui avait enfilé un pull-over et une jupe identiques aux siens.

L'agent avait même aplani sa mise en plis afin d'imiter son style plus décontracté.

— L'agent Skelley a subi un entraînement intensif, répliqua Spencer. Elle sait où elle met les pieds.

Le plus simple, pensa Nathalie, aurait bien sûr été de les laisser faire. Elle n'avait aucune envie de jouer les héroïnes. Mais elle était prête à le faire pour protéger son fils. Car si Russo soupçonnait un seul instant qu'on lui avait tendu un piège, il se vengerait aussitôt sur Kyle.

Nathalie exposa ses inquiétudes à Spencer, qui jeta un coup d'œil en direction de Diane Skelley :

— Attends-moi dehors, veux-tu ? J'en ai pour une minute.

Skelley leva les yeux au ciel avant de lui décocher un regard qui semblait signifier : *Où as-tu dégoté une telle gourde ?*

Après avoir refermé la porte derrière elle, Spencer se tourna vers Nathalie et lui prit le bras.

— Tu *dois* me faire confiance, Nathalie. Je sais ce que je fais. Nous ne sommes pas des amateurs.

— Mais si ça rate ? S'il soupçonne quelque chose…

— Il ne se doutera de rien. Diane est une experte en matière de travestissement. Elle pourrait abuser sa propre mère s'il le fallait. De plus, il semblerait que Russo ne t'a jamais vue de près. Ça va marcher.

— Et si tu te trompes ? dit Nathalie en le défiant du regard.

— Ça va marcher, un point c'est tout.

Il se pencha vers elle et déposa un baiser sur ses lèvres.

— Ferme la porte à clé et ne te montre pas. Je te donnerai des nouvelles dès que possible.

Le temps s'étirait hideusement. Nathalie ne comptait plus le nombre de fois où elle avait consulté sa montre, imaginant le pire. Elle ne pouvait s'empêcher de penser que quelque chose avait mal tourné. Qu'adviendrait-il si leur plan ne fonctionnait pas ? Si Russo, sentant le piège se refermer sur lui, décidait d'ouvrir le feu ? Si Spencer était blessé… ou pire ?

Afin de s'occuper l'esprit, elle décida de mettre de l'ordre dans l'arrière-boutique. Les « gars » mis à sa disposition par Franck Delmontico — ainsi qu'il les appelait — avaient empilé dans un coin boîtes et divers cartons d'emballage, qu'elle entreprit de replacer sur leurs étagères respectives.

Quand elle eut fini, Nathalie essuya ses mains poussiéreuses l'une contre l'autre et jeta un regard autour d'elle à la recherche d'une nouvelle activité. Elle remarqua la fougère suspendue devant la fenêtre. Oubliant à quel moment elle l'avait arrosée pour la dernière fois, elle remplit un broc d'eau, tira l'escabeau sous la fenêtre et y grimpa afin d'en tâter la terre du bout des doigts.

Sa main rencontra quelque chose de solide et elle eut un d'abord un sursaut de recul. La curiosité l'emportant, Nathalie prit l'objet entre ses doigts.

Au premier regard, elle reconnut le Walkman offert à Kyle par Anthony. La miniature hautement sophistiquée qu'elle lui avait récemment demandé de rendre à son père, mais qu'il avait juré avoir égarée.

Elle se rappelait à présent avoir remarqué que quelqu'un avait déplacé l'escabeau, le soir où Kyle était venu dans l'arrière-boutique chercher le cadeau de son institutrice. Elle avait alors supposé que Michelle avait voulu arroser la plante. Mais en fait, comprit-elle, c'était Kyle qui y avait grimpé, afin de dissimuler le Walkman à l'intérieur du pot.

Après avoir brièvement étudié le fonctionnement de l'appareil, Nathalie vit qu'il s'agissait d'un appareil à commande vocale. Elle rembobina la cassette qui se trouvait à l'intérieur et appuya sur « Play ».

Sa propre voix résonna alors dans le silence de la boutique. Brouillée, au début, au moment sans doute où l'appareil s'était déclenché, puis rapidement claire et audible. Avant de sortir faire une course, elle communiquait ses instructions à Michelle. Nathalie entendit ensuite la jeune fille discuter au téléphone avec son fiancé.

Bravo pour le respect des consignes ! se dit-elle avec une pointe d'agacement.

Elle procéda à une avance rapide de la bande. De nouveau, ce fut sa propre voix qu'elle entendit. Elle s'entretenait elle-même au téléphone avec un fournisseur, puis avec un coursier, à propos d'un paquet à venir chercher.

Nathalie allait appuyer de nouveau sur le bouton d'avance rapide lorsqu'elle réalisa que l'enregistrement s'était enclenché *le jour de la mort d'Anthony*. C'était le cadeau qu'il avait acheté, dont elle demandait qu'on assure la livraison. L'appareil avait donc enregistré ce qui s'était passé dans la boutique ce soir-là. Avait-il également retenu ce qui s'y était passé… plus tard dans la nuit ?

Les mains tremblantes, elle s'assit à son bureau et écouta les bribes d'une autre conversation téléphonique, avant de faire de nouveau avancer la bande. Son souffle se bloqua alors dans sa gorge en reconnaissant la voix qu'elle cherchait. Elle revint légèrement en arrière, puis appuya de nouveau sur « Play ».

—… Où sont-ils ? s'écria la voix furieuse d'Anthony.

Elle entendit la sienne, s'exclamer :

— Que fais-tu là ? Comment es-tu entré ?

Puis elle s'entendit pousser un petit cri, au moment où Anthony empoignait son bras. Les souvenirs liés à cette nuit tragique se mirent alors à s'entrechoquer dans son esprit. Elle se rappela sa stupeur au moment où elle avait surpris Anthony dans la boutique, la peur qui l'avait rapidement supplantée. Jamais elle n'avait vu son ex-mari dans une telle fureur. Une fureur dont elle comprenait à présent la cause. Les diamants avaient disparu, et Anthony savait que Russo ne tarderait pas à se venger sur lui.

— Bon sang. Où te crois-tu ? gronda sa propre voix dans l'appareil.

— Où sont-ils, Nathalie ?

Tremblante, Nathalie continua d'écouter se dérouler la bande avec un intérêt morbide.

Elle entendit le bruit du téléphone qui se fracassait contre le mur.

— Tu as cru pouvoir me doubler ? Tu t'es toujours montrée un peu trop maligne, Nathalie. Mais cette fois, tu as intérêt à me rendre ce qui m'appartient, avant que je ne fasse un geste que nous pourrions tous deux regretter...

Nathalie se souvint de la façon dont il avait dévisagé la personne qui, silencieusement, était arrivée derrière elle.

— Qu'est-ce que...

Elle retint un cri, en entendant son propre corps s'effondrer au sol. Son être tout entier se tendit alors comme un arc. L'œil braqué sur le minuscule appareil posé sur son bureau, elle attendit d'entendre une autre voix. La voix du meurtrier. Mais ce fut d'abord celle d'Anthony qui s'éleva du Walkman :

— Mon Dieu, qu'as-tu fait ?

Il y eut un silence.

— Ouf, elle respire. Tu as eu de la chance de ne pas la tuer.

Une ou deux secondes passèrent, durant lesquelles Nathalie ne perçut qu'une série de bruits de pas.

— Qu'est-ce que tu fais ici ? gronda de nouveau la voix d'Anthony. Tu m'as suivi ? Tu t'imaginais peut-être que j'avais un rendez-vous galant avec mon ex-femme ?

Il éclata de rire — d'un rire qui glaça Nathalie jusqu'au sang.

— Tu avais peut-être l'intention de regarder ? ajouta la voix cruelle d'Anthony.

La réponse à sa question se réduisit à un son rauque, confus. Puis, de nouveau, il éclata de rire avant d'affirmer d'un ton railleur :

— Regarde-la. Même dans son état, tu ne lui arrives pas à la cheville. As-tu vraiment cru pouvoir la remplacer ? Une malheureuse poule de luxe comme toi ?

Il y eut de nouvelles protestations étouffées, puis la femme s'exprima clairement pour la première fois. Nathalie sentit son cœur s'arrêter de battre en reconnaissant la voix sourde qui s'élevait du lecteur. Celle de l'assassin d'Anthony.

— Tu n'imagines pas à quel point je te hais, gronda Melinda. A quel point je vous hais tous les deux.

— Oh, si, rétorqua Anthony avec indifférence. Mais je veux savoir ce que tu es venue faire ici. D'abord, comment es-tu entrée ?

— De la même manière que toi, répliqua Melinda. Avec une clé. Pour quelqu'un d'aussi malin, laisser ainsi traîner son trousseau relève de la bêtise. Il ne me restait qu'à en faire un double. J'ai les clés de ta voiture, celles de ton bureau, de tes classeurs confidentiels, ainsi que celles du charmant appartement que tu partages avec ta maîtresse. Eh oui, je suis au courant. Coucher avec la meilleure amie de Nathalie ! s'exclama Melinda. Tu aurais pu te montrer plus original, chéri.

Cette allusion à sa maîtresse avait dû le surprendre, car la voix d'Anthony perdit soudain son inflexion moqueuse :

— Tu n'as pas répondu à ma question, Melinda. Qu'es-tu venue faire ici ?

— Te tuer, mon cher mari.

C'était au tour de Melinda de rire. Manifestement ravie de se trouver pour une fois en position de supériorité, elle en usait avec délices.

— Tu ne croyais tout de même pas que j'allais te laisser m'abandonner sans réagir ? Pas après tout ce que j'ai fait pour toi, espèce de salaud.

— Où as-tu pris ce revolver ? demanda Anthony.

Sa voix semblait tendue, à présent, comme s'il s'efforçait d'afficher un calme qu'il était loin de ressentir.

— A ton bureau.

L'ironie avait à son tour déserté la voix de Melinda, qui ajouta d'un ton déterminé :

— Il est enregistré au nom de Nathalie. Tu l'avais acheté pour elle après votre mariage, tu t'en souviens ? Elle m'avait raconté qu'elle détestait les armes et qu'ayant refusé de conserver celle-ci dans votre maison, tu avais fini par l'emporter à ton bureau. Tout le monde avait oublié cette histoire, sauf moi. Je savais que tu l'avais toujours, et maintenant je vais te tuer, mais tout le monde pensera que c'est Nathalie qui a tiré. Elle ira en prison pour meurtre. Ce sera parfait.

— Trop parfait, objecta Anthony. Beaucoup trop astucieux pour que tu aies échafaudé ce plan par toi-même.

— Je suis moins bête que tu ne le crois, rétorqua Melinda.

— Tu n'es qu'une malheureuse imbécile, au contraire, capable de tuer père et mère pour une poignée de dollars...

Soudain, Melinda se mit à hurler. Nathalie entendit un bruit de lutte. Puis la voix haletante d'Anthony s'écria :

— Pauvre folle. Tu croyais vraiment que tu allais réussir à appuyer sur cette gâchette ? Tu n'as ni les tripes ni l'intelligence nécessaire pour le faire...

Sa voix s'interrompit dans un gémissement. Brusquement, comme s'il avait été pris par surprise.

A ce moment-là, une autre voix — une voix que Nathalie crut reconnaître — s'ajouta aux deux autres :

— Elle n'a peut-être pas les tripes ou l'intelligence nécessaire, mais moi, si.

Anthéa ? s'interrogea Nathalie avec incrédulité.

Anthony poussa un râle, un cri d'agonie qui fit courir une série de frissons glacés le long de la colonne vertébrale de Nathalie. Puis il y eut un bruit sourd, celui de son corps, sans doute, s'effondrant au sol.

Nathalie porta une main affolée à sa bouche en comprenant qu'elle venait de vivre le meurtre d'Anthony en direct. Le cœur battant, elle ferma les yeux afin de combattre la nausée qui l'envahissait.

Un hurlement, celui de Melinda sans doute, ramena son attention vers la bande enregistrée.

— Espèce d'idiote, s'exclama la troisième voix. Tu as bien failli tout faire rater.

« C'était bien la voix d'Anthéa », se dit Nathalie avec horreur.

— Ce n'est pas ma faute, gémit Melinda. Il m'a sauté dessus et m'a arraché le revolver...

— Ferme-la, ordonna Anthéa. Et aide-moi à la rapprocher du corps. Voilà. Mets le couteau dans sa main.

Nathalie fut choquée d'entendre ses propres gémissements enregistrés sur la bande.

— Vite ! s'écria Anthéa. Elle revient à elle. Nous appellerons police secours à partir de la cabine qui se trouve en bas...

Il y eut quelques autres sons d'une activité fébrile. Puis Nathalie entendit une porte se refermer. Et plus rien.

Le cœur battant la chamade, elle fixa la bande qui continuait de se dérouler dans l'appareil, pensant que c'était fini, qu'elle avait tout entendu. Quand soudain la voix haletante d'Anthony murmura :

— Ce n'est *pas* Nathalie... pas toi... Nathalie... pas toi...

À cet instant, elle se revit, penchée sur le corps de son ex-mari. La police avait fait irruption dans la pièce, interprétant ces balbutiements comme l'accusation d'un mourant contre son meurtrier. Alors qu'Anthony s'efforçait au contraire de la disculper.

Sidérée par ce qu'elle venait d'entendre, Nathalie demeura comme paralysée sur sa chaise. Lorsqu'elle leva les yeux, quelqu'un se dressait sur le seuil de la porte — une haute silhouette, mince, avec de courts cheveux bruns ramenés en arrière par une épaisse couche de gel.

Durant un bref instant, Nathalie crut voir Anthony la fixer depuis l'autre extrémité de la pièce. Puis, son cœur battant la chamade dans sa poitrine, elle reconnut Anthéa, dont le pantalon à la coupe masculine et le col roulé noirs accentuaient sa ressemblance avec son frère jumeau.

Anthéa, qui pointait un revolver sur elle.

Son regard braqué sur le lecteur de cassettes à l'intérieur duquel la bande continuait de se dérouler, son ex-belle-sœur semblait toutefois aussi sidérée qu'elle. Des voix impérieuses s'en échappaient à présent, celles de policiers ordonnant à Nathalie de lâcher le couteau qu'elle avait à la main, de s'écarter du corps. Puis ses réponses en état de choc à leurs questions.

Lentement, évitant tout geste brusque, Nathalie pressa la touche arrêt de l'appareil.

Anthéa était toujours dressée dans l'encadrement de la porte, mais la stupeur qui, un instant plus tôt, déformait son visage, avait maintenant fait place à une colère menaçante. Elle s'avança vers elle et tendit la main.

— Donne-moi cette cassette, Nathalie.

Comme Nathalie hésitait, Anthéa ajouta :

— Après ce que tu viens d'entendre, crois-tu que j'hésiterai à tirer ?

Sans la quitter des yeux, Nathalie hocha lentement la tête, tandis que son esprit s'affolait à la recherche d'un objet pour se défendre. D'un moyen de s'échapper. En vain. Elle était prisonnière !

Elle déposa le Walkman dans la main d'Anthéa, qui s'empressa d'en extraire la cassette et de la glisser dans sa poche avant de replacer l'appareil sur le bureau. Ce fut alors qu'elle s'aperçut qu'Anthéa portait des gants. Ce détail — plus encore peut-être que le revolver qu'elle avait au poing — lui fit clairement comprendre les sinistres intentions de son ex-belle-sœur.

Anthéa agita l'arme dans sa direction.

— Prends tes clés de voiture, ordonna-t-elle. Nous allons faire une petite promenade.

— Pourquoi t'obéirais-je ? protesta Nathalie, le cœur battant à tout rompre dans sa poitrine. De toute évidence, tu as l'intention de me tuer, alors je ne vois pas pourquoi je te faciliterai la tâche

— Parce que sinon, répondit Anthéa d'un ton posé, je tire tout de suite. Allez, prends tes clés.

Nathalie savait que ce n'étaient pas des paroles en l'air. De toute façon, elle avait peu de chances de s'en sortir, mais en suivant Anthéa, elle espérait gagner un peu de temps.

Elle ouvrit le tiroir de son bureau et y prit ses clés avant de les présenter prudemment à Anthéa, qui les lui arracha des mains.

— Allons-y.

Tout en la précédant en direction de la porte de la boutique, Nathalie se demanda si elle devait prier ou non pour y voir apparaître Spencer… Anthéa avait déjà assassiné son frère jumeau. Elle n'hésiterait sans doute pas à éliminer son cadet, si nécessaire.

Comme si elle avait lu dans ses pensées, Anthéa affirma :

— Spencer ne viendra pas te sauver, si c'est ce que tu espères. Il ne reviendra d'ailleurs jamais.

Nathalie jeta un regard anxieux par-dessus son épaule.

— Que veux-tu dire ?

— Il va droit dans une embuscade, répliqua Anthéa avec un mince sourire. Russo sait que les Fédéraux sont après lui. Il leur a lui-même tendu un petit piège.

Etreinte par la peur, Nathalie avala sa salive.

— C'est toi qui l'as prévenu ?

— De même que j'ai informé le FBI qu'Anthony détenait les diamants de Russo. Les hommes sont si stupides, ajouta Anthéa avec mépris. Ils n'ont rien dans la cervelle.

— Mais toi, si, observa Nathalie, se forçant à teinter sa remarque d'admiration. J'ai toujours pensé que tu étais la plus intelligente de la famille. Même Anthony ne t'arrivait pas à la cheville.

— Laisse tomber, rétorqua Anthéa en lui enfonçant le revolver dans les côtes. Ce n'est pas en me flattant ni en me faisant parler que tu t'en sortiras.

Elles étaient à l'extérieur, à présent, au sommet des marches qui menaient à la berge. S'avançant à son niveau, Anthéa l'empoigna par le bras et Nathalie sentit le canon du revolver s'incruster dans son flanc.

— Où allons-nous ? demanda-t-elle en inspectant les alentours du regard.

— Avance.

Elles arrivèrent au bas de l'escalier. Il était tard et, comme tous les soirs de semaine, Riverwalk était désert. Même les restaurants avaient fermé depuis longtemps. Nathalie se demanda si elle ne pourrait pas faire un brusque écart et s'enfuir à toutes jambes. Mais, comme si elle avait lu dans ses pensées, Anthéa resserra encore l'étreinte de sa main autour de son bras — une étreinte aussi puissante que celle d'un homme.

Elles montèrent les marches qui menaient au parking sur lequel était garée sa voiture.

Anthéa la poussa devant elle pour la faire monter dans le véhicule. La forçant à prendre le volant, elle s'installa à son tour sur le siège passager, claqua la portière et lui tendit les clés.

— Allons-y.

— Où ça ? demanda Nathalie.

Son ex-belle-sœur agita son revolver pour lui signifier de sortir du parking.

— Tu le sauras bien assez tôt.

Nathalie inséra la clé dans le contact en priant pour que le véhicule refuse de démarrer. Mais le moteur ronronna dès le premier tour de clé.

Elles roulèrent durant quinze à vingt minutes, s'éloignant du centre-ville par Broadway. Elles dépassèrent le zoo, puis le Pavillon japonais, pour s'engager sur une voie déserte menant à une zone reculée du parc de Brackenridge. Durant tout ce temps, Nathalie pensait à Kyle. Elle devait à tout prix trouver un moyen de le protéger, de l'arracher aux griffes de Russo.

Elle pensait également à Spencer.

Mon Dieu, faites qu'il ne lui arrive rien, implorait-elle. Et si elle allait les perdre tous les deux ? se dit-elle avec horreur. Sans même avoir eu le temps de leur avouer la vérité ?

Suivant les indications d'Anthéa, Nathalie immobilisa son véhicule sur le bas-côté de la route et coupa le moteur. Elles en sortirent et Anthéa l'empoigna de nouveau par le bras pour l'entraîner, à travers une épaisse forêt de chênes, en direction de la rivière.

— Une chose m'intrigue, déclara Nathalie comme elles s'approchaient de l'eau. Puisque tu avais déjà tout planifié, pourquoi m'as-tu proposé un quart de million de dollars pour quitter la ville, l'autre jour ?

— Dans l'idée de te suivre, répliqua Anthéa, comme si cette réponse était évidente. Me débarrasser de toi et de ton gosse aurait été plus facile, loin des regards indiscrets. Vous auriez tout simplement disparu sans laisser d'adresse. Mais comme tu as refusé de partir, je me suis efforcée à la patience.

— C'est-à-dire ?

Nathalie trébucha contre une branche morte et Anthéa resserra brutalement son étreinte autour de son bras.

— Une fois Anthony mort, expliqua Anthéa, Spencer abattu dans une embuscade, et toi suicidée, cela ne me laissait qu'une dernière personne à éliminer.

— Kyle, murmura Nathalie.

— Remarque, après ta disparition, mère obtiendra sûrement sa garde. Ce qui facilitera la mise en scène... d'un fâcheux accident.

A ces mots, Nathalie sentit la terreur l'envahir. Elle devait à tout prix trouver un moyen de s'échapper pour protéger Kyle.

Mais comment ? Anthéa la retenait d'une main de fer.

Melinda les attendait au bord de la rivière. Les bras frileusement resserrés autour de sa poitrine, elle les regarda s'approcher en silence.

Nathalie se tourna vers Anthéa.

— Pourquoi m'as-tu amenée ici ?

— Je te l'ai dit. Tu vas te suicider.

— Pauvre fille, roucoula Melinda d'un ton doucereux. Tu étais si désemparée, si accablée par la culpabilité, si effrayée à la perspective d'un long emprisonnement, que tu n'as simplement plus pu faire face.

— Personne ne croira de telles sornettes, argumenta Nathalie dont le cœur battait au rythme accéléré de sa réflexion.

Elle devait trouver un moyen de s'enfuir. Maintenant, avant qu'il ne soit trop tard. Elle devait s'assurer que Kyle serait hors de danger, se débrouiller pour prévenir Spencer — s'il était toujours vivant.

— La police y croira tout à fait, au contraire. Ils te soupçonnent déjà de meurtre.

Anthéa agita le revolver pour désigner le paysage qui les entourait.

— C'est si isolé, ici, qu'ils mettront bien deux jours à découvrir ton cadavre. D'ici là, le procureur aura reçu la lettre par laquelle tu l'informes de ton suicide.

La lune éclaira le regard d'Anthéa. Ce n'était pas de la folie, qu'elle y lisait, songea Nathalie, mais une cupidité sans égale, doublée d'une haine triomphante.

Melinda jeta un regard circonspect autour d'elle.

— Finissons-en, dit-elle. Cet endroit me donne la chair de poule.

— Vous ne vous en sortirez jamais, affirma Nathalie, désespérant néanmoins d'empêcher l'inévitable.

— Jusqu'à présent, nous nous en sommes très bien sorties, objecta Anthéa. Cela fait des années que je planifie tout dans les moindres détails. J'ai même eu l'idée de laisser le dossier officiel par lequel Anthony réclamait la garde de Kyle sur son bureau, à l'intention de la police. Je leur ai ainsi offert sur un plateau le mobile capable de te faire accuser du meurtre. Mon plan est trop *parfait,* au contraire, pour que quoi que ce soit dérape.

— Et la cassette ? s'empressa de dire Nathalie. Tu avais pensé à la cassette ?

Une lueur de doute traversa le regard d'Anthéa, tandis que Melinda s'écriait :

— Quelle cassette ?

Comme Anthéa ne répondait pas, Nathalie s'en chargea à sa place :

227

— Il y avait un lecteur-enregistreur dans mon bureau, la nuit où Anthony a été assassiné. Le meurtre... tout a été enregistré sur cette bande.

Melinda faillit s'étouffer.

— C'est vrai, Anthéa ?

Sa belle-sœur haussa les épaules.

— J'ai déjà récupéré cette cassette. On ne craint rien.

— Sauf que j'en ai fait une copie, affirma Nathalie.

Melinda poussa un juron. Anthéa, pour sa part, se contenta de secouer la tête.

— Elle bluffe. J'ai bien vu son expression. Elle était aussi stupéfaite que moi de découvrir le contenu de cette bande. Il n'y a pas de copie. N'est-ce pas ?

Elle défia Nathalie du regard.

— Ce qui compte, reprit Nathalie en s'efforçant de vider sa voix de la peur et du désespoir qui l'étreignaient, c'est que tu n'avais pas imaginé l'existence de cette bande. N'y a-t-il pas quelque chose d'autre, qui t'aurait échappé ? Susceptible de vous vendre, toutes les deux ?

— Tu avais dit que *rien* ne pourrait se mettre en travers de notre chemin, gémit Melinda. Qu'en nous tenant les coudes, les tuer tous les trois serait un jeu d'enfant, et que nous aurions ensuite la fortune pour nous toutes seules. Tu avais dit...

— Ferme-la !

Anthéa se retourna brusquement et pointa le revolver en direction de Melinda.

— Arrête de geindre, espèce d'idiote !

Les yeux de Melinda s'agrandirent et Nathalie vit la peur déformer ses traits tandis qu'elle s'empressait d'argumenter :

— Si tu me tues, tu n'auras plus aucun alibi pour le meurtre d'Anthony. Ni pour ce soir. N'oublie pas que nous sommes solidaires. Toi comme moi, nous avons besoin l'une de l'autre, Anthéa.

Tout en observant les deux conspiratrices s'affronter, Nathalie recula en direction de la forêt. Un minuscule pas d'abord, puis un autre... Soudain, après avoir pris une profonde inspiration, elle se retourna d'un bond et plongea à l'abri des fourrés. Melinda hurla un avertissement. Anthéa se retourna et fit feu, au moment précis où, se prenant le pied dans une racine, Nathalie basculait en avant. La balle siffla au-dessus de sa tête pour ricocher dans un claquement sec contre le tronc d'un arbre. Le bruit de l'impact résonna dans le silence de la nuit.

Nathalie se releva. Elle se mit à courir. Mais déjà Anthéa était sur ses talons.

— Ne bouge plus, ordonna cette dernière d'une voix menaçante, ou je tire.

Nathalie hésita, puis se retourna.

— Admets-le, Nathalie. Tu ne peux pas m'échapper.

— Tu ne t'en sortiras pas plus que moi, murmura Nathalie, essoufflée.

Anthéa haussa les épaules.

— Je suis une Bishop. Je peux me sortir de toutes les situations. Et une fois cette bande détruite — elle sortit la cassette de sa poche et la souleva vers la lumière de la lune —, personne ne pourra savoir qui a tué Anthony. J'aurai tout ce que j'ai toujours voulu. L'argent, le pouvoir, et...

— L'amour de ta mère pour toi seule, gronda une voix sortie de l'ombre. Car c'est cela qui a *vraiment* motivé tes actes, n'est-ce pas, Anthéa ?

Nathalie et Anthéa se retournèrent en même temps pour voir Spencer surgir de la forêt et faire face à sa sœur.

— C'est fini, Anthéa. Donne-moi cette cassette.

Envahie par une immense vague de soulagement, Nathalie fixa son profil tendu. Il était vivant !

Tandis que le frère et la sœur se mesuraient du regard, Melinda tenta de s'échapper, mais quelqu'un la maîtrisa. Melinda lutta un instant, avant de tomber à genoux, secouée de sanglots hystériques.

— C'est elle qui m'a forcée, hurla-t-elle. C'était son idée !

— Ferme-la !

Anthéa se retourna brusquement en direction de sa belle-sœur.

— Tais-toi, espèce d'idiote !

Spencer en profita pour empoigner le bras d'Anthéa et lui arracher son arme en un éclair.

La cassette vola dans les airs. Durant une fraction de seconde, Nathalie crut que l'unique preuve capable de l'innocenter allait disparaître au fond de la rivière. Mais la bande atterrit sur la berge, à quelques centimètres de l'eau. Elle alla la ramasser puis la pressa d'une main tremblante contre sa poitrine.

Spencer se tourna alors vers Anthéa.

— C'est pour cela que tu as tué Anthony, n'est-ce pas ? Tu voulais gagner l'affection de notre mère. Tu as pensé qu'une fois son fils favori disparu, elle se tournerait vers toi.

Anthéa ne répondit pas. Mais Melinda semblait soudain incapable de se taire. Comme si un barrage venait de céder en elle, sa peur se déversa dans un torrent de vociférations :

— Oui ! C'est elle qui l'a tué ! Elle a menacé de me tuer aussi si je ne m'associais pas à ses plans. Regarde-la. Regarde comment elle est habillée. Tu ne vois pas que c'est une psychopathe ? Elle *croit être* Anthony. C'est pour cela qu'elle l'a tué, pour prendre sa place !

Chacun des membres de cette étrange assemblée avait braqué son regard sur Melinda. Comme si elle prenait conscience que c'était peut-être son ultime représentation, elle fondit de nouveau en larmes.

— Tu dois me croire, Spencer, sanglota-t-elle. C'est elle qui a tout manigancé. Elle m'a forcée à l'aider. Je ne voulais pas. J'aimais Anthony !

230

Sans l'homme qui la retenait d'une main ferme — et que Nathalie reconnaissait à présent comme n'étant autre que Franck Delmontico —, Melinda se serait sans doute jetée de nouveau à ses genoux.

— Tu mens, affirma Anthéa, se décidant enfin à se défendre. Tu souhaitais sa mort au moins autant que moi.

— Non ! Je l'aimais…

— Tu voulais te venger parce qu'il avait l'intention de divorcer. Il n'avait que mépris pour toi, et tu savais qu'il aimait encore Nathalie.

— C'est faux. Il ne l'a jamais aimée…

Une fois le premier flot libéré, Anthéa sembla à son tour incapable de se taire. La haine jaillit de ses lèvres comme un poison violent.

— S'il t'a épousée, c'était par dépit, pour se venger d'elle. Mais il t'a toujours détestée. Il me disait qu'il ne supportait même pas de te regarder, de te toucher. Que la seule façon dont il pouvait… accomplir son devoir conjugal, était d'imaginer qu'il s'agissait de Nathalie.

En les voyant se déchirer si hideusement, Nathalie sentit son être se révulser. Elle n'osait imaginer ce que Spencer devait éprouver à ce spectacle et jeta un regard furtif dans sa direction. Mais l'ombre de la forêt dissimulait ses traits.

Peu à peu, elle commença à voir d'autres silhouettes en surgir. Trop occupées à s'invectiver, Melinda et Anthéa ne semblaient pas avoir remarqué que la clairière était à présent cernée de policiers.

— Tu le haïssais. Parce que c'était elle qu'il aimait, répéta Anthéa d'un ton railleur.

Une transformation subite s'opéra alors en Melinda. Empoignant ses cheveux à deux mains, elle se mit à hurler comme si on l'avait saignée à blanc :

— Oui, je le haïssais ! A cause de ce qu'il m'avait fait ! Je voulais le voir mort. Durant toutes ces années, ce salaud m'a fait croire que c'était moi qui ne pouvais pas avoir d'enfant. Il me traitait de ventre asséché. Alors que c'était lui qui était stérile. Il le savait, mais il me laissait croire — il laissait croire à tout le monde — que c'était ma faute.

Les propos de Melinda eurent l'effet d'une bombe à retardement dont Nathalie mit une fraction de seconde avant d'en comprendre l'implication. Tentant alors avec difficulté d'avaler sa salive, elle sentit le regard de Spencer se braquer sur elle. Figée sur place, elle fut incapable de se tourner vers lui pour lui faire face.

Sans qu'elle sache à qui il s'adressait, elle l'entendit demander :

— Et Kyle ?

— Tâche de deviner, rétorqua Melinda. En tout cas, il ne peut pas être d'Anthony.

— Est-ce vrai, Nathalie ? gronda Spencer.

Nathalie leva la tête. Bien qu'elle ne distinguât pas ses traits dans la pénombre, elle sentait l'intensité de ses yeux verts la transpercer. Ces yeux verts si pareils à ceux de son fils.

Mais avant qu'elle n'ait le temps d'ouvrir la bouche, elle le vit se détourner brusquement et s'en aller d'un pas furieux.

15.

Comme dans un brouillard, Nathalie regarda les inspecteurs passer les menottes à Melinda et Anthéa, puis les emmener. Franck Delmontico vint alors vers elle et lui tendit sa veste.

— Il fait froid, dans ce coin, dit-il.

— Merci, marmonna Nathalie en resserrant le vêtement de cuir autour de ses épaules.

Mais il faisait plus froid encore dans son cœur que dans cette forêt, se dit-elle en s'efforçant de retenir ses larmes.

— Vous êtes prête à y aller ?

Elle leva vers Franck un regard égaré.

— A aller où ?

Il haussa les épaules.

— Au commissariat, je suppose. J'ai l'impression que nous allons y passer une bonne partie de la nuit.

Pour la première fois depuis qu'elle avait aperçu sa silhouette dans la clairière, la participation de Franck Delmontico aux événements de ce soir l'intrigua.

Nathalie le fixa d'un œil surpris.

— Mais, au fait, que faites-vous ici ?

De nouveau, il haussa les épaules.

— J'ai encore quelques amis dans la pègre, et j'ai eu vent de ce qui allait se passer ce soir. Même si je n'ai pas l'habitude de frayer avec les Fédéraux, s'agissant de Russo…

Sa voix se durcit.

— J'ai fait dix ans de prison à cause de ce salaud, poursuivit Delmontico. Il m'avait balancé, et je me suis juré de lui rendre la monnaie de sa pièce. Je n'aurais raté pour rien au monde cette occasion de tenir ma promesse.

Elle le dévisagea avec stupeur. Jamais elle n'avait vu une telle passion animer son regard.

— Vous avez alerté Spencer, à propos de l'embuscade que Russo lui avait tendue ?

— Oui.

— Mais comment êtes-vous arrivés ici, vous et Spencer ? Comment avez-vous su, vous, que j'étais là ?

— Je gardais un œil sur vous ces derniers temps, avoua Franck. Je sais ce que c'est que d'être accusé d'un crime qu'on n'a pas commis, et je cherchais un moyen de vous aider. Quand je vous ai vue quitter la boutique avec Anthéa Bishop, j'ai deviné que ses intentions n'étaient pas innocentes. J'ai aussitôt prévenu Spencer, et nous vous avons suivies jusqu'ici.

Une ironie supplémentaire venait s'ajouter à l'histoire de sa vie, songea Nathalie. *Un ancien malfrat et un agent du FBI s'associant pour venir à sa rescousse...*

Elle posa sa main sur la manche de Franck.

— Comment pourrais-je jamais vous prouver ma gratitude ?

Delmontico eut un sourire sinistre.

— La seule récompense que j'attende m'a déjà été promise par Spencer : voir Russo enfermé derrière des barreaux.

Après qu'elle eut achevé sa déposition, Nathalie fut priée d'attendre dans une petite salle du commissariat. Grâce aux preuves apportées par la cassette, on l'avait assurée que les charges contre elle seraient levées. Elle aurait dû se réjouir que ce cauchemar soit enfin terminé, mais elle ne pensait qu'à Spencer, à l'expression de son visage tout à l'heure, une seconde avant qu'il ne se détourne et ne disparaisse définitivement de sa vue.

La porte s'ouvrit et elle leva les yeux, espérant que ce serait lui. Mais en voyant Blanche pénétrer dans la pièce, Nathalie sentit son cœur se serrer dans sa poitrine. Après ce qu'elle avait appris la concernant, elle n'avait aucune envie, pour le moment, d'affronter celle qu'elle croyait son *amie*.

Blanche avait l'air ravagée. Elle semblait avoir enfilé en hâte les premiers vêtements à sa portée, sans prendre le temps de se coiffer ni de se maquiller. Après s'être approchée d'un pas hésitant, elle s'assit sur le banc à côté d'elle avant d'affirmer d'une voix abattue :

— J'imagine ce que tu penses. Tu dois te dire que je ne vaux pas mieux que Melinda.

— Au moins, toi, tu n'es pas une meurtrière, répliqua Nathalie.

— Non. Je ne suis pas une meurtrière.

La voix de Blanche était comme emplie de dégoût pour elle-même.

— Juste une pauvre sotte, poursuivit-elle, qui a trahi sa meilleure amie. La seule amie que j'aie jamais eue. Oh, Nathalie.

Blanche éclata en sanglots et cacha son visage dans ses mains. Au bout d'un moment, elle leva de nouveau les yeux et essuya vivement ses larmes.

— Ma seule excuse, dit-elle dans un murmure, est que je l'aimais. Je l'aimais vraiment.

— J'en suis désolée pour toi, assura Nathalie d'une voix égale.

Incapable de soutenir son regard plus longtemps, Blanche détourna le sien

— Quand Anthony m'a demandé la clé et le code de l'alarme de ta boutique, j'ai d'abord refusé. Mais il a juré qu'il devait

235

juste y récupérer quelque chose que tu refusais de lui rendre. J'ai pensé que, s'il obtenait ce qu'il souhaitait, il vous laisserait peut-être tranquilles, toi et Kyle.

Nathalie la dévisagea avec incrédulité.

— Essaierais-tu de me dire que tu l'as fait pour moi ?

— J'aimerais pouvoir l'affirmer. Mais, c'est d'abord à moi que j'ai pensé. Je me suis dit que si je l'aidais…

— Sa reconnaissance le pousserait à quitter Melinda pour t'épouser.

Blanche hocha la tête.

— Je sais, je suis une imbécile.

Se gardant de tout commentaire, Nathalie préféra demander :

— Mais ensuite, quand tu as su que la police m'accusait d'avoir moi-même introduit Anthony dans ma boutique, le soir du meurtre, pourquoi n'as-tu rien dit ? Tu n'as rien fait pour tenter de me disculper, alors que tu en avais les moyens.

Son amie leva sur elle un regard pitoyable.

— J'avais peur ! J'avais un mobile au moins aussi valable que le tien pour tuer Anthony. La maîtresse évincée… J'avais peur d'être accusée à mon tour.

— Et s'ils m'avaient condamnée ? demanda Nathalie avec froideur. Tu aurais encore persisté à garder le silence ?

— Je préfère croire que non, murmura Blanche en abaissant son regard sur ses mains.

— Mais tu n'en es pas sûre ? Je croyais que tu étais mon amie, Blanche. Que je pouvais te faire confiance.

Tendant vers elle un visage inondé de larmes, Blanche balbutia :

— Tu ne me le pardonneras jamais, n'est-ce pas ?

— Je n'en sais rien, répondit Nathalie avec tristesse, ses pensées revenant aussitôt à Spencer. Dans certains cas, il est difficile de pardonner.

L'aube pointait quand Nathalie revit enfin Spencer. Il vint la chercher au commissariat afin de la raccompagner chez ses parents. Elle lui en fut infiniment reconnaissante, sachant combien il avait dû lui en coûter pour accomplir ce geste. Alors qu'il avait appris de la pire manière que Kyle était son fils. D'une manière dont elle était la seule à blâmer.

Tandis qu'il garait son véhicule dans l'allée et coupait le moteur, Nathalie observa son profil tendu. Spencer demeura un moment, les bras autour du volant, à contempler les lumières de l'aube avec une expression d'indescriptible lassitude. Elle brûlait d'envie de tendre la main vers lui.

Au lieu de cela, elle demeura immobile et silencieuse, attendant qu'il se décide enfin à parler :

— Pourquoi ne me l'as-tu pas dit dès que tu l'as su ? Pourquoi, Nathalie ?

— Tu n'imagines pas combien j'en ai eu envie, répondit-elle. Mais tu étais parti. Je ne savais même pas où te trouver. Puis Anthony a commencé à m'abreuver de mensonges à ton sujet. Il a fini par me faire croire que je n'avais jamais rien signifié à tes yeux, que tu ne voudrais jamais de cet enfant. J'étais si seule. Si désemparée.

— Alors tu as choisi de croire Anthony.

Nathalie poussa un long soupir.

— Il a promis de m'épouser et de reconnaître mon enfant. Il affirmait que c'était la meilleure solution pour nous tous. Le bébé aurait un père. Il n'aurait jamais besoin de connaître la vérité. Quant à toi et à ta… fiancée, vous alliez vous marier, comme prévu. Personne, à l'entendre, n'allait souffrir de la situation.

— Hier, tu m'as avoué que le temps que je revienne, tu avais déjà découvert quel genre d'homme était Anthony. Pourquoi ne m'as-tu pas dit la vérité, à ce moment-là ?

— Parce qu'Anthony m'avait déjà forcée à conclure un marché avec lui. Il m'avait fait jurer de ne jamais dire à personne que Kyle n'était pas de lui. Il affirmait qu'on pouvait falsifier les résultats de tests d'ADN, corrompre les médecins. Que si je lui mettais des bâtons dans les roues, il prouverait devant un tribunal que Kyle était de lui, et que je n'étais pas en mesure d'assumer mon rôle de mère. Qu'il me le prendrait et que je ne le reverrais jamais. Je savais de quoi il était capable, et je l'ai cru, conclut Nathalie en essuyant sa joue humide du revers de la main.

— Tu ne m'as *rien* dit ! l'accusa Spencer, apparemment indifférent à ses sanglots, et j'ai vécu toutes ces années sans même connaître mon fils.

— Je suis désolée, murmura Nathalie. Je m'étais tellement enlisée dans cette relation avec Anthony que je n'envisageais pas d'autre solution. Tout ce qui m'importait, c'était de protéger Kyle.

— Et après la mort d'Anthony ? demanda Spencer. Et hier soir, avant que nous ne fassions l'amour ? Ne penses-tu pas que j'aurais eu le droit de le savoir enfin ?

— J'ai *voulu* te le dire. J'ai essayé, mais... tu m'en as empêchée. Tant de choses sont survenues en si peu de temps : le meurtre d'Anthony, mon arrestation. Puis ta mère qui menaçait de me prendre Kyle. Je pensais chaque fois que ce n'était pas le moment d'en parler.

— Ce moment serait-il venu un jour ?

Nathalie détourna les yeux.

— Je... je ne sais pas.

— Tu n'avais pas confiance en moi, c'est cela ?

— Aucun de nous n'avait confiance en l'autre.

Elle ne le regardait pas, mais sentit son œil accusateur peser sur elle. D'une voix suppliante, elle s'écria :

— Ne vois-tu pas Kyle est tout pour moi ? Je ne pourrais pas supporter de le perdre. Sans lui...

Spencer l'interrompit avec froideur :

— Tu n'as pas besoin de m'expliquer ce qu'est une existence vide de sens, Nathalie. Je le sais parfaitement.

Jamais elle n'avait vu une telle tristesse habiter son regard. Elle l'avait blessé, plus grièvement qu'elle n'aurait pu l'imaginer, et elle avait peur qu'il ne le lui pardonne jamais.

— Je t'en supplie, tâche de te mettre à ma place, implora-t-elle.

Il secoua la tête.

— J'essaie, mais je n'arrive à penser qu'à ces sept années que j'ai passées seul.

Dans la lueur blafarde de l'aube, ses traits semblaient ravagés.

— Je suis désolée, murmura de nouveau Nathalie. Vraiment désolée.

— Moi aussi, je suis désolé, rétorqua Spencer en rivant dans le sien un regard aussi dur que la pierre. Désolé par ce gâchis.

Le soir du réveillon de Noël, un front froid s'installa sur la région. Dans la nuit, la température avait chuté de dix degrés. Les terrasses de café de Riverwalk avaient soudain été désertées. Seuls quelques rares corbeaux bravaient encore le froid dans le but de picorer les dernières miettes éparses.

Nathalie examinait le ciel depuis sa vitrine, savourant ce premier instant de répit depuis le début de la matinée. Dieu merci, se dit-elle en observant les branches des arbres secouées par le vent, la boutique avait connu ces deux derniers jours un véritable tourbillon d'activité. Les charges retenues contre elle avaient été levées, et tous les médias de la région avaient insisté pour obtenir une interview ou une déclaration officielle de sa part.

Une photo d'elle et de Kyle, rayonnants de bonheur, avait fait la une du journal de la veille. A côté du cliché, une autre photographie représentait Spencer. Le visage fermé, il quittait le palais de justice après la mise en examen d'Anthéa. Tandis que son destin à elle reprenait son cours normal, le sien, songea Nathalie, serait à jamais marqué au fer rouge. Son frère avait été assassiné par leur propre sœur.

Comment parvenait-on à surmonter une telle épreuve ? se demanda-t-elle en fixant la rivière. De son côté, elle pouvait remercier le ciel, mais Spencer...

Spencer avait perdu tous les siens.

« Il lui reste un fils, pensa-t-elle soudain. Et moi. »

« Mais il ne veut pas de toi. »

Et qui pourrait l'en blâmer ? La voix tendue de Spencer résonna dans sa mémoire. *Et hier, avant que nous ne fassions l'amour ? Ne penses-tu pas que j'aurais été en droit de le savoir enfin ?*

Elle ferma les yeux.

Tu n'avais pas confiance en moi, c'est cela ?

En effet, se dit Nathalie, elle n'avait jamais eu suffisamment confiance en lui. Ni sept ans auparavant, ni ces derniers jours. Pourquoi, se demanda-t-elle, pourquoi se laissait-elle toujours aller à croire le pire, dès qu'il s'agissait de Spencer ? Dès qu'il s'agissait de l'homme qu'elle aimait ?

A cette pensée, son cœur fit un bond dans sa poitrine.

Elle n'avait jamais cessé de l'aimer. Alors, pourquoi ne le lui avait-elle pas dit ? Pourquoi ne lui avait-elle pas tout confié, la nuit où ils s'étaient ouverts si franchement l'un à l'autre, et où elle lui avait de nouveau appartenu ?

Parce qu'elle avait eu peur de souffrir une nouvelle fois. Faire totalement confiance à quelqu'un était dangereux. Cela impliquait de s'exposer totalement, de tout donner, or jamais elle n'avait été tout à fait prête à le faire.

Elle avait eu une enfance protégée, choyée. Trop, peut-être, car dès que les choses avaient mal tourné avec Spencer, elle avait aussitôt opté pour la solution de facilité. Au lieu de se battre pour garder l'homme qu'elle aimait, elle avait préféré croire aux mensonges d'Anthony. De peur, sans doute, de perdre la bataille.

Mais qu'y avait-elle gagné ? se demanda Nathalie. Qu'avait-elle, aujourd'hui ? Elle avait Kyle, bien sûr. Elle avait ses parents. Mais elle avait définitivement perdu Spencer.

C'était le soir du réveillon. Elle était jeune, elle était libre. Mais jamais elle n'avait été aussi malheureuse. Jamais elle ne s'était sentie aussi seule.

Debout devant les baies vitrées de l'aéroport, Spencer regarda décoller le 747 en direction de Londres. A l'intérieur de l'avion, Irène rejoignait des amis en Angleterre pour un séjour prolongé. Fuyant le tapage médiatique qui entourait l'arrestation d'Anthéa et de Melinda, elle le laissait seul nettoyer les décombres.

Sa mère ne s'était *a priori* pas excusée auprès de Nathalie pour l'avoir injustement accusée du meurtre de son fils. Elle ne l'avait pas non plus rassurée concernant l'avenir de Kyle. Mais il savait qu'Irène n'avait plus aucune intention d'enlever son enfant à Nathalie. Une fois qu'elle avait appris qu'il n'était pas le fils d'Anthony, son intérêt pour Kyle s'était aussitôt évanoui.

Elle était partie, donc, peut-être pour toujours, et Spencer aurait voulu pouvoir s'en attrister. Mais il était trop tard pour prétendre qu'ils étaient autre chose que des étrangers l'un pour l'autre.

Il ne pouvait s'empêcher de la comparer à Nathalie, dont l'amour pour son fils se manifestait au quotidien de mille façons. Kyle allait grandir dans la sécurité de cet immense amour. Contrairement à lui, il n'aurait pas à jeter un regard amer sur son enfance une fois adulte.

Quoi que Nathalie ait pu faire, comme de lui mentir tout au long de ces années, Spencer savait que c'était uniquement dans le but de protéger son fils. A sa place, il aurait sans doute agi de même.

La question était de savoir si, après tous ces mensonges, après ces années de séparation, ils avaient encore une chance de se retrouver…

Il l'ignorait. Tout ce qu'il savait, c'était que la perspective de retourner à Washington — de reprendre son existence vide de sens, dans cet appartement désert — lui serrait le cœur. Déjà, Nathalie et Kyle lui manquaient.

Mais dans son métier, si l'on voulait survivre, mieux valait éviter de s'attacher, se rappela-t-il avec tristesse.

Il ferait mieux de rentrer à Washington. De les laisser poursuivre leur existence sans lui.

Et d'oublier ce qui aurait pu être.

— Il vient quand, le Père Noël ? demanda Kyle alors qu'ils achevaient d'emballer les derniers cadeaux.

Nathalie avait fermé la boutique de bonne heure et, depuis qu'ils étaient rentrés à la maison, ils s'étaient affairés aux derniers préparatifs pour le lendemain.

Le bungalow avait été entièrement nettoyé, les éclats de verre balayés, les livres replacés dans les étagères et des housses neuves recouvraient les coussins éventrés des chaises et du canapé. Avant de pouvoir les remplacer, il lui faudrait attendre d'avoir payé ses charges, et que l'activité des Cloches d'Argent ait rebondi. Sur bien des plans, cette période de Noël s'était révélée désastreuse, et Nathalie savait qu'il lui faudrait peut-être des années pour s'en relever complètement.

Mais ce n'était pas le moment de s'appesantir sur ses problèmes, se dit-elle en ébouriffant les cheveux de son fils d'une main aimante.

— Plus vite tu iras te coucher, dit-elle, plus vite il viendra.

— Mais je veux le voir ! protesta Kyle.

Nathalie secoua la tête.

— On ne peut pas voir le Père Noël. Allez, file au lit. Je viendrai te border dans une minute.

Kyle l'étreignit brièvement avant de se ruer en direction de sa chambre. Son excitation était presque tangible et Nathalie avait envie de savourer l'instant présent. Kyle avait déjà six ans. L'an prochain, il ne croirait peut-être plus au Père Noël et, après cela, la magie ne serait jamais tout à fait la même.

Elle poussa un soupir et pensa à Spencer. Où était-il ce soir ? Comment allait-il passer le réveillon ? Seul dans le manoir des Bishop ? Ou dans une chambre d'hôtel ?

Ou bien, était-il déjà rentré à Washington ? Avait-il déjà pu l'oublier ?

Et Kyle ? Spencer l'oublierait-il, lui aussi ? Ou au contraire chercherait-il à faire partie de sa vie ? Réclamerait-il sa garde ? A son tour, voudrait-il le lui prendre ?

Elle en doutait. Spencer n'était pas homme à agir de la sorte. Mais le fait était qu'elle avait eu Kyle auprès d'elle sept années durant, et lui pas. Elle tenta d'imaginer ce qu'elle ferait, à sa place.

Répondre à cette question était difficile, et lorsqu'on sonna à la porte, elle se réjouit de pouvoir y échapper. Pensant qu'il s'agissait de ses parents, elle ouvrit la porte en grand, avant de se figer.

Une main appuyée au chambranle de la porte, Spencer se tenait sous la véranda. Son blouson de cuir noir, ses cheveux bruns et la barbe naissante qui ombrait sa mâchoire lui donnaient un air plutôt lugubre.

Nathalie sentit son cœur battre douloureusement dans sa poitrine tandis qu'ils se dévisageaient en silence. Sans un mot, elle s'effaça pour le laisser entrer. Ce qu'il fit, laissant pénétrer à sa suite un courant d'air glacé dans la maison. Nathalie frissonna, referma la porte et se tourna vers lui.

— Je suppose que tu te demandes ce que je fais là, dit-il.

— Je... me disais que tu voulais peut-être voir Kyle.

— J'aimerais bien le voir, oui.

— Il est couché, expliqua Nathalie tout en se demandant si Kyle était vraiment l'unique raison de sa venue.

Comme s'il lisait dans ses pensées, Spencer affirma :

— J'ai pris certaines décisions, dont je crois devoir t'informer.

Il semblait si déterminé, si résolu, qu'elle sentit son cœur sombrer dans sa poitrine.

A cet instant, Kyle apparut à la porte du salon.

— Maman ! Tu devais venir me border...

Lorsqu'il aperçut Spencer, son regard s'illumina. Il courut vers lui et se jeta contre ses jambes, les surprenant autant l'un que l'autre.

Après un court instant d'hésitation, Spencer prit Kyle dans ses bras et l'y serra avec force. Son regard rencontra celui de Nathalie. L'image de ce père et de ce fils s'étreignant sous un sapin de Noël — ainsi qu'elle en avait rêvé tant de fois — lui fit monter les larmes aux yeux.

Ceux de Spencer étaient eux aussi curieusement brillants. Il enfouit son visage dans les cheveux de Kyle comme s'il y buvait l'essence même de son enfant. Puis Kyle se tortilla pour rejoindre la terre ferme. Une fois là, il se mit à quatre pattes sous l'arbre, et sembla y chercher quelque chose.

Nathalie s'éclaircit la gorge :

— Que cherches-tu, mon chéri ?

— Je pensais que le Père Noël était peut-être passé pendant que j'étais dans ma chambre, répondit Kyle.

— Je t'ai dit qu'il ne viendrait pas avant que tu ne sois endormi.

Elle s'efforçait à la sévérité, mais ne parvenait pas à afficher le masque de sérieux nécessaire.

— Retournez vite au lit, jeune homme, dit-elle.

— Est-ce qu'oncle Spencer peut venir me border ?

Le regard de Spencer rencontra de nouveau le sien et la souffrance qu'elle y lut l'affecta jusqu'au plus profond de son âme.

— Hein, maman ? insista Kyle.

— S'il en a envie, acquiesça doucement Nathalie.

— J'en serais honoré, répliqua Spencer.

Ils disparurent tous deux au bout du couloir, et un long moment passa avant que Spencer ne revienne de la chambre de Kyle.

Nathalie avait déposé une bouteille de vin et deux verres sur la table basse. Elle lui fit signe de s'asseoir sur le canapé.

— Veux-tu un verre de vin ?

Spencer leva un sourcil circonspect.

— Essaierais-tu de m'amadouer ?

Les doigts de Nathalie tremblaient légèrement lorsqu'elle versa le liquide dans les verres.

— Pourquoi ? C'est nécessaire ?

— Cela dépend de ce que tu ressens concernant ce que j'ai à te dire.

Il prit le verre qu'elle lui tendait, mais le déposa sur la table sans en avoir goûté le contenu.

Nathalie se tourna vers lui. Elle sentait son pouls battre douloureusement à ses tempes.

— Tu veux dire la vérité à Kyle, c'est cela ?

— Il a le droit de savoir.

Elle hocha la tête, redoutant à l'avance l'impact de cette révélation sur son fils. Redoutant aussi la réaction de Kyle à son encontre pour lui avoir menti.

— Quand ? demanda-t-elle.

— Quand le moment sera venu, affirma Spencer. En attendant, j'aimerais passer un peu de temps avec lui, qu'il apprenne à me connaître. Je veux surtout ne lui faire aucun mal, Nathalie. Mais toi comme moi, nous savons combien les mensonges peuvent blesser plus que tout. Et que, de toute façon, la vérité finit toujours par émerger.

— Que suggères-tu, précisément ? demanda Nathalie d'un ton prudent ? Que je l'autorise à te rendre visite à Washington ?

Spencer secoua la tête et Nathalie sentit son cœur sombrer dans sa poitrine.

— Tu n'as pas l'intention…

— De te faire un procès pour obtenir sa garde ?

— Je t'en supplie…

— Non. Je ne ferai jamais une chose pareille. Tu es sa mère, et il t'aime. On voit bien que vous avez une relation privilégiée, tous les deux. Je ne veux surtout pas vous enlever cela, Nathalie.

— Que veux-tu, alors ? demanda Nathalie, partagée entre la frayeur et l'espoir.

Spencer haussa les épaules.

— Avoir ma place dans cette relation. Une petite place, au début, bien sûr. Mais plus tard, quand Kyle aura appris à me connaître et toi aussi, quand tu auras un peu plus confiance en moi…

Il s'interrompit et Nathalie laissa échapper un cri de surprise.

Elle posa un doigt tremblant sur ses lèvres.

— Serais-tu en train de dire que… tu veux également faire partie de ma vie ?

— Je n'ai jamais cessé de t'aimer, répondit Spencer avec une simplicité désarmante.

Traversée par une violente vague d'émotions, Nathalie ferma les yeux. Il l'aimait ! Malgré tous les mensonges, malgré ce qu'elle lui avait fait endurer, il l'aimait encore. C'était un miracle qu'elle n'osait croire…

Elle sentit la caresse de sa main dans ses cheveux et ouvrit les yeux pour les plonger dans les siens.

— J'ai demandé à être muté à San Antonio, expliqua Spencer. Je ne veux pas précipiter les choses, Nathalie. Je veux nous laisser tout le temps nécessaire.

Il eut un sourire mi-doux, mi-amer.

— Après tout, on ne se connaît que très peu. Peut-être vas-tu me trouver détestable.

— Rien ne saurait m'empêcher de t'aimer, répondit Nathalie.

A ces mots, l'expression de Spencer se radoucit et son visage s'éclaira.

— C'est déjà ça, dit-il en riant. Après tout ce qu'on a traversé.

— C'est l'essentiel, répliqua doucement Nathalie.

Spencer leva son verre de vin pour trinquer.

— Joyeux Noël, murmura Nathalie.

— Bon anniversaire, répondit-il.

Leurs verres se rencontrèrent dans un tintement de cristal et leurs bouches se frôlèrent, brièvement, comme s'ils redoutaient que le charme ne se rompe.

— Il y a une question qui me tracasse depuis le début, dit alors Nathalie d'un ton hésitant. Mais je doute que ce soit le moment d'en parler.

— Laquelle ? Vas-y.

— Tu m'as dit que ton père t'avait déshérité.

Une ombre traversa les traits de Spencer et Nathalie lui prit la main, pour lui offrir l'amour et le soutien qu'elle rêvait secrètement de lui donner depuis si longtemps.

— Ce que je me demandais, poursuivit-elle d'une voix douce, c'est comment tu as pu réunir le montant de ma caution. Un quart de million de dollars, c'est beaucoup d'argent.

— Surtout pour un humble agent du FBI, répliqua Spencer avec une lueur amusée dans le regard. Eh bien, il y a des années de cela, j'avais acheté un terrain aux abords de la ville, avec l'héritage légué par mes grands-parents. Une propriété sans grande valeur, à l'époque. Mais il vaut aujourd'hui son pesant d'or grâce à l'expansion économique de San Antonio. Je l'ai simplement utilisé comme caution pour obtenir un emprunt à la banque.

Nathalie le dévisagea avec stupeur.

— Tu as fait ça pour moi ? Au risque de tout perdre, si j'avais décidé de disparaître ?

Spencer riva son regard dans le sien.

— Si tu avais disparu, l'argent aurait été le moindre de mes soucis.

— Oh, Spence.

Elle pressa sa main dans la sienne, les yeux embués de larmes.

— Regarde, dit-il en désignant la fenêtre du doigt.

Nathalie se retourna. A l'extérieur, quelque chose de blanc tombait du ciel.

Ils se levèrent en même temps et allèrent à la fenêtre. Des flocons de neige dansaient dans la lueur de la lune, voletant jusqu'au sol encore chaud où ils fondaient presque aussitôt.

— C'est incroyable, s'écria Nathalie en riant. Ce doit être la première fois qu'il neige pour Noël à San Antonio. Quand tu penses qu'il y a deux jours, il faisait vingt-cinq degrés…

— Ce n'est qu'un peu de neige fondue, répliqua Spencer. Elle ne tiendra pas.

— Cela m'est égal. A mes yeux, c'est un véritable miracle.

Spencer glissa son bras autour de sa taille et l'attira à lui.

— Personnellement, je n'ai jamais cru aux miracles. Jusqu'à aujourd'hui…

Chère lectrice,

Vous nous êtes fidèle depuis longtemps?
Vous venez de faire notre connaissance?

C'est pour votre plaisir que nous avons
imaginé un rendez-vous chaque mois
avec vos auteurs préférés, vos
AUTEURS VEDETTE dans les
collections Azur et Horizon.

Les AUTEURS VEDETTE vous
donneront rendez-vous pour de
nouveaux livres vedette.

Pour les reconnaître, cherchez
l'étoile... Elle vous guidera!

Éditions Harlequin

HARLEQUIN

LE FORUM DES LECTEURS ET LECTRICES

CHERS(ES) LECTEURS ET LECTRICES,

VOUS NOUS ETES FIDÈLES DEPUIS LONGTEMPS?

VOUS VENEZ DE FAIRE NOTRE CONNAISSANCE?

SI VOUS AVEZ DES COMMENTAIRES, DES CRITIQUES À
FORMULER, DES SUGGESTIONS À OFFRIR, N'HÉSITEZ
PAS… ÉCRIVEZ-NOUS À:
      LES ENTERPRISES HARLEQUIN LTÉE.
      498 RUE ODILE
      FABREVILLE, LAVAL, QUÉBEC.
      H7R 5X1

C'EST AVEC VOS PRÉCIEUX COMMENTAIRES QUE NOUS
ALLONS POUVOIR MIEUX VOUS SERVIR.

DE PLUS, SI VOUS DÉSIREZ RECEVOIR UNE OU
PLUSIEURS DE VOS SÉRIES HARLEQUIN PRÉFÉRÉE(S)
À VOTRE DOMICILE, NE TARDEZ PAS À CONTACTER LE
SERVICE D'ABONNEMENT; EN APPELANT AU
(514) 875-4444 (RÉGION DE MONTRÉAL) OU 1-800-667-4444
(EXTÉRIEUR DE MONTRÉAL) OU TÉLÉCOPIEUR
(514) 523-4444 OU COURRIER ELECTRONIQUE:
AQCOURRIER@ABONNEMENT.QC.CA OU EN ÉCRIVANT À:
      ABONNEMENT QUÉBEC
      525 RUE LOUIS-PASTEUR
      BOUCHERVILLE, QUÉBEC
      J4B 8E7

MERCI, À L'AVANCE, DE VOTRE COOPÉRATION.

BONNE LECTURE.

HARLEQUIN.

VOTRE PASSEPORT POUR LE MONDE DE L'AMOUR.

La COLLECTION AZUR

Offre une lecture rapide et

- ☑ *stimulante*
- ☑ *poignante*
- ☑ *exotique*
- ☑ *contemporaine*
- ☑ *romantique*
- ☑ *passionnée*
- ☑ *sensationnelle!*

*COLLECTION AZUR...des histoires
d'amour traditionnelles qui vous
mènent au bout monde!
Cinq nouveaux titres chaque mois.*

GEN-RP-R

<u>COLLECTION HORIZON</u>

Des histoires d'amour romantiques qui vous mènent au bout du monde!

Découvrez la passion et les vives émotions qu'apportent à la Collection Horizon des auteurs de renommée internationale!

Captivantes, voire irrésistibles, ces histoires d'amour vous iront assurément droit au coeur.

Surveillez nos trois nouveaux titres chaque mois!

ROUGE PASSION

De fiévreuses histoires d'amour sensuelles!

De provocantes histoires d'amour passionnées et romantiques qu'on lit d'une seule traite. Aventureuses, parfois humoristiques, et sensuelles, elles mettent en vedette des hommes et des femmes d'aujourd'hui.

ROUGE PASSION...
trois nouveaux titres chaque mois.

69 ♉ ♊ ♋ ♌ ♎

**L'ASTROLOGIE EN DIRECT
TOUT AU LONG
DE L'ANNÉE.**

(France métropolitaine uniquement)
Par téléphone 08.92.68.41.01
0,34 € la minute (Serveur SCESI).

Composé et édité par les
*éditions*Harlequin
Achevé d'imprimer en novembre 2004

BUSSIÈRE
GROUPE CPI

à Saint-Amand-Montrond (Cher)
Dépôt légal : décembre 2004
N° d'imprimeur : 45139 — N° d'éditeur : 10987

Imprimé en France